Frieda Lamberti
Zeit der Seesterne

Montlake Romance

Das Buch

Die junge Architektin Olivia ist mit ihrem Dasein rundum zufrieden. Sie brennt für ihren Job und fühlt sich in der Wohnung, die sie sich mit ihrer Freundin teilt, pudelwohl. Männer spielen in ihrem Leben keine große Rolle. Olivia will keine feste Beziehung. Auch nicht zu Tim, mit dem sie seit einigen Monaten die Wochenenden verbringt. Heiraten? Niemals, lautet ihre Devise. Als sie einen kostbaren Ring bei ihm findet, befürchtet sie, dass er um ihre Hand anhalten wird. Vermutlich wird es schon am Pfingstwochenende so weit sein, denn er bittet sie, ihn an die Ostsee zu begleiten. Der turbulente Kurzurlaub entwickelt sich jedoch völlig anders als geplant und bringt ungeahnte Geheimnisse ans Licht, die ihr bisheriges und künftiges Leben komplett auf den Kopf stellen.

Die Autorin

Frieda Lamberti, gebürtige Hamburgerin, ist Langzeitehefrau, Mutter, Oma von vier Enkelkindern und lebt mit ihrem Mann in der Lüneburger Heide. Sie zählt sich zu den spätberufenen Schreiberinnen. Erst im Alter von fünfzig Jahren veröffentlichte sie ihren Debütroman »Ausgeflittert«. Frieda liebt Geschichten, die das Leben schreibt. Ob Komödie, Melodrama oder Romanze, in ihren Familiengeschichten kommen Humor, Spannung und Tragik nie zu kurz. Neben ihren zahlreichen Titeln, die sie als Selbstverlegerin herausbringt, veröffentlichte Frieda Lamberti bereits ihre Romane »Lila ist der Duft der Wahrheit«, »Frühstück inklusive«, »Herzklopfen und kalte Füße«, »Herzklopfen und kalte Hände«, »Kalte Milch und Kummerkekse«, »Warme Milch und Kummerkekse« und »Alias Nora Parker« bei Amazon Publishing, die als Taschenbuch, E-Book und Hörbuch erschienen sind.

FRIEDA LAMBERTI

Zeit der Seesterne

ROMAN

Montlake Romance

Deutsche Erstveröffentlichung bei
Montlake Romance, Amazon Media EU S.à r.l.
5 Rue Plaetis, L-2338 Luxembourg
März 2017

Umschlaggestaltung: bürosüd° München, www.buerosued.de
Umschlagmotiv: © Stokkete / Shutterstock; © mahey / Shutterstock; © wattana / Shutterstock; © vetre / Shutterstock; © Chris Zwaenepoel / Shutterstock; © janon kas/ Shutterstock
Lektorat: Hilke Bemm M. A., Neusäß
Korrektorat: Media-Agentur Gaby Hoffmann, www.profi-lektorat.com
Printed in Germany
By Amazon Distribution GmbH
Amazonstraße 1
04347 Leipzig, Germany

ISBN: 978-1-611-09841-9

www.amazon.de/montlakeromance

Prolog

Trude

Wie jedes Jahr kann ich den Beginn der Saison kaum erwarten. Wenn nach einer langen Durststrecke die ersten Urlauber mein Strandhaus beziehen, klingelt meine Kasse endlich wieder. Obwohl ich mein ganzes Leben lang hart gearbeitet habe, beziehe ich keine Rente und bestreite meinen Lebensunterhalt durch die Vermietung der eigenen vier Wände. Meine einzige Altersversorgung ist das Haus, um das mich viele Leute beneiden. Von Anfang Mai bis Ende September räume ich das Erd- und Obergeschoss meiner Residenz und ziehe ins Souterrain. Souterrain klingt einfach besser als Keller und wird meiner kleinen Einliegerwohnung, die ich mit viel Liebe zum Detail eingerichtet habe, viel gerechter.

Seit einer Woche bin ich wieder eine Kellerassel, wie meine Freunde mich scherzhaft nennen. Sie haben mir schon häufiger geraten, das Haus zu verkaufen und mir vom Erlös einen sorgenfreien Lebensabend zu gönnen. Bestimmt würde ich einen unanständig hohen Preis für meine Immobilie erzielen, schließlich liegt das Haus direkt am Strand. Heutzutage werden keine Genehmigungen mehr für Neubauten in erster Reihe erteilt.

Doch für kein Geld der Welt würde ich mein Zuhause aufgeben. Was hat sich hier nicht schon alles zugetragen? Geschichten, die mehr als ein Buch füllen würden. Schöne Erlebnisse, aber auch welche, die ich lieber vergessen würde.

Sommergrippe

Olivia

Ich bin selten krank. Ein bisschen Schnupfen und ein leichtes Kratzen im Hals sind für mich kein Grund zu jammern. Aber heute hat es mich wirklich schlimm erwischt. Auf wackligen Beinen, mit glasigen Augen und fast vierzig Grad Fieber schleppe ich mich ins Bad. Weil zu befürchten ist, dass ich das Gleichgewicht verliere, halte ich mich vorsorglich am Waschbecken fest, als Tim den Raum betritt und ich ihn dicht hinter mir spüre. Nach einem Kuss auf meinen glühenden Nacken meint er, ich würde ins Bett gehören. Ich hoffe inständig, dass er jetzt keinen Morgensex von mir erwartet, denn das wäre ein sehr einseitiges Vergnügen.

»Ruf in der Firma an und melde dich krank«, murmelt er und greift nach seiner Zahnbürste.

»Geht nicht! Ben würde ausflippen, wenn ich ihn ausgerechnet heute hängen lasse. Wir müssen ganz dringend die Unterlagen einreichen. Das ist ein wirklich wichtiger Auftrag, für den ich allein verantwortlich bin. Heute kann ich unmöglich …«

»Du musst dich dringend auskurieren!«, unterbricht er

mich. »Ich habe die halbe Nacht dein Bellen gehört. Deine Gesundheit ist doch wohl wichtiger als dieser blöde Abgabetermin. Das wird dein Chef doch wohl auch mal ohne dich schaffen. Wenn du ihn nicht anrufst, werde ich es tun.«

»Wehe!«, antworte ich und werfe ihm einen strengen Blick zu. Auf gar keinen Fall werde ich zulassen, dass er für mich in der Firma anruft. Was würde das für ein Licht auf mich werfen? Ich bin doch kein kleines Schulkind, das entschuldigt werden muss. Andererseits könnte ein Anruf von Tim dazu beitragen, dem heimlichen Getuschel ein Ende zu bereiten, denke ich amüsiert. Was die Spekulation über mein Privatleben angeht, teilt sich die Belegschaft in zwei Lager. Die männlichen Kollegen wissen, dass ich mit einer Frau zusammenlebe und sind der felsenfesten Überzeugung, dass ich eine Lesbe sei. Dabei handelt es sich bei dieser Frau nur um meine beste Freundin. Wir teilen uns die Miete und Nebenkosten einzig und allein aus dem Grund, weil das Wohnen in Hamburgs guter Lage für einen Single schlichtweg unbezahlbar ist. Die beiden Praktikantinnen glauben, dass mein Boss und ich eine Affäre hätten. Sie können sich einfach nicht vorstellen, dass ich die Position der Projektleiterin nur meinem Können zu verdanken habe. Wie grotesk! Ich und ein Verhältnis mit meinem Chef. Undenkbar! Da kann man mal sehen, wie schlecht meine Kollegen mich kennen. Obwohl bei uns ein recht lockeres Arbeitsklima herrscht, käme eine Liaison mit jemandem aus dem Büro für mich niemals infrage. Ich halte Beruf und Privatleben strikt getrennt. So wurde ich erzogen, und so halte ich es auch.

Freiwillig überlasse ich Tim das Bad. Nun kann er sich ungestört fertig machen, während ich in der Küche den Morgenkaffee für uns koche. Schon im Flur entdecke ich seinen gepackten Koffer und überlege angestrengt, wohin seine Reise wohl heute geht. Was hat er gestern noch zu mir gesagt? Hat er von London oder Paris gesprochen? Ich weiß es nicht mehr genau. Ich weiß nur, dass er für einige Tage fort sein wird, aber rechtzeitig zurückkommen will, um das verlängerte Pfingstwochenende mit mir zu verbringen. Für die Dauer seiner Abwesenheit werde ich wie üblich wieder nach Hause fahren. Selmas und meine Dreizimmerwohnung liegt im angesagten Stadtteil Eimsbüttel und ist nicht weniger komfortabel als Tims Appartement. Um ungestört zu sein, finden unsere romantischen Treffen jedoch stets bei ihm statt.

»Du packst?«, fragt er sichtlich erstaunt.

»Ja, ich fahre nach Hause.«

»Warum? Weshalb bleibst du nicht hier und schläfst dich gesund?«

»Selma wird sich …«

»Deine Mitbewohnerin ist bestimmt nicht erpicht darauf, sich bei dir anzustecken. Außerdem wäre mir wohler, wenn du in diesem Zustand nicht mit dem Wagen fährst.«

Ich finde, dass Tim übertreibt, aber weil mir nicht nach einer endlosen Debatte zumute ist, versende ich in seinem Beisein zwei Kurzmitteilungen.

Nachricht 1

Hey Selma, hab mir eine fiese Erkältung eingefangen. Bleibe vorerst bei Tim. LG Olivia

Nachricht 2

Guten Morgen Ben, werde mich etwas verspäten. Muss dringend zur Apotheke. LG Olivia

Ich warte ab, bis Tim in einem Taxi abfährt. Erst danach gehe ich die vier Stockwerke hinunter, um mich wie geplant auf den Weg ins Büro zu machen.

Dummerweise habe ich meinen Wagen unter einer großen Linde geparkt, die meinen kleinen Flitzer über Nacht komplett mit grünem Staub überzogen hat. Grundsätzlich habe ich nichts gegen Lindenblüten. Bei Stress und Schlaflosigkeit haben sie mir in Form von Tee schon des Öfteren über eine unruhige Nacht hinweggeholfen, aber als klebrigen Belag auf meinem Wagen schätze ich sie gar nicht. Mein ohnehin getrübter Blick lässt keine Sicht durch die Frontscheibe zu. Das schmierige Zeug lässt sich auch nach wiederholtem Betätigen der Wischanlage nicht beseitigen. Die letzten Tropfen aus dem Reservoir erweisen sich eher als kontraproduktiv. Nun quietschen die Wischblätter auf der trockenen Scheibe hin und her und machen den Schaden noch größer. Ich habe weder Lust noch die Kraft, ein weiteres Mal die siebzig Stufen hinaufzugehen, nur um Wasser zu besorgen. Mir fällt nichts Besseres ein, als mehrmals auf die Scheibe zu spucken. Mein Speichel landet direkt auf der Mitte der Frontscheibe. Erst als ich mit einem Papiertaschentuch ein kleines Guckloch freiputze, kann ich endlich abfahren. Auf dem Weg ins Büro lege ich einen kurzen Stopp ein und besorge mir in der Apotheke alles Nötige, um diesen Tag einigermaßen zu überstehen.

Gerade als ich die Großpackung Papiertaschentücher und das Fläschchen Erkältungsmittel auf meinem Schreibtisch ausbreite, höre ich Ben nach mir rufen. Er bewegt sich auf meinen Schreibtisch zu und mustert mich eingehend.

»Liv, du erweist dir und uns keinen Dienst, wenn du hier deine Bazillen verstreust. Hast du etwa vor, die ganze Belegschaft anzustecken? Ab mit dir! Du gehörst ins Bett!«

Sein Blick lässt keinen Widerspruch zu. Mürrisch packe ich meine Sachen zusammen. Allerdings kann ich mir nicht verkneifen, ihn im Hinausgehen an den dringenden Abgabetermin zu erinnern.

»Die Ausschreibungsfrist … und ich muss noch …«, keuche ich und zeige mit ausgestreckter Hand auf den Stapel Unterlagen, den ich für dieses Projekt bereits zusammengetragen habe.

»Darum werde ich mich kümmern. Und jetzt raus mit dir!« Er wünscht mir noch gute Besserung, bevor er in seinem Chefbüro verschwindet.

Wie versprochen, fahre ich zurück in Tims Appartement, um mich in aller Ruhe auszukurieren. Kurz vor seiner Wohnungstür machen meine Beine schlapp, und ich schaffe es gerade noch, mich an seiner Wohnungstür abzustützen. Nun prangt der Abdruck meiner verschwitzten Hand auf dem Namensschild. Ich nehme mir vor, es später wieder blank zu putzen, denn jetzt muss ich mich dringend hinlegen.

Nach einem heißen Holundergrog und einigen Stunden Schlaf bilde ich mir ein, dass es mir schon deutlich besser geht, aber das Fieberthermometer zeigt noch immer neununddreißig Grad an. Mein Handy klingelt. Es ist Selma, die sich nach meinem Befinden erkundigt und wissen will, ob ich beim Arzt gewesen bin.

»Nein, noch nicht«, huste ich in den Hörer, und sogleich schimpft sie mit mir.

»Kümmert sich dein viel beschäftigter Kunstexperte wenigstens um dich, oder ist er mal wieder auf Reisen?« Tim ist häufig geschäftlich unterwegs. Auf der Suche nach ausgefallener Kunst reist er durch ganz Europa. Aus diesem Grund beschränken sich unsere Treffen meist auf die Wochenenden.

»Er ist in Paris«, antworte ich kurz, bevor ich einen weiteren Hustenanfall bekomme.

»Hast du heute schon mal was gegessen?« Noch bevor ich antworten kann, kündigt sie an, nach Feierabend zu mir zu kommen und eine heiße Suppe mitzubringen. Ich höre noch ihr »Bis dann«, danach legt sie auf.

Selma hält unsere doppelte Haushaltsführung für glatte Geldverschwendung. Schon häufiger hat sie mich gefragt, warum ich nicht ganz zu ihm ziehe. Ich habe ihr jedes Mal geantwortet, dass ich es so, wie wir es handhaben, perfekt finde. Dann hat sie die Nase gerümpft und verständnislos den Kopf geschüttelt.

Heute rümpfe ich die Nase, denn mein Blick auf die Suppe, die sie mitgebracht hat, löst sofortigen Ekel bei mir aus.

»Igitt!«, rufe ich angewidert.

»Was ist damit nicht in Ordnung?« Sie riecht prüfend an ihrer Portion und erklärt: »Das ist Hühnersuppe vom Chinesen. Sie ist ganz frisch. Ich habe sie erst vor zehn Minuten geholt.«

»Das glaube ich dir, aber da schwimmen Glasnudeln drin. Die sehen aus wie Spulwürmer! Unsere Katze hatte mal welche. Als sie sich erbrochen hat, konnte ich unzählige dieser weißen Fäden in ihrem Auswurf erkennen. Die lebten sogar noch und bewegten sich langsam schlängelnd an die Oberfläche. Das war so unvorstellbar ekelhaft! Seither habe ich eine Aversion gegen …«

»Besten Dank, Olivia, jetzt hast du es geschafft und auch mir den Appetit verdorben«, unterbricht mich meine Freundin und stellt ihr Essen ebenfalls angewidert auf die Arbeitsplatte. Ich biete ihr an, stattdessen einen Tee mit mir zu trinken. Als sie zustimmt, setze ich den Wasserkessel auf und bitte sie, Tassen, Löffel und die kleine Zuckerdose aus dem Schrank zu holen. Selma stellt alles auf ein Tablett und befiehlt mir, mich wieder aufs Sofa zu legen. Sie will sich allein um die Zubereitung kümmern. Ich widerspreche nicht und gehe ins Wohnzimmer. Gerade als ich mir die Decke über die Beine lege, ruft Tim an. Er meint, ich würde noch schlimmer als am Morgen klingen, und fragt, ob ich noch Fieber habe.

»Bin schon auf dem Weg der Besserung«, krächze ich.

»Hoffentlich bist du schnell wieder fit, denn ich habe vor,

am Wochenende mit dir …« Er spricht den Satz nicht aus, sondern will wissen, wer bei mir ist. »Oder hast du den Fernseher laufen? Ich höre doch Stimmen im Hintergrund.«

»Selma ist gekommen. Sie hat mir heiße Suppe gebracht.«

»Dann will ich euch Mädels nicht länger stören und wünsche dir guten Appetit. Wir können ja später noch mal telefonieren.«

»Was hast du denn am Wochenende geplant?«, frage ich neugierig, doch er antwortet nicht mehr, weil er bereits aufgelegt hat. Einen kurzen Moment überlege ich, ob ich ihn zurückrufen soll, aber weil Selma ins Wohnzimmer tritt und den Tee für uns einschenkt, verschiebe ich mein Vorhaben auf später.

»Zucker für dich?«

»Ausnahmsweise zwei Stücke.«

Ich trinke eigentlich immer ungesüßt, aber weil dieser Kräutertee so stark ist, dass ein Löffel darin stehen kann, mache ich heute eine Ausnahme. Sie hebt den Deckel vom Porzellandöschen und fragt: »Was ist denn das?«

Als sie nicht wie erwartet Würfelzucker, sondern eine mit Samt bezogene Schatulle hervorholt, bin auch ich verwundert.

»Gib mal her!«, fordere ich sie auf und strecke ihr meine geöffnete Hand entgegen. Neugierig klappe ich das quadratische, mit Samt bezogene Kästchen auf und starre fassungslos auf einen funkelnden Diamantring. Ich finde keine Worte.

Selma schon. »Wow! Das ist mindestens ein Halbkaräter. Warum bewahrst du so edlen Schmuck in der Zuckerdose auf?«

»Der gehört mir nicht«, stottere ich. »Ich sehe diesen Ring heute zum ersten Mal.«

Meine Freundin grinst und spricht das aus, was auch ich vermute. »Tim wird um deine Hand anhalten. Oh, Olivia, ich freu mich so für dich. Los, leg ihn mal an. Ich will sehen, wie er an deinem Finger aussieht.«

Angestrengt denke ich nach, ob es für diesen zufälligen Fund nicht doch eine plausiblere Erklärung geben könnte. Ist es nicht vorstellbar, dass es sich bei diesem Klunker um ein antikes Stück handelt, das Tim im Auftrag eines Klienten ersteigert hat? Eher nicht. Diese Goldschmiedekunst wirkt modern und keineswegs altertümlich. Außerdem würde er so eine Kostbarkeit nicht mit nach Hause nehmen, sondern im Safe seiner Firma aufbewahren.

»Wieso machst du so ein Gesicht? Freust du dich denn nicht? Olivia! Was ist mit dir?«

Mir ist schlecht, und daran sind nicht die Glasnudeln schuld.

»Bitte sei mir nicht böse, aber ich möchte jetzt allein sein. Ich muss dringend nachdenken.«

Selma ist gegangen, und ich bemühe mich, Ordnung in meine Gedanken zu bringen. Diese Ungewissheit macht mich ganz verrückt. Hat Tim wirklich vor, mir einen Antrag zu machen? Jetzt schon? Das mit uns geht doch erst einige Monate. Mein Telefon klingelt, und ich nehme mir vor, ihn direkt danach zu fragen. Nur – wie soll ich das Gespräch beginnen? Ohne Umschweife werde ich ihm gestehen, dass ich zufällig den Ring gefunden habe. Mit den Worten: »Bitte denk nicht, ich hätte in deinen Sachen geschnüffelt, aber ich …«, werde ich meinen Satz beginnen. Wie er enden soll, weiß ich noch nicht. Gott sei Dank muss ich mir keine weiteren Gedanken über die richtige Formulierung machen, denn der Anrufer ist gar nicht Tim. Gut, dass ich nicht gleich losgeplappert habe. Das hätte peinlich werden können, denn Ben ist am anderen Ende der Leitung.

»Wo steckst du?«

»Liege im Bett. Ich hab noch immer Fieber.«

»In welchem Bett?«

Bitte? Was für eine ungeheuerliche Frage. Was geht es meinen Boss an, in welchem Bett ich liege?

»Ich bin bei mir zu Hause«, lüge ich, ohne mit der Wimper zu zucken.

»Und warum öffnest du nicht die Tür? Ich habe bereits dreimal geklingelt.«

»Du stehst vor meinem Haus? Warum?«, frage ich und werde augenblicklich nervös.

»Ich wollte dich bitten, noch einen letzten Blick auf die Ausschreibungsunterlagen zu werfen, bevor sie morgen in die Post gehen. Schließlich ist es dein Projekt, und ich wollte dir nicht vorgreifen.«

»Ich habe das Läuten nicht gehört, weil ich die Klingel ausgestellt habe. Ich wollte schlafen. Bitte versteh mich nicht falsch, aber ich kann dich jetzt nicht hereinbitten. Ich sehe furchtbar aus. Leg die Unterlagen einfach auf die Fußmatte. Ich schaue sie mir später an und melde mich bei dir, sollte damit etwas nicht in Ordnung sein.«

»Alles klar. Dann weiterhin gute Besserung.«

Ich lege auf. Verdammter Mist! Nun führt kein Weg daran vorbei. Ich muss jetzt sofort nach Hause fahren.

In Windeseile stopfe ich meine Klamotten in die neue Weekend-Tasche, die Tim mir genau für diesen Anlass geschenkt hat, und reiße einige Blätter von der Küchenrolle ab. Mit den Zellstofftüchern und einer Flasche Glasrein bewaffnet, laufe ich die siebzig Stufen ins Erdgeschoss hinunter und gehe schwer atmend auf meinen Wagen zu.

Das Fensterreinigungsmittel wird seinem Namen absolut gerecht, denn nach nur wenigen Spritzern ist die Scheibe wieder glasklar, und ich kann den Weg zum anderen Ende der Stadt gefahrlos antreten.

Ungeduldig schließe ich die Haustür auf. Einerseits bin ich erleichtert, dass Selma nicht zu Hause war, als Ben bei uns geklingelt hat. Sie ist eine wirklich patente Frau, aber was das Schwindeln angeht, ist sie völlig unbegabt. Auf seine Frage, wo ich bin und weshalb er nicht eintreten dürfe, wäre ihr bestimmt nur eine abstruse Ausrede eingefallen, die mein cleverer Boss ihr nie und nimmer abgenommen hätte. Es ist schon gut, wie es gelaufen ist. Andererseits habe ich die Befürchtung, dass sich die wichtigen Unterlagen gar nicht mehr vor meiner Wohnungstür befinden, weil die neuen Bewohner aus dem zweiten Stock sie zwischenzeitlich gemopst haben. Das ist in jüngster Vergangenheit schon häufiger vorgekommen. Seitdem ein alleinerziehender Vater und seine beiden Teenager über uns wohnen, kommt im Treppenhaus ständig was weg. Erst verschwand mein Regenschirm, und kurz darauf waren Selmas teure Schuhe futsch. Wir verdächtigen seine Tochter. Nur sie kann für den Diebstahl verantwortlich sein. Schließlich ist sie, mit Ausnahme von uns und der alten Frau Weigel aus dem Erdgeschoss, die einzige weibliche Bewohnerin in diesem Haus.

Erleichtert stelle ich fest, dass der Ordner an der Tür lehnt. Auf der Fußmatte liegt ein Blumenstrauß. Darunter finde ich eine Tafel meiner Lieblingsschokolade. Ben! Mein herzensguter Chef hat eine Notiz an die Schachtel geheftet.

Werde schnell wieder gesund. Wir brauchen dich.

Jetzt schäme ich mich noch mehr, ihn so dreist angelogen zu haben. Ich suche nach einer Rechtfertigung, die mir auch prompt einfällt. Hätte er mich nicht nach Hause geschickt und mich einfach meine Arbeit machen lassen, wäre ihm und mir dieses Schmierentheater erspart geblieben.

Bei einer Tasse Tee überprüfe ich noch einmal alle Berechnungen. Die Ausdrucke der Innen- und Außenansichten sind komplett. Alles klar. So können die Bauzeichnungen getrost eingereicht werden.

»Toi, toi, toi«, sage ich, spucke auf den Umschlag und frankiere ihn. Anschließend schreibe ich Ben eine SMS, in der ich ihm mitteile, dass ich die Unterlagen morgen selbst zur Post bringen werde. Abschließend füge ich noch eine persönliche Nachricht hinzu.

Danke für die schönen Blumen und die leckere Mandelsplitterschokolade. Nun heißt es: Daumen drücken! Ich drücke meine ganz fest. Du auch? LG Olivia

Es dauert keine drei Minuten und ich erhalte seine Antwort.

Keine Panik, Liv. Ich hab ein sehr gutes Gefühl. Du hast einen Bombenjob gemacht. Bin mir sicher, dass wir den Auftrag erhalten. Wenn es so weit ist, gehen wir beide ganz groß aus und feiern, bis der Arzt kommt. Apropos Arzt. Hast du dich untersuchen lassen? Vermutlich nicht. Bleib bis nach Pfingsten zu Hause und kuriere dich richtig aus. Das ist keine Empfehlung, sondern eine Anordnung! Liebe Grüße, Ben

Wir beide? Er will mit mir ausgehen? Nur mit mir? Ich lese die Passage bereits zum zweiten Mal und kann mir keinen Reim darauf machen. Was soll denn das bedeuten? Bisher hat doch immer das ganze Team gefeiert, wenn wir einen Zuschlag erhalten haben. Meine innere Stimme meldet sich zu Wort und befiehlt: »Olivia, du solltest dich schnellstens wieder hinlegen, statt Wortklauberei zu betreiben. Du hast Fieber und fantasierst!«

Ich befolge ihren Rat.

Es muss schon weit nach Mitternacht sein, denn mein Fernseher hat sich bereits automatisch ausgeschaltet, als ich höre, dass die Wohnungstür laut zuklappt, und ich panisch aufschrecke. Entspannt lehne ich mich erst wieder zurück, nachdem ich Selmas Lachen erkannt habe. Kein anderer Mensch lacht auf so durchdringende Art wie sie. Sie gluckst hell und schrill wie ein Meerschweinchen. Wer ihr wohl zur späten Stunde noch so viel Freude bereitet, dass sie in höchsten Tönen quieken muss? Aha, dachte ich es mir doch. Ein Typ ist bei ihr. Entgegen unserer Regel, keine Männer in der WG übernachten zu lassen, hat sie heute einen mitgebracht.

»Wie komme ich zu der Ehre?«, höre ich ihn fragen.

»Wir haben heute sturmfreie Bude.«

»Eine tolle Bude, wenn ich das sagen darf«, antwortet er und fragt, ob der Kühlschrank was Trinkbares zu bieten habe. »Ich hätte noch Lust auf einen Schluck, bevor wir …«

»Fettarme Milch ist im Angebot. Die ist immerhin frisch, und ich kann sie dir ruhigen Gewissens empfehlen. Alles andere geht auf eigene Gefahr«, lacht sie.

»Milch?«

»Milch macht müde Männer munter.«

»Aber ich bin gar nicht müde. Ganz im Gegenteil.«

Nun ist der Zeitpunkt gekommen, mir die Ohren zuzuhalten, und ich versuche, die Bilder, die sich vor meinem inneren Auge aufstellen, auszublenden. Statt mir vorzustellen, was gerade im Nebenzimmer passiert, denke ich an kleine Tierbabys. An die grauen und weißen Katzen und ihre vielzähligen Nachkommen, die früher im Garten meiner Großmutter Anne Marie herumtollten. Meine Güte, Oma. Dich sollte ich auch dringend mal wieder anrufen. In Gedanken telefoniere ich mit ihr und höre sie laut mit mir schimpfen.

»Schön, dass du dich noch an mich erinnerst. Wann gedenkst du, mich mal wieder zu besuchen? Ehrlich, Olivia, das habe ich nicht verdient.«

Stimmt. Das hat meine Oma wirklich nicht verdient. Als ich noch ein kleines Kind war, hat sie sich aufopfernd um mich gekümmert. Nachdem meine Eltern verstorben waren, hat sie mich in ihrem Haus in Celle aufgenommen, großgezogen und mich mit ihrer Fürsorge regelrecht erdrückt. Es konnte mir nicht schnell genug gehen, diese piffige Kleinstadt zu verlassen. Gleich nach dem Abitur bin ich nach Hamburg gezogen, um mein Architekturstudium aufzunehmen. Das liegt jetzt schon wie viele Jahre zurück? Ach Omi, du hast ja so recht. Ja, ich bin wirklich undankbar.

Nach einem heftigen Liebesspiel herrscht endlich wieder Ruhe im Nebenzimmer. Ich prüfe noch einmal meine Temperatur. Nach dem Ertönen des Signals werfe ich einen letzten Blick auf mein Fieberthermometer. Nur noch 38,7 Grad. Es geht bergauf.

It's in his kiss

Trude

»Trude, bist du da?«, höre ich eine Frauenstimme laut rufen. Nach einem kurzen Blick über die Natursteinmauer erkenne ich Marlies' rotes Fahrrad. Sie ist gekommen, um mir beim Reinemachen zu helfen.

»Ist offen!«, rufe ich zurück.

Wie gewohnt habe ich gleich nach dem Aufstehen das Radio angestellt und bei lauter Musik meine Morgengymnastik gemacht. Ohne diese Übungen komme ich einfach nicht in die Gänge. Aber was ist heute los? Bereits zum dritten Mal wird ein Lied von Cher gespielt. Gerade läuft der *Shoop Shoop Song*, und ich frage Marlies, ob es sein kann, dass die Sängerin gestorben ist.

»Nee, nicht gestorben. Cher ist heute siebzig geworden, genau wie du«, lacht meine Freundin, geht zum Kühlschrank und nimmt eigenmächtig eine Flasche Prosecco heraus. Sie meint, jetzt sei der richtige Zeitpunkt gekommen, um mit mir anzustoßen.

»Erst die Arbeit, dann das Vergnügen. Die Betten müssen

noch bezogen werden, und um den Rasen muss ich mich auch noch kümmern.«

»Wollte das nicht dein Enkelsohn übernehmen?«

»Marius hätte erst am Wochenende Zeit, und dann ist es zu spät. Das schaffe ich auch ohne ihn, vorausgesetzt, du hältst mich nicht noch länger im Schnack auf und packst jetzt mit an.«

Ich werfe einen Blick auf die Uhr und stelle fest, dass ich meinem Zeitplan gehörig hinterherhinke. »Noch bevor die Läden über Mittag schließen, muss ich frische Blumen für die neuen Mieter besorgen.«

»Blumen?«

»Darauf wurde bei der Buchung ausdrücklich bestanden. Die Leute werden immer anspruchsvoller, was Sonderwünsche angeht.«

»Erwartest du Stammgäste?«

»Ich glaube nicht. Der Name Fendrich sagt mir nichts.«

»Fendrich? Etwa Rainhard Fendrich, der Fernsehmoderator? Das ist ja ein Ding!«

»Welcher Fernsehmoderator?«

»Der aus Österreich, der diese Flirtshow in den Neunzigern moderiert hat. Wie hieß die Sendung denn bloß? Irgendwas mit Herz… Und Sänger ist er auch. Na, du weißt schon«, sagt sie und trällert: *»Macho, Macho kannst net lernen, Macho, Macho muss man sein.* – Würdest du mir ein Autogramm von ihm besorgen? Vielleicht wäre er ja auch bereit, sich für ein Foto mit mir zur Verfügung zu stellen. Fragst du ihn? Bitte, Trude, tu mir doch den Gefallen. Dann hast du auch was gut bei mir.«

»Der Fendrich, an den du denkst, ist es ganz sicher nicht! Mein Fendrich kommt aus Norddeutschland. Er scheint recht gut betucht zu sein, denn er zahlt freiwillig den Preis für eine Woche, obwohl er nur bis Pfingstmontag bleibt.«

Enttäuscht darüber, dass kein Promi bei mir einzieht,

schaut Marlies aus dem Fenster. Sie inspiziert die Rasenfläche und meint, ich solle mir die Arbeit mit dem Mähen getrost sparen.

»Die Wiese mit den blühenden Butterblumen hat doch irgendwie Charme. Also ich würde es so lassen.«

»Recht hast du!«, sage ich nach einem prüfenden Blick über ihre Schulter und drücke ihr einen Stapel Bettwäsche in die Hand.

Dank Marlies' Hilfe ist die Arbeit rasch erledigt, und wir können zum gemütlichen Teil übergehen. Statt die Flasche Prosecco zu öffnen, koche ich einen Kaffee und schneide den Topfkuchen an, den ich gestern Abend für uns gebacken habe. Bei schönstem Wetter setzen wir uns auf die Terrasse und genießen windgeschützt die Vormittagssonne. Als ich meine Freundin dabei ertappe, wie sie heimlich einen Flachmann aus der Tasche zieht und sich einen ordentlichen Schluck ihres mitgebrachten Witwentrösters in die Kaffeetasse kippt, ziehe ich verständnislos die Augenbrauen hoch. Ich bin drauf und dran, mit ihr zu schimpfen, denn ihre Sauferei hat seit dem Tod ihres Mannes besorgniserregende Formen angenommen.

»Möchtest du auch?«, fragt sie und will auch mir einschenken, aber ich lege abrupt meine Hand auf die Tasse.

»Es ist halb zwölf und eindeutig zu früh für Schnaps.«

»Ein Schluck wird dich schon nicht umhauen. Komm, lass uns auf deinen runden Geburtstag anstoßen.«

»Ich hab dir doch gesagt, dass ich noch zum Floristen muss. Glaubst du etwa, ich will ins Dorf torkeln?«

»Wenn du willst, begleite ich dich. Ich hatte ohnehin vor, noch einmal zum Friedhof zu gehen, um eine Kerze auf Heinz' Grab zu stellen.«

»Du willst was?«, frage ich lauter als beabsichtigt. »Warum denn das?«

»Schließlich ist es meine Aufgabe, mich um seine Grabstätte zu kümmern. Das bin ich ihm schuldig.«

»Du hättest dich besser zu Lebzeiten um ihn kümmern sollen.«

»Was willst du denn damit sagen? Unterstellst du mir etwa, ihm keine gute Ehefrau gewesen zu sein?«, empört sie sich.

Genau das! Ich kenne Marlies fast mein ganzes Leben lang. Wir waren schon in der Grundschule miteinander befreundet, und ich weiß alles über sie. Länger als vierzig Jahre hat sie nur über ihren Heinz geschimpft und stets die Hoffnung gehegt, ihr würde noch ein besserer Mann über den Weg laufen. Einer mit viel Geld und feinen Umgangsformen, denn was das anging, hatte Heinz nicht viel zu bieten. An ihrem sechzigsten Geburtstag war Marlies sogar gewillt, sich von ihm scheiden zu lassen, so sehr hat sie ihn und das Leben an seiner Seite verabscheut. Zugegeben, Heinz war nicht unbedingt das, was man einen Hauptgewinn nennen würde, aber er hatte einen guten Charakter und eine Engelsgeduld. Letztere war auch bitter nötig, wenn man auf Dauer mit Marlies auskommen wollte. Als er im letzten Sommer an Krebs erkrankte, hat sie ihm vorgeworfen, er würde nur simulieren und ihn einen faulen Hypochonder genannt. Als es rapide mit ihm bergab ging, beauftragte sie ohne zu zögern einen ambulanten Pflegedienst. Als wäre es gestern gewesen, höre ich sie sagen: »Ich kann das nicht, und ich werde das auch nicht tun. Sollen ihn andere waschen und ihm Windeln anlegen. Schließlich gibt es dafür Fachpersonal.« Und was macht sie jetzt? Jetzt rennt sie täglich zum Friedhof und drückt auf die Tränendrüse. Mögen die Leute im Ort ihr die Rolle der trauernden Witwe abnehmen. Ich tue es nicht!

»Nimm das sofort zurück, Trude!«, fährt sie mich schroff an.

»Warum sollte ich? Ich hab doch absolut recht. Du hast deinen Hund liebevoller behandelt als ihn.«

»Das ist ungeheuerlich!«

Marlies fährt sich mit der Hand durch ihr toupiertes Haar und presst die Lippen fest aufeinander. Gleich darauf fangen ihre Nasenflügel an zu beben. Das ist ein eindeutiges Zeichen dafür, dass sie kurz davorsteht, einen ihrer gefürchteten Anfälle zu bekommen. Aber so weit lasse ich es gar nicht erst kommen und sage völlig unbekümmert: »Wenn du mich begleiten willst, dann komm in die Puschen! Ich muss jetzt los.«

Sie begleitet mich nicht, sondern schwingt sich wutentbrannt auf ihr Fahrrad. Nach wenigen Metern dreht sie sich um und kreischt mir im Fahren zu: »Du kannst von Glück sagen, dass du heute Geburtstag hast. Sonst würde ich dir die Meinung geigen! Du blöde …«

»Besser, du guckst nach vorn, bevor noch was passiert!«, unterbreche ich sie, aber meine Warnung kommt zu spät. Marlies rammt ein parkendes Auto und stürzt im hohen Bogen vom Rad. Nun liegt sie auf dem harten Asphalt und hält sich unter lautem Schreien das linke Bein. Noch während ich zu ihr laufe, greife ich in meine Hosentasche und ziehe mein Handy heraus.

»Wir brauchen einen Krankenwagen zum Küstenwanderweg. Bitte, kommen Sie schnell!«

Typ Türsteher

Olivia

Lautes Wasserrauschen hat mich geweckt. Entweder steht Selma oder ihr Lover unter der Dusche. Der Duft von frisch gebrühtem Kaffee kriecht in meine Nase, und ich werfe die Decke zurück, um aufzustehen. Gerade drücke ich die Klinke meiner Zimmertür hinunter, als ich eine Männerstimme aus der Küche rufen höre: »Wieso glaubst du, dass sie seinen Antrag ablehnt?«

»Ich gehe jede Wette mit dir ein, dass Olivia ihm eine Abfuhr erteilt«, tönt es aus dem Bad.

»Was macht dich so sicher? Ich dachte, dieser Tim sei ein Traumtyp, gut aussehend, charmant und gut situiert.«

»Das hat nichts mit ihm zu tun. Sie wird niemals heiraten. Sobald es ernst wird, zieht sie die Notbremse.«

»Warum? Was stimmt nicht mit ihr?«

Noch bevor Selma ihrem neugierigen Übernachtungsgast erzählen kann, was mit mir nicht stimmt, trete ich in den Flur und rufe überlaut: »Guten Morgen!«

Augenblicklich öffnet sich die Badezimmertür, und meine Freundin starrt mich mit weit aufgerissenen Augen an. Es ist nicht zu übersehen, wie unangenehm ihr die Situation ist.

»Du bist hier? Ich dachte, du wolltest bei Tim … Seit wann bist du …?«

»Lange genug, um zu hören, wie du hinter meinem Rücken über mich tratschst«, antworte ich forsch und gehe eingeschnappt an ihr vorbei in die Küche. Ich traue meinen Augen nicht, als ich einen splitternackten Männerhintern vor dem Herd stehen sehe. Der Versuch, mich still und heimlich zurückzuziehen, scheitert. Er hat mich bereits bemerkt und dreht sich völlig ungeniert zu mir um.

»Du musst Olivia sein. Selma hat mir schon von dir erzählt. Sie meinte, du seist krank. Geht es dir schon wieder besser? Übrigens, ich bin Alexander«, erklärt er und streckt mir seine Hand entgegen. Ich bekomme kein Wort heraus, und statt in sein Gesicht zu schauen, starre ich gebannt auf sein übermächtiges Geschlechtsteil. »Frühstückst du mit uns? Ich bereite gerade Eier für uns zu. Wie magst du sie am liebsten, Liv?«

»Was deine angeht, hätte ich sie gern unsichtbar in Boxershorts verpackt. Kannst du dir nicht was überziehen?«, empöre ich mich.

»Was überziehen?«, lacht er frech, und erst jetzt wird mir die Doppeldeutigkeit meiner Worte bewusst.

»Dich ankleiden, meine ich!«

»Warum? Bist du etwa prüde?«

Auf so eine dumme Frage gebe ich ihm keine Antwort und drehe mich kopfschüttelnd um.

»Also gut! Wenn du dich dann besser fühlst, ziehe ich mich an.«

Selma ist bereits angezogen, als sie zu mir in die Küche kommt und fragt, ob Alex sich schon vorgestellt habe.

»Ja, in voller Pracht. Verdammt, Selma, wir haben eine Abmachung. Keine Kerle übernachten in unserer Wohnung.«

»Nun mach doch kein Fass auf! Das hier ist doch kein Mädchenpensionat.«

»Ich will nicht, dass fremde Männer hier ein- und ausgehen.«

»Alex ist nicht fremd. Ich kenne ihn aus dem Fitnessstudio.«

»Dass er fit ist, konnte ich letzte Nacht hören. Das erklärt aber nicht, weshalb du mit ihm über mich gesprochen hast. Wieso erzählst du ihm von Tim und mir? Was geht es ihn an? Und was sollte deine Bemerkung mit der Notbremse?«

»Nun mach doch aus einer Mücke keinen Elefanten und komm mal wieder runter!«

»Von Tim habe ich dir im Vertrauen erzählt. Hätte ich gewusst, dass du es nicht für dich behalten kannst, hätte ich geschwiegen.«

»Du tust ja geradeso, als hätte ich ein Staatsgeheimnis ausgeplaudert. Warum darf niemand von euch wissen?«

»Ich habe meine Gründe, das sollte doch reichen!«

Alex unterbricht uns und fragt, warum wir nicht auf die Eier geachtet haben. Statt uns zu streiten, hätten wir seiner Meinung nach lieber den Topf vom Herd nehmen sollen.

»Jetzt sind sie hart«, bedauert er. Ich schenke mir einen Becher schwarzen Kaffee ein und will zurück in mein Zimmer gehen, als er von mir wissen will, ob ich für das Planungsbüro Fendrich tätig bin.

»Das hat Selma dir also auch schon erzählt?«, entrüste ich mich. Hatten die beiden kein anderes Thema als mich?

»Nein, das hat sie nicht. Ich habe den Absender auf dem Umschlag gesehen und eins und eins zusammengezählt.«

»Du kannst zählen? Das ist ja ein Ding.«

Alex lässt sich von meiner schlechten Laune nicht beeindrucken und fragt weiter. »Stimmt es, dass du Architektin bist?«

»Was soll die Fragerei?«

Er nimmt den Umschlag vom Tisch und liest laut vor: »An die Residenzia Nord AG. Du suchst einen Platz im Altersheim? Bist du dafür nicht noch viel zu jung?«, veralbert er mich.

»Gib das her! Das sind wichtige Unterlagen, die ich heute noch zur Post bringen muss.«

»Musst du nicht. Ich kann das für dich erledigen. Auf dem Weg zur Arbeit komme ich am Briefkasten vorbei«, bietet Selma an. »Besser, du ruhst dich noch aus.«

»Nicht nötig«, antworte ich und reiße Alex den Umschlag aus der Hand. »Der Brief muss per Einschreiben verschickt werden. Besser, ich kümmere mich selber darum.«

»Das muss ja megawichtig sein«, mischt Alex sich ein und schaut interessiert zu mir rüber.

»Ist es auch. Es handelt sich um Entwürfe für den Neubau eines Seniorenheims. In diesem Umschlag steckt wochenlange Arbeit. Ich will diesen Auftrag unbedingt an Land ziehen.«

»Na, dann toi, toi, toi«, grinst er, stellt seine Tasse in den Geschirrspüler und verkündet, dass er nun gehen müsse. Wird auch Zeit, denke ich und warte, bis er die Tür schließt.

Seit wann Selma auf den Typ Türsteher abfährt, will ich von ihr wissen.

»Wie kommst du denn darauf?«

»Na, der Typ war doch überproportional mit Muskeln bepackt. Muckis, aber nichts im Hirn. Das kennt man doch.«

»Er ist durchtrainiert, und darüber hinaus ist er sehr nett. Ich kann nicht verstehen, weshalb du so unfreundlich zu ihm gewesen bist. Das ist doch sonst nicht deine Art.«

»Tut mir leid. Ich weiß auch nicht, weshalb ich so überzogen reagiert habe.«

»Ich schon! Dir geht der Ring nicht aus dem Kopf. Liege ich damit richtig?«

»Ich will nicht, dass Tim mich fragt. Zum einen kennen wir uns erst kurze Zeit, und zweitens … Warum muss man unbedingt heiraten? Man kann doch auch ohne Trauschein glücklich sein.«

»Dann sprich mit ihm. Und zwar bevor er vor dir auf die Knie fällt. Oder steht dir der Sinn nach einem Déjà-vu?«

Es ist nicht nötig, dass Selma mich an Janus erinnert. Wir waren Studienkollegen. Ich schätzte seine fachliche Kompetenz. Er wirkte so inspirierend auf mich. Ich träumte von einer gemeinsamen beruflichen Zukunft. Seine Träume waren privater Natur. Schon im dritten Semester hat er mich gefragt, ob ich ihn heiraten und zu ihm und seiner garstigen Mutter ziehen möchte. Ich mochte nicht. Das war's mit uns.

»Du, Selma? Weißt du eigentlich, dass du meine längste Beziehung bist?«

»Vergiss es, Olivia, ich stehe auf Männer! Und wo wir gerade dabei sind, wir müssen dringend an unserem Regelwerk feilen. Es ist doch idiotisch, dass ich keinen Mann mit nach Hause bringen darf. Ich hab die Nase voll von losen Abenteuern und Quickies im Freien. In meinem Alter wird es Zeit für eine feste Beziehung. Meine Uhr tickt, kannst du sie hören?«

Ich höre nichts ticken, sondern das Klingeln meines Telefons und gehe ran. Es ist Tim, der fragt, wo ich stecke. Er ist früher als geplant zurückgekommen und wundert sich, warum ich nicht in seinem Appartement bin. Ob ich mich habe krankschreiben lassen, will er wissen, und ich antworte, dass Ben mir auch ohne Attest bis Freitag freigegeben hat.

»Netter Chef«, lacht er und fordert mich auf, mit meiner gepackten Weekend-Tasche schnellstens zu ihm zu kommen. »Dann steht unserem Wochenende ja nichts mehr im Weg. Ich möchte nämlich mit dir an die See fahren.«

»Okay. Gib mir zwei Stunden.«

Oberschenkelhalsbruch

Trude

Es ist schon dunkel, als ich mich zum zweiten Mal an diesem Tag auf den Weg ins Städtische Krankenhaus mache, um Marlies einen Besuch abzustatten. Sie wurde nach dem Röntgen sofort stationär aufgenommen und liegt nun in einem Dreibettzimmer auf der Unfallchirurgie im zweiten Stock. Diagnose: Oberschenkelhalsbruch. Ob sie mir wohl wieder Vorhaltungen machen wird? Aus ihrer Sicht bin ich schuld an ihrem Fahrradunfall. Ich hingegen meine, dass allein ihr Witwentröster für den folgenschweren Sturz verantwortlich ist. Statt eines Piccolos, um den sie mich noch vor dem Abtransport mit dem Krankenwagen gebeten hat, habe ich am Kiosk Zeitschriften für sie besorgt. Der Stapel umfasst alle gängigen Klatschmagazine. Marlies ist regelrecht süchtig nach diesen banalen Geschichten aus den Königshäusern. Seit Jahren vergeht keine Woche, in der sie nicht die Artikel der Yellow Press über Prinz William, den Duke of Cambridge, und Kronprinzessin Victoria von Schweden verschlingt. Ich mache mich schon lange nicht mehr über die ausgeprägte Macke meiner Freundin lustig, denn ich bin zu der Überzeugung gelangt, dass die beiden Thronfolger zu ihrer Ersatzfamilie geworden sind.

Die Tür zum Krankenzimmer steht offen. Als die Patientin mich erkennt, lässt sie die Rückenlehne hochfahren und schaut mich erwartungsvoll an.

»Nein, meine Liebe. Ich habe keinen Sekt dabei. Schließlich ist das hier ein Krankenhaus. Es schadet dir nicht, mal einige Tage auf Alkohol zu verzichten«, flüstere ich ihr leise zu.

»Tage? Ich werde Wochen hier verbringen müssen, hat der Arzt gesagt.«

»Na, da wird sich deine Leber bestimmt freuen.«

»Geh! Ja, hau ab, wenn du nur zum Stänkern hergekommen bist!«, fährt sie mich schroff an.

Ich habe nicht vor zu stänkern und werde auch nicht sofort wieder gehen. Nicht bevor ich ihr von meinen neuen Feriengästen berichtet habe, die heute Nachmittag eingezogen sind. Marlies ist ganz Ohr.

»Als ich von der Notaufnahme zurückkam, parkte ein silberner Mercedes mit Lübecker Kennzeichen direkt vor meinem Haus. Der Zettel, den ich als Nachricht für die Fendrichs an der Haustür angebracht hatte, war verschwunden. Gut, dachte ich, sie haben den Schlüssel, den ich für sie unter der Fußmatte deponiert habe, gefunden. Ich lauschte kurz an der Tür, konnte aber keine Stimmen wahrnehmen. Dennoch drückte ich den Klingelknopf. Kurz nachdem das Ding-Dong ertönte, hörte ich Schritte. Eine feine Dame in einem teuren Seidenkostüm öffnete, und ich stellte mich der blonden Mittfünfzigerin freundlich vor. ›Frau Fendrich? Herzlich willkommen im Haus Seestern. Ich bin Gertrude Kaufmann, die Eigentümerin, aber Sie können gern Trude zu mir sagen. Ist alles zu Ihrer Zufriedenheit? Oder kann ich …?‹

›Danke, es ist alles in Ordnung‹, unterbrach sie mich sogleich.

›Melden Sie sich bei mir, wenn Sie Fragen haben oder ich

Ihnen bei irgendwas behilflich sein kann. Sie finden mich im Souterrain.‹

›Das wird nicht nötig sein. Mein Mann kennt sich hier bestens aus.‹

›So? Sie waren schon einmal zu Gast hier? Ich kann mich gar nicht an Sie erinnern. Muss wohl an meinem Alter liegen. Schließlich bin ich heute siebzig geworden.‹

›Herzlichen Glückwunsch‹, entgegnete sie völlig emotionslos. Als ich sie fragte, ob ich morgens Brötchen bringen soll, verzog sie genervt das Gesicht und zischelte: ›Darum kümmern wir uns selbst. Und nun stören Sie bitte nicht länger! Wir sind schließlich hier, um unsere Ruhe zu haben!‹

Dann schlug sie mir die Tür einfach vor der Nase zu. Was für eine arrogante Ziege, dachte ich und ärgerte mich, dass ich mich für diese unsympathische Person so ins Zeug gelegt habe.«

»Man kann sich seine Gäste eben nicht aussuchen. Was hast du gesagt, Trude? Wie alt ist sie? Mitte fünfzig? Na, dann besteht wenigstens keine Gefahr, dass sie dein Mobiliar ruiniert, wie es die Horde junger Musiker getan hat, die letztes Jahr über Pfingsten bei dir gehaust hat. Nach ihrer Abreise glich dein Wohnzimmer einem Trümmerfeld. Erinnerst du dich?«

»Mit den Jungs hatte ich wenigstens Spaß.«

»Du willst Spaß? Dann komm wieder und bring was zu trinken mit.«

»Bis morgen, du alter Schluckspecht!«

»Nenn mich nicht alt! Ich bin schließlich jünger als du.«

»Ja, ganze vier Monate«, lache ich und streiche Marlies über das zerzauste Haar. Sie bittet mich, in ihre Wohnung zu gehen und einige Sachen für sie zusammenzupacken. Auf einem Zettel hat sie bereits handschriftlich notiert: Lesebrille, Ladegerät fürs Handy, Nachthemd, Unterwäsche, Deo, Handspiegel, Stielkamm, Haarspray und ein Bild von Heinz. Sie reicht mir die Liste mit ihrem Schlüsselbund, und ich verspreche, die Sachen am nächsten Morgen zu bringen.

Marlies' Wohnung liegt auf meinem Heimweg, und deshalb setze ich ihre Bitte gleich in die Tat um.

Schon als ich die Tür öffne, strömt mir ein penetranter Rosenduft entgegen. Meine Freundin hat in jedem ihrer drei Zimmer, Küche und Bad sogenannte Raumerfrischer aufgestellt. Sie steht auf diesen Geruch. Ich nicht und halte die Luft an. Nachdem ich im Wohnzimmer das Licht angeknipst habe, entdecke ich die Lesebrille und das Ladekabel fürs Handy, beide liegen offen auf dem Stubentisch. Weil ich mich in Marlies' Haushalt bestens auskenne, sind nur wenige Handgriffe nötig, um auch die anderen Sachen schnell zu finden. *Und ein Bild von Heinz* lese ich als letzten Punkt auf ihrer Liste und gehe in den Flur. Auf der Kommode stehen drei gerahmte Bilder. Beim Blick auf das Gruppenfoto krampft sich sofort mein Magen zusammen. Diese alte Aufnahme, die Marlies' und Heinz' einzige Tochter, den Schwiegersohn und ihr kleines Enkelkind zeigt, lässt den unvorstellbaren Schmerz wiederaufkeimen. Was für eine Tragödie, denke ich und nehme das Bild in die Hand, um es genauer zu betrachten. Wie viele Jahre mag es jetzt her sein, dass sie sich vom Fotografen für ein Familienbild am Strand haben ablichten lassen? Sind es schon zwanzig? An jenem Tag war Marlies' Welt noch in Ordnung. Damals hat sie noch einen großen Bogen um alles gemacht, was nur ansatzweise mit Alkohol versetzt war. Selbst diese bekannten Kirschpralinen hat sie strikt abgelehnt. Aber dann geschah das unfassbare Unglück. Heinz hat sehr darunter gelitten und sich oft bei mir ausgeweint. Marlies nie. Sie bat mich, kein Wort darüber zu verlieren, und ich tat ihr den Gefallen. Nein, dieses Bild werde ich auf keinen Fall einpacken. Sie wollte doch nur eins von ihrem Mann, und genau das wandert jetzt in die gepackte Tasche.

Ich parke meinen Wagen neben der silbernen Luxuskarosse, lasse die Tasche mit Marlies' Sachen im Kofferraum stehen und gehe auf dem knatschenden Kiesweg ums Haus. Durch die offenen Spalten der Holzpaneele scheint gedämpftes Licht auf den Boden. Jemand sitzt auf dem Balkon und raucht. Ich gebe keinen Mucks von mir und schließe so leise wie möglich die Tür zu meiner Einliegerwohnung auf. Noch bevor ich eintrete, höre ich Frau Fendrich keifen.

»Streite es nicht ab! Du bist so ein feiger Lump!«

»Was soll das? Ich bin nicht mit dir hierhergekommen, um mir weiterhin deine haltlosen Beschuldigungen anzuhören«, entgegnet der Lump, von dem ich annehme, dass es sich um Herrn Fendrich handelt.

»Gib es doch endlich zu!«, schreit sie nun noch lauter.

»Es reicht! Ich gehe jetzt mit dem Hund raus. Solltest du dich nach meiner Rückkehr immer noch nicht beruhigt haben, fahre ich noch heute Abend zurück nach Lübeck.«

»Das kannst du nicht machen! Was soll ich denn den Kindern sagen, wenn sie morgen kommen?«

»Sag ihnen, dass du völlig übergeschnappt bist und ich genug von dir habe!«

»Du hast mich über? Das war deutlich!«

»Komm, Rasmus! Gassi gehen!«

Na, das ist ja mal interessant, denke ich, als die Tür der Hauptwohnung mit einem lauten Knall ins Schloss fällt. Die haben einen Hund mitgebracht, obwohl in den Mietbedingungen ausdrücklich steht, dass Tierhaltung in meinem Haus untersagt ist. Nicht, dass ich persönlich etwas gegen Vierbeiner hätte. Ganz und gar nicht. Ich selbst hätte gern einen kleinen Kläffer. Aber angesichts der zunehmenden Zahl von Allergikern war es nur vernünftig, diesen Passus in die Verträge aufzunehmen. Nun wird mir klar, weshalb mich die Fendrich so schnell loswerden wollte. Neugierig schaue ich aus dem Fenster und erblicke im Schein der Laterne eine männliche Gestalt, die sich in gemächlichem Schritt in Richtung Strand bewegt. Mehr als seine Silhouette kann ich nicht erkennen. Rasmus, der Hund, scheint ein Riesenschnauzer zu sein. Wenigstens wird er von seinem Besitzer an der Leine ausgeführt.

Gesunde Seeluft

Olivia

Schon als ich mir einen Parkplatz vor Tims Haus suche, ist mir klar, dass er nicht wie angekündigt in seinem Appartement auf mich wartet, denn sein privater Stellplatz ist leer. Wohin er gefahren ist, entnehme ich wenig später einem gelben Post-it-Zettel, der am Küchenschrank klebt.

Besorge uns was Leckeres zum Abendessen. Bis gleich.
Tim

So, wie es aussieht, hat er schon gepackt, denn sein kleiner Reisekoffer liegt aufgeklappt auf dem Bett. Statt auf einen Anzug und gebügelte Oberhemden blicke ich auf T-Shirts und Jeans. Ich gehe in die Küche und öffne mit zittrigen Händen den Schrank, in dem sich die Zuckerdose befindet. Mein Herz klopft, als ich neugierig den Deckel anhebe. Nanu? Wo ist denn die kleine Schmuckschatulle geblieben? Ob er den Ring bereits in den Koffer gelegt hat? Um der Frage nachzugehen, begebe ich mich erneut ins Schlafzimmer. Doch mir bleibt keine Zeit, um sein Gepäck zu durchforsten, denn ich höre Schließgeräusche, und kurz darauf steht Tim breit grinsend im Türrahmen.

»Du hast schon gepackt?«, frage ich listig.

»Hey, wie schön, du bist schon da«, antwortet er und drückt mir einen Kuss auf die Lippen. »Das nenne ich ja mal eine schnelle Genesung. Du siehst schon viel besser aus. Und Fieber scheinst du auch nicht mehr zu haben.«

»Hab mich gesund geschlafen. Aber nun sag schon! Wohin geht es am Wochenende? Was genau hast du geplant? Und wie lange bleiben wir?«

»Lass dich einfach überraschen, Babe«, lacht er und bringt seine Einkäufe in die Küche. Ich mag es gar nicht, wenn er mich so nennt. Mich erinnert diese Bezeichnung an das niedliche Ferkel aus dem Film *Ein Schweinchen namens Babe*, mit dem ich null Ähnlichkeit habe. Ich bin kein rosiger Typ. Meine Hautfarbe ist oliv, und meine Haare sind pechschwarz. Das südländische Aussehen habe ich den Genen meines Vaters zu verdanken, der spanische Vorfahren hatte. Außerdem finde ich, dass meine Eltern mir einen wohlklingenden Namen verliehen haben. Warum nennt er mich nicht Olivia oder einfach Liv, so wie mich alle rufen?

»Ich mag keine Überraschungen, Tim. Sag doch einfach klipp und klar, wohin wir fahren und was du vorhast.«

»Es geht an die Ostsee. Aber mehr verrate ich nicht.«

»Warum machst du es so spannend?«

»Ach, Babe, sei doch nicht so ungeduldig. Du verdirbst mir ja den ganzen Spaß. Schau lieber, was ich uns mitgebracht habe.«

Ich sehe, wie er eine Flasche Wein aus der Tüte nimmt. Was sich in dem großen Paket befindet, kann ich bereits riechen. Tim hat eine Auswahl Käse besorgt. Ich rümpfe die Nase, denn ich mag keinen Käse, der stinkt. Und dieser stinkt so bestialisch, dass ich ihn trotz Schnupfen noch riechen kann. Ich beschließe, nur die kernlosen Trauben zu essen, die er gerade unter fließendem Wasser abspült.

Tim dabei zuzusehen, wie er genüsslich den überreifen Roquefort verspeist, bereitet mir Übelkeit.

»Hm, ich liebe Blauschimmelkäse. Probier doch mal!«, fordert er mich auf.

»Ich mag nur milden Gouda. Das solltest du eigentlich wissen«, antworte ich vorwurfsvoll.

»Woher? Das hast du mir gegenüber nie erwähnt.«

»Da siehst du es. Wir wissen doch recht wenig voneinander. Unsere Beziehung ist ja auch noch ziemlich frisch, und ich kann schwerlich von dir erwarten, dass du alle meine Vorlieben und Abneigungen kennst. Mir geht es mit dir ja nicht anders. Auch du bist für mich noch ein unbeschriebenes Blatt. Aber das macht ja nichts. Wir haben ja alle Zeit der Welt, uns richtig kennenzulernen, bevor wir eine Stufe weitergehen. Schließlich müssen wir ja nichts überstürzen.«

»Sag mal, Babe, reden wir noch über Käse, oder was willst du mir sagen?«

Ohne mit der Tür ins Haus zu fallen, wollte ich ihm mit dieser kurzen Ansprache signalisieren, dass er den Ring stecken lassen soll. Bitte, mach mir keinen Antrag, würde ich am liebsten rufen. Lass es doch so, wie es ist. Aber die Worte wollen mir einfach nicht über die Lippen kommen.

»Ist alles in Ordnung mit dir? Du bist plötzlich wieder so blass. Die gesunde Seeluft wird dir guttun. Wir haben vier unvergessliche Tage vor uns. Zeit, die wir nutzen können, uns noch besser kennenzulernen. Dann werde ich dir mein wahres Ich zeigen, Babe«, verspricht er und grinst dabei über das ganze Gesicht.

Weil ich uns nicht den Abend verderben will, belasse ich es bei meiner Andeutung. Sollte Tim nicht völlig unsensibel sein, wird er mich schon verstanden haben.

* * *

Der Wecker klingelt bereits um halb sechs. »Warum so früh?«, frage ich schlaftrunken. Tim meint, wir sollten uns schnellstens auf den Weg machen, damit wir noch vor der großen Reisewelle unser Ziel erreichen.

»In spätestens zwei Stunden ist die A 1 komplett verstopft. Also komm, Babe. Solltest du noch müde sein, kannst du im Auto weiterschlafen.«

Ich kann kein Nickerchen machen, und während der rasanten Autofahrt schon mal gar nicht. Viel zu schön ist der Ausblick durchs Fenster. Gleich hinter Hamburg säumen gelbe Rapsfelder die Autobahn, und je weiter wir nach Norden kommen, desto schöner wird das Wetter. Bei Bad Schwartau verlässt Tim die Autobahn und setzt die Fahrt auf der Bundesstraße fort, die auch als Bäderstraße bekannt ist. Er erzählt mir, dass er im jugendlichen Alter diese Strecke häufig mit dem Rad zurückgelegt habe.

»Meine Rekordzeit von Lübeck bis Scharbeutz hat weniger als eine Stunde betragen. Das ist nicht übel, und du darfst mich gerne loben. Babe? Hörst du mir gar nicht zu?«

Nein, ich höre nicht, was er sagt. Ich bin mit meinen Gedanken ganz woanders. Ein merkwürdiges Gefühl befällt mich. Obwohl ich mir sicher bin, noch niemals zuvor hier gewesen zu sein, kommt mir die Umgebung so vertraut vor. Hinter der vor uns liegenden Biegung vermute ich eine Kirche. Und richtig. Das aus roten Backsteinen erbaute Gotteshaus liegt auf der linken Straßenseite. Wie kann ich das wissen?

»Ich glaube, ich war schon mal hier. Da vorne rechts geht es zu einem Campingplatz. Richtig?«

»Du magst Camping? Ich stehe nicht auf Zelten. Ich hab es lieber komfortabler«, entgegnet er und setzt den Blinker. Als er wenig später bremst, rechts ranfährt und mich bittet, ihm sein Handy zu reichen, bin ich völlig durcheinander.

»Guten Morgen, hier ist Tim. Na, habe ich euch etwa

geweckt? – Dann ist es ja gut. – Wir sind gleich da. Allerdings habe ich den Straßennamen vergessen. – Küstenwanderweg? Und welche Hausnummer? – Alles klar. Bis gleich.«

Tim legt auf, und ich frage ihn, wen er angerufen hat. Als er mir sagt, dass er mit seiner Mutter gesprochen habe, die uns bereits mit Spannung erwarte, falle ich aus allen Wolken.

»Wir verbringen die Pfingsttage bei deinen Eltern?«

»Sie haben ein schmuckes Strandhaus gemietet und uns eingeladen.«

»Du hättest mich wenigstens vorwarnen können«, schimpfe ich.

»Die beiden beißen nicht«, lacht er und setzt die Fahrt fort, ohne auf meine Empörung einzugehen.

Lachsbrötchen

Trude

Obwohl meine Feriengäste keine Brötchen wünschen, fahre ich zum Bäcker, um zwei belegte Semmeln zu kaufen, die ich Marlies mitbringen will, um ihr eine Freude zu machen. Schon während ich auf den Eingang zusteuere, fällt mir der schwarze Riesenschnauzer auf, der vor dem Ladengeschäft angebunden ist. Als ich ihn namentlich begrüße, wedelt Rasmus freudig mit dem Schwanz. Ein kurzer Blick auf die Schlange zeigt mir, dass wohl Herr Fendrich zum Brötchenholen geschickt wurde, denn seine unfreundliche Gattin kann ich unter den wartenden Kunden nicht entdecken.

»Moin, Trude. Was darf's sein?«, werde ich gefragt. Die Chefin will mich bedienen, obwohl ich noch gar nicht an der Reihe bin.

»Dieser Herr ist vor mir dran«, erkläre ich und werfe einen kurzen Blick auf die Auslagen, als sich der Mann zu mir umdreht.

»Kein Problem. Ich bekomme schon.«

Als sich unsere Blicke treffen, zeigt er sich völlig überrascht. »Frau Kaufmann? Ich habe Sie erst gar nicht erkannt.«

»Hallo, Herr …«, gebe ich ebenso erstaunt zurück und überlege krampfhaft, wie der Name des Herrn lautet, der im letzten Jahr einen Kurzurlaub bei mir verbracht hat. Was ist bloß mit meinem Gedächtnis los? Wieso kann ich mir seit Kurzem keine Namen mehr merken? Es war irgendwas mit Wald. Förster oder Jäger?

»Sie nehmen sich wieder eine wohlverdiente Auszeit? Wie schön. Wo sind Sie diesmal untergekommen, Herr … Förster?«

So, wie er mich ansieht, habe ich wohl voll danebengetippt, und er heißt doch Jäger.

»Acht Lachsbrötchen für Sie. Haben Sie noch einen Wunsch, mein Herr?«, unterbricht uns die Verkäuferin, und er schüttelt den Kopf.

»Ich nehme auch ein halbes mit Lachs und ein halbes mit Mett, aber ohne Zwiebeln.«

Während meine Bestellung eingepackt wird, zahlt mein ehemaliger Feriengast und verlässt vor mir die Bäckerei. Als ich wieder in meinen Wagen steige, sehe ich ihn mit dem schwarzen Hund an der Leine die Straße überqueren. Ja, bin ich denn jetzt völlig verblödet? Das ist doch Fendrichs Hund, darauf verwette ich meinen platten Hintern.

Es kann mir nicht schnell genug gehen, in die zweite Etage des Krankenhauses zu kommen und Marlies von meiner Entdeckung zu berichten. Noch während ich ihre Tasche auspacke, erzähle ich ihr vom Treffen in der Bäckerei.

»Der Kerl ist unter falschem Namen bei mir abgestiegen. Und seine Begleitung, die er mir als seine Frau vorgestellt hat, war gar nicht seine Gattin. Das hat die Fendrich gemeint, als sie mich angegiftet hat und sagte, dass sich ihr Mann bestens bei mir auskenne. Deshalb hat sie ihn einen Lumpen genannt.«

»Du meinst, sie ist ihm auf die Schliche gekommen?«

»Ganz sicher! Du hättest das Spektakel gestern mit anhören

sollen. Die beiden haben gestritten wie die Kesselflicker.«

»So ein Mist. Endlich passiert mal was, und ich liege hier und kann mich nicht rühren.«

»Keine Sorge. Ich halte dich weiterhin auf dem Laufenden.«

»Wirst du dichthalten? Oder lässt du ihn auffliegen?«

»Ich? Ich werde genießen und schweigen.«

»Hast du Sekt mitgebracht?«, fragt sie und wechselt abrupt das Thema.

»Den bekommst du erst nach überstandener OP. Wann ist es so weit? Haben sich die Ärzte schon geäußert?«

»Das erfahre ich erst bei der Visite.«

»Dann ruf mich an, wenn du mehr weißt.«

»Mach ich, und danke, Trude. Du bist die Beste.«

»Ich muss jetzt dringend nach Hause und meinen Beobachtungsposten einnehmen.«

Auf meinem Stellplatz parkt ein schwarzer Sportwagen. Der Fahrer muss ein Analphabet sein, denn das Schild mit der Aufschrift PRIVAT ist für jemanden, der lesen kann, eigentlich nicht zu übersehen. Ich hupe, denn ich bestehe darauf, meinen gewohnten Platz einzunehmen. Im Haus rührt sich nichts. Mir bleibt nichts anderes übrig, als die Treppe hinaufzusteigen und zu klingeln. Wieder öffnet die vornehme Madame und schaut mich sichtlich gereizt an.

»Was ist denn schon wieder?«, raunzt sie.

»Der schwarze Wagen …«, beginne ich, doch sie fällt mir sofort ins Wort.

»Der gehört meinem Sohn.«

»Dann sagen Sie Ihrem Sohn bitte, er möge woanders parken. Das ist mein persönlicher Stellplatz.«

»War's das?«

»Nicht ganz, Frau Fendrich. Sie haben einen Hund mitgebracht. Damit verstoßen Sie gegen die Mietbedingungen.«

»Sonst noch was?«

»Ist das alles, was Sie dazu zu sagen haben? Ich finde Ihr Benehmen sehr ungehörig.«

»Und Sie fangen an, mir auf den Geist zu gehen. Wir zahlen eine Menge Geld für diese Unterkunft und dürfen doch wohl erwarten, dass Sie uns nicht permanent auf den Wecker gehen.«

Zack! Wieder wird mir die Tür vor der Nase zugeknallt. So langsam kann ich Herrn Fendrich verstehen. Seine Alte ist wirklich das Letzte. Kein Vergleich zu der charmanten Frau Förster. Oder doch Jäger?

»Was war denn?«, höre ich ihn durch das offene Fenster fragen.

»Deine Puffmutter besteht darauf, dass Timothy seinen Wagen wegfährt.«

»Achte auf deine Ausdrucksweise! Wir haben Gäste, und es wäre unserem Sohn bestimmt nicht recht, wenn du in dieser Art und Weise vor seiner Freundin sprichst.«

»Wo sind denn die beiden? Wollen sie etwa nicht mit uns frühstücken?«

»Ich werde sie fragen.«

Eiszeit

Olivia

Ich könnte Tim ohrfeigen, so wütend bin ich auf ihn. Was denkt er sich nur dabei, mich ohne Vorwarnung hierher zu verschleppen? So habe ich mir unser romantisches Wochenende bestimmt nicht vorgestellt. Zugegeben, das Haus ist wunderschön, und die Lage ist atemberaubend. Das Wetter spielt auch mit, und es könnte eine schöne Zeit werden, wenn wir allein wären. Immerhin haben seine Eltern uns ein Schlafzimmer im Dachgeschoss zugewiesen, in dem ich mich bereits länger als eine halbe Stunde aufhalte, weil ich vorgegeben habe, nur rasch meine Tasche auspacken zu wollen.

»Kommst du, Babe? Es gibt Frühstück«, ruft Tim mir zu und lugt verschmitzt durch die Tür. Zögerlich folge ich ihm die Treppe hinunter. Auf der letzten Stufe versperrt uns seine Mutter den Weg. Sie bittet ihren Sohn, seinen Wagen wegzufahren.

»Bitte, tu mir den Gefallen und stell ihn woanders hin. Ich will nicht, dass diese neugierige Nervensäge von unten erneut bei uns klingelt.«

Tim verzieht das Gesicht, greift in seine Hosentasche und verlässt das Haus.

»Kaffee oder Sekt? Was darf ich Ihnen einschenken?«, fragt mich sein Vater. Ich wähle Kaffee und nehme am gedeckten Tisch Platz.

»Schön, dass Tim Sie mitgebracht hat. Endlich lernen wir Sie kennen«, sagt seine Mutter und klopft mit dem Finger an das leere Sektglas. Ihr Gatte reagiert sofort und schenkt ihr ein.

»Nicht doch ein Schlückchen? Nur zum Anstoßen?«

»Nein, wirklich nicht«, antworte ich schüchtern. Ich fühle mich unwohl und kann es kaum erwarten, dass Tim zurückkommt.

»Sie sind blass, Kindchen. Geht es Ihnen nicht gut?«

Doch, alles bestens, möchte ich antworten, aber das geht nicht, denn ich habe gerade einen dicken Bissen Lachsbrötchen im Mund. Statt mit vollem Mund zu sprechen, gestikuliere ich lautlos. Endlich ist Tim zurück und gibt an meiner Stelle eine Erklärung ab.

»Sie hat gerade eine fiebrige Erkältung überstanden. Dränge sie nicht, Mama. Sie wird dir schon sagen, wenn ihr der Sinn nach Schampus steht.«

»Wer ist denn *sie*? Ich habe einen Namen, Tim«, entgegne ich. Sein Vater schmunzelt und fragt, wie er lautet.

»Ich heiße Olivia. Olivia Valdez.«

»Valdez? Sind Sie etwa die Liv, die bei unserem Sohn Benjamin im Architekturbüro arbeitet?«

»Benjamin Fendrich ist Ihr Sohn?«, schreie ich aufgebracht und befürchte, einen roten Kopf bekommen zu haben. Die beiden nicken, und mir bleibt die Luft weg. Ich bin bei den Eltern meines Chefs zu Gast. Und Tim ist Bens Bruder. Wie kann das sein? Tim heißt doch *Fenart* mit Nachnamen?

»Aber, Babe. *Fenart* ist der Name meiner Firma. *Fen* steht für Fendrich und *art* für Art wie Kunst. Hast du wirklich geglaubt, das wäre mein Nachname?«

»Dann hast du die ganze Zeit gewusst, dass ich für deinen Bruder arbeite?«

»Ja, aber sicher«, lacht er mich höchst amüsiert aus. Ich weiß nicht, was ich davon halten soll. Nur so viel: Es gefällt mir ganz und gar nicht! Aber nun habe keine Möglichkeit, Tim meine Meinung zu geigen. Das würde ich zwar gern, allerdings nicht vor den Augen und Ohren seiner Eltern.

»Habt ihr nur Lachs eingekauft? Ich habe gar keinen Appetit auf Fisch«, mosert Tim.

»Essen Sie gern Fisch, Olivia?«

»Liebend gern, Herr Fendrich, und zwar in allen Variationen.«

»Bravo. Dann habe ich in Ihnen ja eine Verbündete. Auch ich könnte für frischen Fisch sterben. Wenn Sie wollen, dann besorge ich uns später Schollen. Im Ort gibt es ein Fischgeschäft, das stets fangfrische Ware anbietet.«

»Du kennst dich hier ja erstaunlich gut aus«, merkt seine Frau an, und ich staune über den bitterbösen Blick, den sie ihrem Mann zuwirft. Augenblicklich sinkt die Raumtemperatur auf den Gefrierpunkt. Was herrscht denn hier für eine eisige Stimmung, frage ich mich stumm.

»Ich bin nicht scharf auf Scholle«, sagt Tim und schenkt seiner Mutter nach.

»Nicht? Das wundert mich aber. Früher konntest du nicht genug davon bekommen«, entgegnet sein Vater.

»Ben ist der Fischesser. Tim bevorzugt Fleisch. Das solltest du nach über dreißig Jahren doch wissen!«, herrscht sie ihren Mann erneut an.

»Und wann kommt Ben?«, will er wissen, ohne auf ihre Spitze einzugehen. »Ich dachte, ihr würdet zusammen anreisen.«

»Ben kommt auch?«, rufe ich panisch aus.

»Ja, aber erst morgen, Babe. Entspann dich. Das wird lustig.«

Lustig? Meine Miene versteinert, und ich schaue vermutlich

in diesem Moment genauso verkniffen drein wie seine Mutter.

»Jetzt doch ein Glas Sekt?«, fragt Tim, und ich kann mich des Eindrucks nicht erwehren, dass er diese Situation gerade genüsslich auskostet.

»Danke fürs Frühstück. Wenn Sie nichts dagegen haben, würde ich jetzt gern zum Strand gehen.«

Tim erhebt sich auch, und ich sage betont schroff zu ihm: »Allein!«

»Warte! Ich kann doch …«

»Hast du was an den Ohren? Olivia hat doch gerade gesagt, dass sie allein gehen möchte. Du bleibst hier! Ich möchte ohnehin mit dir unter vier Augen sprechen!«

»Worüber willst du denn mit mir reden, Mama?«

»Komm mit nach draußen! Ich bekomme in diesem Haus keine Luft.«

Ohren wie ein Luchs

Trude

Mag sein, dass ich ein Gedächtnis wie ein Sieb habe, aber auf mein Gehör kann ich mich noch immer hundertprozentig verlassen. Ich bekomme alles mit, was sich oben abspielt. Vorausgesetzt, die Balkontür ist geöffnet, was leider gegenwärtig nicht der Fall ist. Zu meinem Bedauern halten sich die Fendrichs bei geschlossener Tür im Esszimmer auf. Warum kommen sie nicht raus? Der Himmel erstrahlt im schönsten Blau, und die Sonne scheint. Worauf warten sie denn noch? Vermutlich hat es wieder Ärger gegeben, denn ich höre, dass die Haustür wiederholt lautstark zugeschlagen wird. Kurz darauf wird die Balkontür zur Seite geschoben. Mit einem Becher Tee setze ich mich ans Fenster und stelle meine Lauscher auf. Madame ergreift das Wort und fragt: »Warum tust du das? Weshalb gerade diese Frau? Du weißt doch, was dein Bruder für sie empfindet!«

»Halt dich da raus, Mama. Das geht dich nichts an!«

»Mein Eindruck hat mich nicht getäuscht. Du willst gar nichts von ihr. Es geht dir nur darum, Ben eins auszuwischen! Was hast du nur für einen miesen Charakter? Du kommst ganz nach deinem Vater! Ich schäme mich für dich, Tim!«

»Du solltest morgens noch nicht so viel Sekt trinken. Du redest Blödsinn, wenn du angetrunken bist.«

»Werd nicht frech! Sonst kannst du gleich wieder gehen.«

»Was willst du von mir? Es war doch deine dumme Idee, hier ein Familientreffen stattfinden zu lassen. Gerade hier! In Papas heimlichem Liebesnest.«

»Familientreffen? Schöne Familie!«

»Ich gehe sie jetzt suchen.«

»Timothy! Ich bin noch nicht fertig.«

»Lass doch dein abgehobenes *Timothy*. Ich heiße Tim, verdammt! Und was mich angeht, ist alles gesagt. Nur eins noch. Komm mir nicht in die Quere! Ich warne dich!«

Na, die hat ja ein tolles Balg großgezogen. Ich stelle mir gerade vor, wie ich reagieren würde, sollte mein Enkel in dieser unverschämten Weise mit mir sprechen, als mein Telefon klingelt. Marius ist am Apparat, und ich sage ihm, dass es sich wohl um Gedankenübertragung handeln muss.

»Gerade habe ich an dich gedacht.«

»Ich hab ein ganz schlechtes Gewissen. Gestern war es so stressig, dass ich noch nicht einmal die Zeit gefunden habe, dir zu gratulieren. Außerdem hatte ich dir doch versprochen, den Rasen zu mähen.«

»Mach dir keinen Kopf. Das hat bis nach Pfingsten Zeit.«

»Ich komme dich trotzdem am Sonntag besuchen und lade dich nachträglich zum Essen ein.«

»Nur für einen Tag? Das lohnt doch gar nicht.«

»Du gibst mir einen Korb, Trude?«

»Natürlich nicht! Ich freue mich immer, dich zu sehen, aber ich mag dir den langen Weg nicht zumuten.«

»Keine Zumutung, es ist mir ein Vergnügen. Bis übermorgen.«

»Ich hab dich lieb, Großer.«

Strandlauf

Olivia

Um einen klaren Kopf zu bekommen, atme ich immer wieder tief ein und aus. Dabei schaue ich auf die glatte See, die in regelmäßigen Abständen kleine Wellen in den feinen Sand spült. Aber die salzige Luft hilft mir nicht, mich zu beruhigen. Ständig frage ich mich, warum Tim mich ins kalte Wasser geworfen hat. Mich seinen Eltern vorzustellen, kann nur einen Grund haben. Er hat die Absicht, mich zu fragen. Und nicht nur das. Er wird mir seinen Antrag im Beisein von Ben machen. Der Super-GAU steht kurz bevor, und ich sehe nur eine Möglichkeit, dieser bevorstehenden Peinlichkeit zu entrinnen. Ich muss weg. Fort von diesem Ort, der mich so furchtbar ängstigt, obwohl ich keine Erklärung dafür habe. Ich beschleunige mein Tempo und gehe nicht mehr, ich renne barfuß durch den Sand, als wäre der Teufel hinter mir her. Erst am Ende der Bucht lasse ich mich kraftlos fallen. Ich bin so fertig, dass ich in Tränen ausbreche. Mein Weinen bleibt nicht unbemerkt. Eine Familie mit zwei Kleinkindern beobachtet mich bereits eine ganze Weile. Ich spüre, dass die Eltern über mich tuscheln. Wenigstens halten sie sich zurück und bleiben auf ihrer Decke sitzen. Ihr kleiner

Junge allerdings nicht. Mit einem bunten Plastikeimer in der Hand kommt er auf mich zu.

»Hast du dir wehgetan, oder warum weinst du?«, fragt er, und ich blicke auf. Ich schaue in die leuchtenden Augen eines Vierjährigen, der mir stolz seine maritime Ausbeute zeigt. »Das habe ich alles selber gesammelt. Du darfst dir was aussuchen. Muscheln, Steine, oder willst du lieber die Qualle?«

Mit dem Rücken meiner rechten Hand trockne ich mein Gesicht und schniefe: »Lieb von dir. Aber deine Schätze solltest du besser selbst behalten.«

»Ich hab auch einen Seestern gefunden. Willst du ihn sehen?«

Vorsichtig legt er mir den gelben Stern in die Hand. Wie merkwürdig. Er fühlt sich ganz vertraut an.

»Der wurde wohl gerade erst angespült«, sage ich zu dem Kleinen. »Er ist noch ganz weich.« Woher nehme ich dieses Wissen? Soweit ich mich erinnern kann, habe ich noch nie Urlaub an der See verbracht, geschweige denn einen Seestern berührt. Meine Oma ist während der Sommerferien immer mit mir in die Berge gefahren, und dort gibt es bekanntlich keine Seesterne.

»Ein tolles Exemplar«, sage ich und empfehle dem Knirps, ihn unter der Sonne zu trocknen. »Dann kannst du ihn mit nach Hause nehmen und hast immer eine schöne Erinnerung an deine Ferien.«

Der Kleine nickt und läuft aufgeregt zurück zu seinen Eltern.

»Hier steckst du!«, hechelt Tim und lässt sich vor mir in den Sand fallen. »Wieso bist du abgehauen?«

»Lass uns bitte ein Stück gehen. Ich muss dringend mit dir reden.«

»Hast du geweint?«

»Ja«, gebe ich ehrlich zu. »Das hier wird mir einfach zu viel.«

»Wir können abreisen, wenn du willst. Allerdings würden wir meine Eltern schwer enttäuschen. Sie haben sich so darauf gefreut, ihren Hochzeitstag mit uns zu feiern.«

»Sie haben Hochzeitstag?«

»Ja, morgen feiern sie ihren fünfunddreißigsten.«

»Wow, was für eine lange Zeit.«

»Stimmt, aber all die Jahre waren sie nicht immer glücklich. Die beiden sind gerade mal wieder dabei, eine Krise zu bewältigen.«

»Ich steh nicht auf Krisenbewältigung. Genau aus diesem Grund werde ich nie heiraten!«

So, jetzt ist es raus! Tims fragender Blick erfordert eine rasche Antwort. »Meine Oma, bei der ich aufgewachsen bin, hat immer zu mir gesagt: ›Heirate nie! Irgendwann kommt der Zeitpunkt, und du wirst es bereuen.‹«

»Mit anderen Worten, deine Eltern sind geschieden.«

»Meine Eltern sind tot. Sie kamen bei einem Unfall ums Leben.«

»Das tut mir leid. Aber dennoch glaube ich, dass deine Oma mit ihrer These falschliegt. Trotz aller Schwierigkeiten lieben sich meine Eltern immer noch. Warum sonst hat mein Vater mich gebeten, ihm einen fetten Brilli zu besorgen, den er meiner Mutter morgen feierlich an den Finger stecken will?«

»Der Ring ist für deine Mutter?«

»Woher weißt du von dem Ring? Mit Ausnahme meines Vaters habe ich mit niemandem darüber gesprochen.«

»Ich habe ihn gefunden. Rein zufällig! Du hattest ihn in der Zuckerdose deponiert.«

»Und du hast offensichtlich falsche Schlüsse gezogen. Du dachtest doch wohl nicht, der Ring sei für dich, oder?«

Tim bricht in schallendes Lachen aus. Ich finde seine Reaktion deutlich überzogen. So abwegig war meine Vermutung schließlich nicht. Dennoch überwiegt in diesem Moment die Erleichterung.

»Du glaubst ja gar nicht, welch großer Stein mir gerade vom Herzen fällt.«

»Ach, Babe, du hast wirklich gedacht …?«

»Bitte, Tim, sag nicht immer *Babe*! Ich hasse es, wenn du mich so nennst.«

»Verstehe. Sonst noch was?«

»Ja! Es geht um Ben. Wenn er morgen eintrifft, will ich zuerst mit ihm sprechen.«

»Warum denn das? Ben ist im Bilde.«

»Seit wann?«

»Schon lange. Glaubst du, ich hätte Geheimnisse vor meinem Bruder? Er weiß, dass ich mein Herz an dich verloren habe.«

»Und wie hat er reagiert? Es ist ihm bestimmt nicht recht. Ich kenne ihn. Genau wie ich hält auch er nichts davon, Privates mit Beruflichem zu mischen.«

»Müssen wir denn jetzt über ihn reden? Ich würde viel lieber mit dir schmusen.«

Sein Kuss schmeckt salzig, und obwohl die Ostsee noch eisig ist, gehen wir mit nackten Füßen durch die flachen Wellen zurück zum Haus.

Der Rückweg gestaltet sich als Schweigemarsch. Keiner von uns beiden sagt ein Wort. Erst als wir die Dünen erreichen, ruft er: »Der Mercedes ist weg. Jetzt haben wir das Haus allein für uns. Wir könnten ungestört …«

»Sperr deine Augen auf, Tim. Dein Vater sitzt im Garten und unterhält sich angeregt mit einer älteren Dame.«

»Schade! Ich hätte jetzt Lust.«

»Sag mal, hast du wirklich nur das Eine im Kopf?«

Darf ich kurz stören?

Trude

Marius kommt. Wie schön! Ich freue mich auf meinen Enkelsohn. Es ist schon einige Wochen her, dass wir uns gesehen haben. Sogleich überlege ich, welchen Kuchen ich für ihn backen könnte. Er liebt meine Erdbeertorte, aber hiesige Früchte sind auf dem Markt noch nicht zu bekommen. Diese Riesenbeeren, die zurzeit angeboten werden, sind Importe aus Spanien oder Israel und verfügen weder über Farbe noch über Geschmack. Obendrein sind sie teuer. Dafür, dass sie nur nach Wasser schmecken, gebe ich bestimmt kein Geld aus. Apfel-Rosinenschnecken wären eine Alternative. Die kann ich auch in der kleinen Souterrain-Küche zubereiten. Gerade überprüfe ich, ob sich alle Utensilien, die dafür nötig sind, in meinem Untergeschoss befinden, als es an der Fensterscheibe klopft. Ich drehe mich um und schaue in das Gesicht von Herrn Jäger-Förster.

»Haben Sie einen Moment, Frau Kaufmann?«

»Ich komme raus. Nehmen Sie schon mal Platz«, rufe ich zurück und ahne, dass er die Gunst der Stunde nutzt, um unbemerkt mit mir zu sprechen. »Was kann ich für Sie tun, Herr Fendrich? Fendrich ist doch Ihr richtiger Name, oder?«

»Die Situation ist mir sehr unangenehm. Glauben Sie mir. Ich habe bis gestern nicht gewusst, wohin meine Frau mich entführt. Das Familientreffen war ihre Idee und sollte eine Überraschung sein. Ich hatte keine Ahnung, dass sie vorhat, ausgerechnet hier …«

»Ich würde sagen, die Überraschung ist ihr gelungen.«

»Glauben Sie an Zufälle, Frau Kaufmann? Ich nicht. Woher weiß meine Frau, dass ich schon einmal bei Ihnen war? Haben Sie es ihr gesagt?«

»Ich habe Ihre Frau gestern zum ersten Mal in meinem Leben gesehen. Überhaupt geht mich die Angelegenheit nichts an. Das ist Ihre Privatsache.«

»Mit anderen Worten: Sie werden auch künftig schweigen?«

»Sie glauben wirklich, ich würde Sie verraten? Dann haben Sie aber ein völlig falsches Bild von mir.«

»Ich liebe meine Frau. Das Treffen mit Imke hatte damit gar nichts zu tun. Das werden Sie vermutlich nicht verstehen.«

»Wie kommen Sie denn darauf? Mag sein, dass Sie es mir angesichts meines mittlerweile stattlichen Alters nicht zutrauen, aber ich war auch mal jung. Aus eigener Erfahrung kann ich Ihnen versichern, dass es durchaus möglich ist, zwei Menschen zu lieben.«

»Oh, mein Sohn und seine Freundin sind im Anmarsch. Können wir bitte das Thema wechseln?«

»Es ist doch alles gesagt, Herr Fendrich.«

»Wo ist Mama?«, höre ich den Falschparker ohne Manieren fragen. Er hält es noch nicht einmal für nötig, mich zu begrüßen, stattdessen schaut er durch mich hindurch, als wäre ich Luft. Seine weibliche Begleitung hingegen hat Benehmen. Sie lächelt, streckt mir die Hand entgegen und fragt: »Sind Sie die Besitzerin dieses Juwels? Ich bin richtig begeistert von Ihrem Haus. Selten habe ich eine so perfekte Instandhaltung gesehen.«

»Auf das Lob dürfen Sie sich was einbilden, Frau Kaufmann. Die Freundin meines Sohnes ist vom Fach. Sie ist Architektin und kennt sich aus«, schwärmt Fendrich senior mit stolzerfüllter Stimme.

»Die Instandhaltungskosten für dieses alte Gemäuer sind nicht von Pappe. Erst im letzten Jahr mussten die Fenster im Dachgeschoss ausgetauscht werden, und im nächsten Jahr stehen schon wieder Reparaturen am Dach an. Es hört nie auf«, klage ich.

»Wann wurde das Haus erbaut? Bestimmt können Sie Zuschüsse von der Denkmalschutzbehörde beantragen.«

»1913. Aber Zuschüsse wird es nicht geben. Die Gemeindekasse ist leer.«

»Dafür ist die Kommune nicht allein zuständig, sondern auch das Land Schleswig-Holstein. Sie sollten die Flinte nicht so schnell ins Korn werfen und sich beim Landesamt für Denkmalpflege informieren. Wenn Sie wollen, stelle ich Ihnen den Kontakt her.«

»Das ist aber nett von Ihnen.«

»Sind Sie noch im Besitz der ursprünglichen Baupläne? Die würde ich mir zu gern einmal ansehen.«

»Ich hör wohl nicht richtig! Spinnst du? Wir sind hier, um Urlaub zu machen!«, raunzt der junge Fendrich seine Freundin an. Sie reagiert gelassen und blinzelt mir zu.

»Ich komme noch mal wieder, wenn sich der junge Mann beruhigt hat. Dann können wir uns in Ruhe über Ihr Schmuckstück unterhalten.«

»Sie sind mir immer willkommen«, antworte ich und denke: Was will diese nette Frau nur mit diesem Flegel? Sie hat eindeutig was Besseres verdient.

Fluchtgedanken

Olivia

Ich habe keine Ahnung, wie ich den gestrigen Abend heil überstanden habe. Während sich Herr Fendrich bemühte, eine schleppende Konversation am Laufen zu halten, habe ich mit angesehen, wie sich Tims Mutter abgefüllt hat. Auf die mahnenden Blicke ihres Mannes hat sie nicht reagiert. Maulfaul hat sie ein Glas nach dem anderen in sich hineingeschüttet. Hätte ich drei Flaschen Sekt getrunken, wäre ich heute Morgen in der Notaufnahme erwacht und säße nicht wie sie quietschfidel am Frühstückstisch.

»Heute ist Samstag. Die letzte Gelegenheit vor den Feiertagen, noch etwas einzukaufen. Ich werde gleich in den Ort fahren. Möchte mich jemand begleiten?«, fragt sie und schaut zu ihrem Mann, der sein Gesicht hinter der Morgenzeitung versteckt. Weil er nicht auf ihre Frage reagiert, melde ich mich zu Wort.

»Ich komme gerne mit.«

»Wollt ihr nicht lieber an den Strand gehen und das schöne Wetter auskosten?«

»Dafür ist später doch auch noch Zeit. Nein, ich würde Sie

sogar sehr gern begleiten, denn ich möchte mich unbedingt im Ort umsehen. Ich werde nämlich das Gefühl nicht los, schon einmal hier gewesen zu sein, obwohl das eigentlich nicht sein kann. Abgesehen von dem Tagesausflug nach Sylt, den ich im letzten Sommer mit meiner Mitbewohnerin unternommen habe, war ich noch nie an der See.«

»Sie scherzen, Olivia«, wundert sich Fendrich senior und legt seine Zeitung beiseite. »Als Hamburgerin waren Sie noch nie an der Ostsee? Es ist doch nur ein Katzensprung bis zur Lübecker Bucht.«

»Ich bin keine gebürtige Hamburgerin. Meine Heimatstadt ist Celle. Dort bin ich aufgewachsen. In Hamburg wohne ich erst seit dem Studium.«

»Aus Celle? Auch ein hübsches Städtchen«, stimmt Tims Vater mir zu. Frau Fendrich legt den Stift aus der Hand, mit dem sie ihre Einkaufsliste geschrieben hat, und fragt sichtlich erstaunt: »Woher weißt du denn das? Wir waren doch noch nie dort.«

Und wieder wird es kühl im Zimmer, und die Luft ist zum Schneiden dick. Warum herrscht zwischen den Eheleuten bloß so eine bedrückende Stimmung? Sie feiern heute ihren Hochzeitstag und haben nicht ein nettes Wort füreinander übrig. Meine These bestätigt sich mal wieder. Ich werde niemals heiraten. Weil Tim keine Anstalten macht, etwas zu sagen, fühle ich mich genötigt, das Eis zu brechen.

»Sie sollten mal hinfahren. Celle ist wirklich einen Besuch wert. Die Altstadt mit dem Schloss und den vielen Fachwerkhäusern ist schon sehr beeindruckend und ein Paradebeispiel für gelungene Restauration.«

»Nicht schon wieder! Kennst du kein anderes Thema als Architektur? So langsam glaube ich, du bist eine Fachidiotin!«, fährt Tim mich an. Wie kann er es wagen, in diesem Ton mit mir zu reden? Was fällt ihm ein, mich vor seinen Eltern zu beleidigen? Ich bin sprachlos. Frau Fendrich nicht. Sie wendet sich ihrem Sohn zu und fordert ihn auf, sich sofort bei mir zu entschuldigen.

»Nicht nötig. Die Fachidiotin wird sich jetzt zurückziehen. Ich möchte die Anwesenden nicht länger langweilen.«

Mit einem dicken Kloß im Hals verlasse ich das Haus. Niemand hat den Versuch unternommen, mich aufzuhalten. Ich kämpfe mit den Tränen und bereue es zutiefst, Tim auf diesem Trip begleitet zu haben. Was ist nur in ihn gefahren? Weshalb benimmt er sich so ungehobelt? Er zeigt mir eine Seite von sich, die ich bisher nicht kannte. Und diese Seite gefällt mir ganz und gar nicht! Das Beste wird sein, wenn ich abreise. Das hätte ich gleich machen sollen, als ich erfahren habe, wer er ist. Wieso habe ich mich so von ihm überrumpeln lassen?

Weil du seinem Blick nicht widerstehen kannst. Er braucht dir doch nur tief in die Augen zu schauen, den Mund zu einem zaghaften Lächeln zu verziehen, und schon bekommst du weiche Knie, ruft mir meine innere Stimme zu. Es stimmt, gebe ich zu. Tim übt eine enorm erotische Anziehung auf mich aus. Aber das rechtfertigt nicht, dass ich ihm sein ungebührliches Benehmen durchgehen lasse.

Mittlerweile habe ich den Ortskern erreicht. Auf dem Platz vor den wenigen Geschäften findet der Wochenmarkt statt. An überdachten Ständen werden Obst, Gemüse und Blumen angeboten. Ich greife in meine Hosentasche und krame meine kleine Geldbörse heraus. Es befinden sich dreißig Euro in Scheinen darin. Genug, um meine Absicht in die Tat umzusetzen und einen Blumenstrauß zu kaufen. Danach werde ich auf direktem Weg zum Strandhaus zurückgehen und mich von den Fendrichs verabschieden. Mir gefallen die gefüllten Pfingstrosen, und ich wähle sieben Stück in den Farben Weiß, Hellrosa und Pink aus. Ob ich sie gebunden wünsche, werde ich gefragt, und ich nicke. Während die Marktfrau das Blattgrün entfernt und die Stiele kürzt, entdecke ich die Familie, die gestern unweit von mir am Strand gesessen hat. Ihr kleiner Filius, der bereit war, mir seine Qualle zu schenken, ist auch dabei. Er schleckt an einer Eistüte. Himmelblau tropft die geschmolzene Eiscreme über sein Kinn.

Blauer Engel, ruft es in mir. So heißt die Sorte, die ihre Farbe der Spirulina-Alge verdankt. Meine Oma hat sich stets geweigert, mir so ein Eis zu kaufen. Für sie kam nur Vanille, Erdbeere oder Schokolade infrage. Prompt fällt mir ein, dass ich sie noch immer nicht angerufen habe. Sobald ich wieder in Hamburg bin, werde ich in meinen Wagen steigen und ihr über Pfingsten einen Besuch abstatten.

»Recht so?«, fragt mich die Blumenfrau und zeigt mir den fertigen, rund gebundenen Strauß.

»Sehr hübsch.«

»Das macht genau fünfzehn Euro.«

Ich zahle und frage, ob sie mir sagen könne, wo sich der nächste Bahnhof befindet.

»In Scharbeutz oder Timmendorfer Strand.«

»Welcher liegt näher? Ich bin zu Fuß unterwegs.«

»Es fahren Busse dort hin. Schauen Sie einfach auf den Plan«, rät sie mir und zeigt auf die Haltestelle.

Als ich das Ende des Küstenwanderweges erreiche, fällt mir sofort auf, dass weder Tims Wagen noch der Mercedes seiner Eltern vor dem Haus parken. Schon wenig später bestätigt sich meine Vermutung. Die Fendrichs sind alle ausgeflogen, und die Tür zur Hauptwohnung ist verschlossen. »Na, bravo«, schimpfe ich und gehe ums Haus, um zu schauen, ob wenigstens die Besitzerin da ist. Sie wird bestimmt einen Zweitschlüssel haben und mir aufsperren.

»Frau Kaufmann?«, rufe ich laut, bevor ich um die Ecke biege.

»Ich bin hier«, antwortet sie. Ich finde sie unter dem Balkon auf einer Holzbank sitzend. Sie schält Äpfel und bietet mir an zuzugreifen. Bevor ich sie nach dem Schlüssel fragen kann, verwickelt sie mich in ein Gespräch.

»Ich werde heute backen. Den Hefeteig habe ich schon fertig. Es soll Puddingschnecken geben. Ich bereite sie mit Äpfeln und Rosinen zu.«

»Klingt lecker«, sage ich und nehme neben ihr auf der Bank Platz.

»Kommen Sie doch später vorbei und probieren davon. Ich verspreche Ihnen, so ein leckeres Gebäck finden Sie kein zweites Mal. Es handelt sich um mein Spezialrezept. Eine Mischung aus schwedischen Zimtschnecken und französischen Pains aux raisins. Der Clou ist die Vanillecreme, für die ich frische Eier und Milch per Hand aufschlage. Natürlich nehme ich keinen industriell hergestellten Vanillezucker, sondern ganze Vanilleschoten. Backen Sie auch so gern?«

»Ich bin eine bessere Köchin, aber leider fehlt es mir an Gelegenheit. Meist esse ich in der Mittagspause nur was auf die Schnelle.«

»Genau wie mein Marius. Ihr jungen Leute solltet neben der vielen Arbeit nicht vergessen zu leben. Gutes Essen gehört eindeutig dazu.«

»Marius ist Ihr Sohn?«

»Nein, er ist mein Enkel und kommt mich morgen besuchen. Ich würde Sie gern mit ihm bekannt machen. Er ist ein Netter!«

Jetzt ist der Zeitpunkt gekommen, sie nach dem Schlüssel zu fragen.

»Ich werde morgen nicht mehr hier sein. Ich reise heute noch ab. Leider ist die Tür oben verschlossen, und ich kann meine Sachen nicht herausholen. Könnten Sie mir vielleicht aufschließen?«

»Sie wollen Reißaus nehmen, stimmt's? Ich kann es Ihnen nicht verdenken. Dort oben herrscht wirklich keine harmonische Stimmung.«

»Das ist nicht der Grund. Ich möchte einfach nicht länger stören. Die Fendrichs feiern heute ein Familienfest, und ich gehöre nicht zur Familie.«

»Darüber sollten Sie verdammt glücklich sein und nicht so ein trauriges Gesicht ziehen.«

»Also? Haben Sie einen Schlüssel? Ich würde gerne schon weg sein, bevor sie zurück sind.«

»Moment, ich schaue nach.«

Sie reicht mir das Sieb mit den Apfelstücken und steht auf. Frau Kaufmann ist noch mit der Suche beschäftigt, als ein Wagen vorfährt und rückwärts einparkt. So rasant, wie der Fahrer wendet, kann es sich nur um Tim handeln. Er ist nicht allein gekommen, denn er spricht mit jemandem. Die Balkontür wird geöffnet und ich höre ihn sagen: »Genau deshalb sind wir schon gestern angereist. Ich hatte keine Lust, stundenlang im Stau zu stehen. Du hast gut daran getan, mit der Bahn zu kommen.«

»Danke fürs Abholen. Und? Wo hast du deine neue Eroberung versteckt? Du verstehst es wirklich, es spannend zu machen.«

»Geduld, Ben. Du wirst sie noch früh genug zu Gesicht bekommen«, lacht Tim, und mir wird auf der Stelle schlecht. Was heißt denn hier Eroberung? Von wegen, Ben weiß Bescheid. Tim hat mich gestern dreist angelogen.

»Hier ist der Schlüssel«, sagt Frau Kaufmann, und ich lege meinen Zeigefinger auf die Lippen.

»Psst!«, flüstere ich und deute mit dem Kopf nach oben. Sie versteht und setzt sich wieder zu mir auf die Bank.

»Und wo stecken unsere Eltern?«, fragt Ben.

»Sie wollten zum Einkaufen fahren, aber das ist schon Stunden her.«

»Hat Mama noch Sekt übrig gelassen? Mir steht der Sinn nach einem kühlen Schluck.«

»Schau selber nach, ich bin schließlich nicht dein Lakai!«

»Warum so angekratzt, Tim? Gibt es Ärger im Paradies? Hat deine neue Flamme dich nicht rangelassen, oder warum bist du so gereizt?«

»Falsch, Bruderherz. Meine Flamme ist ganz verrückt nach mir und kann nicht genug bekommen. Mein Babe ist ein Nimmersatt. Keine Sorge, bei diesem kleinen Luder komme ich immer auf meine Kosten. Die versteht ihr Geschäft, wenn du weißt, was ich meine.«

»Du nennst sie auch *Babe*? Wie einfallsreich.«

»Bei ihr ist der Name Programm! Du solltest sie quieken hören, wenn ich es ihr besorge.«

Ich schlage entsetzt die Hände vor das Gesicht. Nicht nur mir, sondern auch Frau Kaufmann ist sofort klar, wer mit dem nimmersatten Luder namens Babe gemeint ist. Warum sagt er das? Ausgerechnet zu seinem Bruder? Was bezweckt er damit? Ich möchte auf der Stelle im Erdboden versinken.

Der Mercedes fährt vor. Nun ist Familie Fendrich komplett. Ben begrüßt seine Eltern, beglückwünscht sie zum Hochzeitstag und erklärt, dass er mit der Bahn gekommen sei. Ich bin weder fähig, einen Laut von mir zu geben, noch mich zu bewegen. Völlig erstarrt höre ich, was oben gesprochen wird.

»Wo ist Olivia?«, fragt der Senior. »Ist sie noch immer nicht zurück?«

»Siehst du sie irgendwo?«, gibt Tim flapsig zurück.

»Du hättest sie nicht so anfahren dürfen. Das lässt sich keine Frau gefallen.«

»Dein Vater hat ja keine Ahnung, was Frauen sich alles gefallen lassen. Sie wird schon wiederauftauchen. Schließlich sind noch alle Sachen von ihr hier!«, giftet seine Mutter.

»Kann mich bitte mal jemand aufklären?«, bittet Ben.

»Dein Bruder hat Frau Valdez heute beim Frühstück recht rüde in die Schranken gewiesen.«

»Wen? Hast du gerade Valdez gesagt? Etwa Olivia Valdez? Meine …«

»Ja, die Architektin aus deinem Büro.«

»Liv ist hier? – Sie ist Tims neue Eroberung?«

»Ja, da staunst du, großer Bruder. Nun schau doch nicht so entsetzt, und gönn mir meinen Triumph. Du kannst schließlich nicht in allen Bereichen die Nase vorn haben.«

Meine Weekend-Tasche, mein Handy, mein großes Portemonnaie und meine Kleidung sind mir in diesem Moment völlig egal, ich will nur weg. Ob fünfzehn Euro reichen, um eine Fahrkarte zu bezahlen?

Calvados

Trude

Olivia Valdez? Das kann doch nicht wahr sein! Nein, ich habe mich gewiss nicht verhört.

Sie fragt, ob sie mein Telefon benutzen dürfe, und ich reiche ihr mein Handy. Obwohl sie in die Küche geht, um zu telefonieren, ist jedes ihrer Worte zu verstehen.

»Bitte, Selma, geh doch ran. – Na, endlich! Ich brauche dringend deine Hilfe! Komm mit meinem Wagen her und hol mich sofort ab. Der Ersatzschlüssel liegt in meiner Nachttischschublade, und mein Wagen parkt vor Tims Haus. Ich erzähle dir später, was passiert ist. Bitte, beeil dich. – Du bist wo? – Was machst du in Berlin? – Alexanderplatz? – Nicht? Welcher Alexander? – Na, super!«

Ich folge ihr und betrachte das schlanke Geschöpf durch den Türrahmen. Sie steht offensichtlich kurz vor einem Nervenzusammenbruch. Ich mustere sie von oben bis unten. Ihr dunkles Haar, die großen, braunen Augen, die Art, wie sie den Mund verzieht … Kein Zweifel, sie ist es!

»Keine zehn Pferde kriegen mich dort wieder rauf. Sie ahnen ja gar nicht, wie peinlich mir das ist.«

»Sie haben gar keinen Grund, sich zu schämen.«

»Haben Sie denn nicht gehört, was Tim gerade zu Ben gesagt hat? Um mich zu verstehen, müssen Sie wissen, dass Ben nicht nur sein Bruder ist, er ist auch mein Chef. Nie wieder kann ich ihm unter die Augen treten. Ich werde mir eine neue Stelle suchen müssen. Warum bin ich bloß hergekommen?«

»Nichts passiert ohne Grund, Olivia. Ich darf Sie doch Olivia nennen?«

»Ja, sicher«, jammert sie und bricht in Tränen aus. Weil sie nicht vor mir weinen will, fragt sie, ob sie das Bad aufsuchen dürfe.

»Zweite Tür links«, sage ich und gehe wieder hinaus auf die Terrasse. Ich komme gerade rechtzeitig, um zu erfahren, dass die Fendrichs einen Tisch im Ristorante La Strada reserviert haben. Dort soll das gemeinsame Abendessen stattfinden.

»Warum rufst du Olivia nicht an und fragst, wo sie steckt?«, will der Senior wissen.

»Hab ich schon. Sie hat ihr Handy nicht dabei. Es liegt auf dem Bett.«

»Dann geh sie suchen! Meine Güte, Tim. Muss man dir denn alles sagen?«

»Kümmere du dich um deine Frauen. Damit solltest du genug zu tun haben. Ich komme mit meiner schon klar.«

»Du bist unverschämt, Tim!«

Der Schlagabtausch zwischen Vater und Sohn wird heftiger, doch zu meinem Leidwesen wird die Tür geschlossen, und ich kann dem Wortgefecht nicht länger folgen.

Olivia kommt aus dem Bad zurück. Ihre Augen sind gerötet und sie atmet schwer durch die Nase.

»Oben ist gerade der dritte Weltkrieg ausgebrochen«, verrate ich ihr.

»Wissen Sie, wie teuer eine Bahnfahrt nach Hamburg ist? Ich habe nur noch fünfzehn Euro in der Hosentasche. Meine

Scheckkarte liegt oben in meiner Brieftasche bei meinen Sachen.«

»Nein, ich habe keine Ahnung, was das kostet. Aber ich denke, dass Sie damit nicht sehr weit kommen werden. Wo wollen Sie denn jetzt hin?«

»So schnell wie möglich nach Hause.«

»Ohne Ihre Klamotten?«

»Egal! Hauptsache, schnell weg!«

»Warum warten Sie nicht, bis die Fendrichs das Haus verlassen? Ich habe gehört, dass sie heute Abend auswärts zu Abend essen wollen. Sobald sie weg sind, können Sie in aller Ruhe Ihr Gepäck holen. Bis es so weit ist, dürfen Sie hier bei mir warten.«

»Das ist unheimlich nett von Ihnen, Frau Kaufmann. Würden Sie als kleines Dankeschön diese Blumen annehmen?« Sie reicht mir den hübschen Strauß mit bunten Pfingstrosen, den ich sofort in eine passende Vase stelle.

Mir scheint, dass sie sich wieder gefangen hat, und spreche endlich das aus, was mir seit einer halben Stunde auf der Seele brennt.

»Warum sagst du nicht Trude, so, wie du mich früher genannt hast?«

Sie antwortet mir nicht, sondern schaut mich mit ihren großen Augen an. »Du erinnerst dich nicht?« Wieder bleibt sie stumm und bewegt nur zaghaft ihren Kopf. Ich deute das als Nein. »Ich bin die beste Freundin deiner Großmutter. Als kleines Kind hast du häufig hier im Garten gespielt. Zusammen mit Marius. Während er damals nichts von dir wissen wollte, warst du ganz vernarrt in ihn. Könnte er dich jetzt sehen, würde er sich bestimmt nicht mehr vor dir verstecken. Du bist eine wunderhübsche junge Frau geworden, Olivia.«

»Sie sind mit meiner Oma Anne Marie befreundet?«

»Nein, mit Marlies. Marlies Wegner.«

»Ich habe nur eine Großmutter, und die heißt Anne Marie

Valdez. Sie müssen mich verwechseln.«

»Ich spreche von deiner Großmutter mütterlicherseits.«

»Sie irren sich! Ich habe keine weiteren Angehörigen.«

»Deine Mutter hieß Tanja, dein Vater Jorge.«

»Ja, das stimmt. Beide sind bei einem Autounfall ums Leben gekommen.«

Oh mein Gott, sie ist ja komplett ahnungslos.

»Deine Großeltern wohnten damals im Möwenstieg. Nach dem Unglück haben Heinz und Marlies das Haus aufgegeben und sind in eine Wohnung gezogen. Ich kann dir Fotos von früher zeigen, wenn du willst. Sie könnten dir helfen, dich zu erinnern.«

Ich bemerke, dass ihre Hände zittern.

»Ich hätte niemals herkommen sollen!«

Nun bebt ihr ganzer Körper, und ich nehme sie in den Arm, drücke sie ganz fest an mich und sage: »Es ist gut, dass du da bist! Du hättest schon viel früher kommen sollen. Wir alle haben so auf diesen Tag gewartet.«

»Kann ich einen Schnaps haben?«

»Ja, und ich trinke sogar einen mit.«

Ich schenke uns einen zwölf Jahre alten Calvados ein. Bei diesem edlen Tropfen handelt es sich um einen Apfelbrand aus der Normandie, von dem Jean-Maurice mir jedes Jahr einen Liter mitbringt. Bisher habe ich diese Flasche nicht angerührt und wie einen kostbaren Schatz gehütet. Aber heute scheint der passende Anlass gekommen zu sein, sie zu köpfen.

»Worauf stoßen wir an?«, will ich wissen.

»Darauf, dass dieser Albtraum rasch enden möge.«

»Prost, Olivia.«

»Zum Wohl, Trude.«

»Du hast einen kräftigen Zug am Leib. Das musst du von Marlies geerbt haben.«

»Es ist schon komisch. Seit gestern habe ich das Gefühl,

schon einmal hier gewesen zu sein. Aber ich kann mich beim besten Willen nicht erinnern.«

»Oder willst du dich nicht erinnern? Immerhin ist die Vergangenheit mit katastrophalen Geschehnissen verbunden.«

»Was meinst du? Könntest du bitte etwas deutlicher werden?«

Mist! Warum habe ich nicht meine Klappe gehalten? Sollte es wirklich stimmen, dass Olivia die Wahrheit nicht kennt, ist es nicht meine Aufgabe, sie aufzuklären.

»Deine Großeltern haben sehr darunter gelitten, dich nicht mehr sehen zu dürfen. Heinz hat bis zum Schluss auf ein Lebenszeichen von dir gehofft.«

»Heinz?«

»Dein Opa. Er ist nach einem Krebsleiden im letzten Herbst verstorben. Er wurde neben deiner Mutter auf dem Friedhof am Kammerwald beigesetzt.«

»Unsinn! Meine Eltern wurden in Celle bestattet.«

»Ganz sicher nicht, Liv. Deine Mutter wurde hier begraben. Ich selbst war bei ihrer Beerdigung dabei.« Sie fährt sich nervös durch die Haare und fixiert die Schnapsflasche. »Noch einen?«

»Ja, bitte.«

Während ich uns einschenke, klappen Autotüren. Kurz darauf nehmen wir Schritte auf dem Kiesweg wahr. Olivia schafft es nicht mehr, sich zu ducken. Der Rüpel hat sie bereits gesehen.

»Hier hast du dich versteckt. Komm jetzt endlich, wir haben lange genug auf dich gewartet. Meine Eltern laden zum Essen ein, und wir sind schon spät dran.«

»Richte ihnen *Guten Appetit* von mir aus.«

»Was soll das denn bedeuten?«

»Na, so schwer ist das doch nicht zu verstehen. Ich komme nicht mit. Das bedeutet es.«

»Was soll dein albernes Gezicke? Willst du mich vor meiner Familie bloßstellen?«

»Schleich dich, Tim! Ich bin fertig mit dir!«

»Du gibst mir den Laufpass? Du mir?«

»Bravo, Liv! Ja, schick ihn in die Wüste, diesen Flegel«, mische ich mich ein und fordere ihn auf, mein Untergeschoss zu verlassen.

»Nur die Ruhe, alte Frau. Ich bin gleich weg.« Dann wendet er sich Olivia zu und sagt: »Du hast mir zwar die ganze Überraschung verdorben, aber was soll's. Letztendlich habe ich mein Ziel erreicht. Und nur darauf ist es mir angekommen. Mach es gut, Babe.«

Er ist fort, und kurz darauf hören wir zwei Wagen abfahren. Die Luft wäre jetzt rein. Liv könnte jetzt ungestört ihre Sachen aus der Ferienwohnung holen, aber sie sitzt wie versteinert in meiner Küche und schenkt sich erneut nach.

»Was hat er gemeint? Von welchem Ziel hat er gesprochen? Ich verstehe gar nichts mehr.«

»Ach, Liv. Vergiss doch diesen Kerl. Er ist ein mieser Falschspieler und hat es nie ernst mit dir gemeint.«

»Woher willst du das denn wissen?«

»Von seiner Mutter. Sie hat es ihm direkt auf den Kopf zugesagt. Es ging ihm nie um dich, sondern nur darum, seinen Bruder zu demütigen. Ich kenne Rivalität unter Geschwistern, aber so was wie zwischen den Fendrich-Brüdern ist auch mir noch nicht begegnet, und du kannst mir glauben, ich habe schon sehr viel erlebt.«

»Das ergibt doch gar keinen Sinn! Wieso sollte Ben sich gedemütigt fühlen? Das ist doch absoluter Blödsinn.«

»Wenn du meinst.«

»Krieg ich noch 'nen Schnaps?«

»Schenk dir ein.«

Nach dem fünften Glas klappt Liv zusammen wie ein Taschenmesser. Mit letzter Kraft gelingt es mir, sie auf das Sofa zu legen. Warum sind Betrunkene nur so furchtbar schwer? Ich ziehe ihr die Schuhe aus und lege eine Decke über ihre Beine. Dann greife ich zu meinem Zweitschlüssel und gehe den Kiesweg entlang zum Haupteingang. Ich will für sie ihre Sachen aus dem Obergeschoss holen. Obwohl ich mich in meinem eigenen Haus befinde, komme ich mir vor wie eine Einbrecherin. Noch nie zuvor habe ich die Räume betreten, wenn sie vermietet waren. Ich schleiche die Treppe hinauf und bekomme auf der letzten Stufe fast einen Herzanfall, denn ein Mann stellt sich mir in den Weg.

»Aber hallo!«, sagt er vorwurfsvoll und fragt, wer ich sei und was ich hier wolle.

»Ich bin Gertrude Kaufmann, die Eigentümerin. Sie müssen Ben sein. Regen Sie sich bitte nicht auf, ich bin nur gekommen, um Olivias Sachen zu holen.«

»Wo ist sie?«

»Nachdem sie eine halbe Flasche Calvados geleert hat, schläft sie tief und fest auf meinem Sofa.«

»Was war hier los, Frau Kaufmann? Warum hat Liv sich betrunken?«

»Sie hatte einen dieser Tage, die man absolute Scheißtage nennt.«

»Dann sollte ich mich wohl auch betrinken.«

»Wieso sind Sie nicht mit Ihren Eltern zum Essen ausgegangen?«

»Ich reise ab. Das Taxi ist bereits bestellt.«

»Warum?«

»Das tue ich mir nicht an. Zu wissen, dass Liv die Freundin meines Bruders ist, ist schon schwer genug zu ertragen. Ich muss dem jungen Glück nicht auch noch dabei zusehen. – Wieso erzähle ich Ihnen das überhaupt? Ich kenne Sie gar nicht!«

»Ich denke, weil es einfacher ist, einem Fremden sein Herz auszuschütten.«

Er setzt sich seufzend auf die Treppe, faltet seine Hände und vergräbt sein Gesicht dahinter. Wenn ich sein leises Murmeln richtig deute, sagt er zum wiederholten Mal, wie gern er sie habe und er nicht verstehen könne, wie sie auf diesen Playboy reinfallen konnte.

»Vielleicht hat der Playboy ihr genau die Worte gesagt, die sie hören wollte. Worte, die Ihnen nicht über die Lippen gekommen sind, obwohl Sie ausreichend Möglichkeit gehabt hätten. Schließlich arbeiten Sie doch zusammen und verbringen den ganzen Tag mit ihr.«

»Zu spät! Er hat gewonnen. Ich sollte nicht jammern und es wie ein Mann akzeptieren. Hoffentlich werden sie glücklich.«

»Sie reagieren wirklich wie ein Mann! Was ist bloß los mit euch jungen Kerlen? Im Beruf kämpft ihr bis zum Umfallen, um ans Ziel zu kommen, aber wenn es um die Liebe geht, dann zieht ihr feige den Schwanz ein.«

»Sie raten mir allen Ernstes, gegen meinen Bruder anzutreten?«

»Das ist gar nicht nötig. Der ist bereits Geschichte.«

»Er hat sie schon abserviert?«

»Nein, sie ihn. Ich war dabei, und es ging mir runter wie Öl.«

»Trotzdem. Sie und Tim waren … Das ändert alles.«

»Was ändert das denn? Sie erwarten doch wohl nicht wirklich, dass eine achtundzwanzigjährige, bildhübsche Frau noch Jungfrau ist?«

»Natürlich nicht! Aber ich habe Bilder im Kopf, die sich nicht so einfach ausblenden lassen.«

»Sie nehmen doch wohl die chauvinistischen Sprüche Ihres Bruders nicht ernst? Sollte das doch der Fall sein, dann kann es mit Ihren Gefühlen für Liv ja nicht so weit her sein, und Sie werden schnell über sie hinwegkommen.«

So, das hat gesessen! Jetzt habe ich ihm was zum Nachdenken gegeben. Ich bitte ihn, mich vorbeizulassen und gehe ins Gästezimmer, in dem ein Handy auf dem Bett liegt. In einer der beiden Reisetaschen finde ich eine Brieftasche mit Olivias Ausweis. Ich ziehe ihr Nachthemd unter dem Kopfkissen hervor und stopfe es in die Tasche. Bevor ich gehe, schaue ich noch einmal in den Schrank und in die Schubladen der Kommode. Alles, was mir in die Hände fällt und nach ihren Sachen aussieht, packe ich ein. Das sollte es wohl gewesen sein, denke ich, als vor dem Haus ein Auto vorfährt und dreimal kurz hupt.

»Das wird mein Taxi sein«, mutmaßt Ben und steigt vor mir die Treppe hinunter.

»Soll ich Liv Grüße von Ihnen ausrichten?«

»Dieses Gespräch hat nie stattgefunden, Frau Kaufmann.«

»Ganz wie Sie wollen«, antworte ich und schaue ihm noch so lange nach, bis er ins Taxi steigt und davonfährt.

Konfrontation

Olivia

Wo bin ich? Was duftet hier so gut? Aua! Wieso brummt mein Schädel? Und wer ist der Mann, der sich über mich beugt?

»Du trägst ja gar keine Zahnspange mehr«, lacht er und fordert mich auf, endlich aufzustehen. »Trude hat schon Kaffee gekocht und den Tisch für uns beide gedeckt.«

»Wo ist sie?«

»Sie macht einen Krankenbesuch.«

»Dann bist du Marius, ihr Enkel. Sie hat mir von dir erzählt.«

»Ich hoffe, nur Gutes.«

Langsam erhebe ich mich und schaue auf die Wanduhr. Ist es wirklich schon kurz vor zehn? Ich muss länger als vierzehn Stunden geschlafen haben. Mit meinem linken Fuß stoße ich gegen eine Tasche. Das ist ja meine! Wo kommt die denn plötzlich her?

»Beeilung, Liv! Ich habe Hunger.«

»Fang ohne mich an. Ich will erst duschen.«

»Aber ich kann nicht garantieren, dass ich dir noch eine Puddingschnecke übrig lasse.«

Ich nehme Marius genauer ins Visier. In diesen Typen soll ich als kleines Mädchen verliebt gewesen sein? Ganz sicher nicht!

Ich schlurfe hinaus auf die Terrasse und stehe vor einer fürstlich gedeckten Kaffeetafel. Trude hat ihre Backwaren appetitlich auf einer Etagere angerichtet.

»Kaffee?«

»Ja, gerne.«

»Milch und Zucker?«, bietet er an und reicht mir den Zuckertopf. Augenblicklich denke ich an Tim und schaue reflexartig nach oben. Zu hören ist nichts.

»Sie sind schon abgereist.«

»Wie bitte?«

»Als ich in der Früh angekommen bin, waren beide Wagen fort. Sie haben den Schlüssel stecken lassen, und Trude hat sich vergewissert, dass sie die Wohnung geräumt haben.«

»Das ist ja ein Ding.«

»Ich soll dir ausrichten, dass du gerne bleiben kannst. Die Miete ist bis einschließlich Freitag bezahlt.«

»Ich werde auch nach Hause fahren. Was soll ich denn hier?«

»Dich erinnern?«

»Wozu? Was soll das bringen?«

»Kann es sein, dass du dich gar nicht erinnern willst? Ich könnte das verstehen. Vielleicht hast du auch recht, und man sollte die Vergangenheit ruhen lassen. Es tut mir nur um Marlies leid. Wenn du mich fragst …«

»Ich frag dich aber nicht! Was wollt ihr eigentlich von mir? Du redest genauso wirr wie deine Großmutter.«

»Trude ist alles andere als wirr. Sie ist neugierig und mischt sich gern ungefragt in die Angelegenheiten anderer ein. Sie trägt ihr Herz auf der Zunge und sagt, was sie denkt. Aber sie ist auch mitfühlend, hilfsbereit und stets loyal. Kurzum, sie ist eine ehrliche Haut und will nur das Beste für dich.«

»Und eine hervorragende Bäckerin ist sie auch. Diese Teile schmecken unglaublich lecker.«

»Iss nicht alle auf! Trude hat sie schließlich für mich gebacken!«

»Du solltest dich lieber etwas zurückhalten. Oder willst du, dass aus deinem Bauchansatz eine dicke Wampe wird?«

»Die Kalorien trainiere ich gleich wieder ab. Ich will eine Runde mit dem Rad drehen. Kommst du mit?«

»Wo soll es denn hingehen?«

»Ich muss ins Nachbardorf und den Aufbau überwachen. Dort findet morgen der traditionelle Pfingstmarkt statt, und ich will sehen, ob mit dem Ochs am Spieß alles wie geplant geklappt hat. Der Bursche hat ein stattliches Gewicht von dreihundertfünfzig Kilo und muss mindestens sechs bis acht Stunden garen. Ich bin noch immer auf der Suche nach einem Grillmeister, der die Nachtschicht übernimmt. Hast du vielleicht Interesse?«

»Du bist Schlachter?«

»Nee, wie kommst du denn darauf? Ich mache meinem Namen alle Ehre und bin gelernter Kaufmann. Vor vier Jahren habe ich mich mit einer Event-Agentur selbstständig gemacht und organisiere bundesweit Straßenfeste, Open-Air-Konzerte und alles, was Freude macht.«

»Und ein Ochs am Spieß macht Freude? Wie makaber.«

»Sag nicht, dass du dieser militanten Veganer-Fraktion angehörst.«

»Sag ich nicht, stimmt ja auch nicht. Ich esse Fleisch, allerdings bevorzuge ich Fisch.«

»Dann wirst du morgen bestimmt auf deine Kosten kommen. Also, was ist? Begleitest du mich?«

»Warum nicht? Ich habe schon lange keine Fahrradtour mehr unternommen.«

Während Marius ein High-Tech-Mountainbike lenkt, darf

ich mich auf Trudes klapprigem Hollandfahrrad abstrampeln. Das Teil ist richtig schwer und verfügt noch nicht einmal über eine Gangschaltung. Schon nach einem Kilometer tut mir der Hintern weh.

»Nicht so schnell«, rufe ich immer wieder, aber Marius ignoriert meine Rufe. Endlich hält er an und fragt mich, ob wir die Räder tauschen wollen.

»Nicht nötig. Aber musst du so rasen? Wir machen doch kein Wettrennen.«

»Und? Weißt du, wo wir hier sind?«

Ich habe keine Ahnung, wo wir uns befinden, und suche nach einem Straßenschild. Aha, Möwenstieg. Hier soll sich das ehemalige Elternhaus meiner Mutter befinden.

»Du stehst genau davor. Zwar haben die neuen Eigentümer einiges verändert, aber abgesehen von der neuen Klinkerfassade und den Koniferen im Vorgarten, die im Laufe der Jahre in den Himmel gewachsen sind, ist noch alles wie früher.«

»Bei mir rührt sich nichts«, sage ich und frage, ob wir nun weiterfahren wollen. Nachdem wir drei weitere Kilometer über einen holprigen Feldweg zurückgelegt haben, erreichen wir einen Wald. Genervt steige ich vom Rad ab und frage, weshalb er diese anstrengende Offroad-Route gewählt hat. »Es gibt hier wunderbar ausgebaute Fahrradwege. Warum nehmen wir die nicht?«, schimpfe ich.

»Weil das der kürzeste Weg zum Friedhof ist. Ich habe versprochen, eine Kerze für einen guten Freund anzuzünden. Es dauert nicht lange. Danach können wir gern den asphaltierten Weg neben der Bundesstraße nehmen.«

Ich stimme zu, aber auch nur, weil ich mir sicher bin, dass wir die Räder auf dem Friedhofsgelände schieben werden. Schweigend folge ich Marius und schaue mich interessiert um. Im Vergleich zum Stadtfriedhof Celle mit seinem Rosengarten, auf dem sich die Urnengräber meiner Eltern befinden, ähnelt dieser einem weitläufigen Park, der an diesem sonnigen Vormittag fast impressionistisch auf mich wirkt.

»Kannst du für einen Moment mein Rad halten?«, bittet Marius mich und nähert sich einer Grabstätte. Er beugt sich hinunter, greift hinter den Stein und versperrt mir die Sicht auf die Inschrift. Erst als er sich mit einer roten Kerze in der Hand wieder aufrichtet, kann ich lesen, was auf dem hellen Sandstein steht.

Die Sonne sank, noch eh es Abend war.

Tanja Valdez, geb. Wegner 12.05.1969 – 31.12.1995
Heinz Wegner 22.03.1941 – 12.11.2015

»Ich soll dir ganz liebe Grüße von Marlies bestellen. Sie kann dich vorerst nicht besuchen, denn sie liegt mit einem Oberschenkelhalsbruch im Krankenhaus und wird erst nach Pfingsten operiert. So, nun weißt du Bescheid, alter Knabe. Übrigens, deine Olivia ist auch hier. Sie ist verdammt hübsch, aber auch ein wenig anstrengend. Ich denke, das könnte an Marlies' Erbgut liegen. Auch sie kann recht widerborstig sein. Aber wem sage ich das? Bis bald. Tschüss und mach's gut, Heinz.«

»Was soll dieses Theater? Warum bringst du mich hierher?«

»Hast du den Grabstein nicht gesehen?«

»Doch! Aber das besagt doch gar nichts. Im Garten Rosenfrieden hängen auch zwei Bronzetafeln an Granitstelen, auf denen die Namen und Lebensdaten meiner Eltern stehen.«

»Deine Mutter liegt hier begraben. Genau hier! Ich weiß nicht, warum deine Oma in Celle dieses Märchen erfunden hat. Vielleicht dachte sie, du wärst noch zu klein, um diese Tragödie zu begreifen. Aber jetzt bist du erwachsen und solltest dich der Wahrheit stellen.«

»Von welcher Wahrheit sprichst du?«

»Olivia, deine Eltern sind nicht bei einem Autounfall ums Leben gekommen. Und du weißt, was wirklich passiert ist. Du bist acht Jahre alt gewesen. Erzähl mir nicht, du hättest keine Erinnerung an den besagten Tag.«

»Warum ist das so wichtig für dich? Was geht es dich an? Wieso hängst du dich da so rein? Es ist meine Biografie! Ich muss damit klarkommen!«

»Nein, das ist nicht allein deine Sache. Heinz ist tot, aber Marlies lebt. Findest du nicht, dass es an der Zeit ist, sie aufzusuchen?«

»Auch wenn ich mich wiederhole: Es war ein Fehler, hierherzukommen.«

Ein dicker Kloß bildet sich in meinem Hals. Ich habe das Gefühl, dass mir jemand brutal die Kehle zuschnürt. Ich bekomme kaum Luft und kann nur hastig durch die Nase atmen. Im Laufschritt schiebe ich das Rad und nehme den gleichen Weg zurück. Marius ist mir nicht gefolgt. Das ist gut so, denn er ist eindeutig zu weit gegangen. Es steht ihm nicht zu, an meinen alten Wunden zu rütteln. Es hat mehr als mein halbes Leben gedauert, diesen Schmerz tief in mir zu vergraben. Erst als ich nach Hamburg gezogen bin, war es mir möglich, nachts durchzuschlafen, ohne von Albträumen geschüttelt schweißgebadet aufzuwachen. Noch heute mag ich keine Silvesterfeiern und verbringe den Jahreswechsel lieber allein in aller Stille.

Sektfrühstück

Trude

»Na, meine Liebe. Hast du Schmerzen?«, frage ich Marlies und rücke einen Stuhl an ihr Bett.

»Hast du Schlafstörungen, oder was machst du schon so früh hier?«

»Ich bringe dir Frühstück. Diese Mahlzeit nimmt man gewöhnlich morgens früh ein. Daher auch der Name Frühstück.«

»Du brauchst mir keine belegten Brötchen zu bringen. Das Krankenhausbrot ist eigentlich ganz genießbar.«

»Aber hier wird dir nicht so was serviert«, sage ich und ziehe grinsend zwei gekühlte Piccolos aus meiner Handtasche.

»Hast du auch an Becher gedacht?«, fragt meine Freundin und macht endlich ein freundliches Gesicht.

»Keine Plastikbecher. Ich habe uns Gläser von zu Hause mitgebracht.«

»Wie komme ich denn zu der Ehre? Gibt es etwas zu feiern?«

»Ich denke schon. Trink erst einen Schluck, dann werde ich dir berichten.«

»Von den Fendrichs? Sag bloß, seine Geliebte ist auch noch

bei dir aufgetaucht?«

»Nicht seine Geliebte. Deine Enkelin! Olivia ist bei mir im Haus.«

»Red keinen Blödsinn!«

»Ich spaße nicht, Marlies. Das würde ich mir nie erlauben. Du solltest sie sehen. Sie ist eine hübsche, junge Dame und Architektin von Beruf.«

Marlies beißt sich auf die Lippen. Sie drückt ihre Schneidezähne so fest ins Fleisch, bis kleine Blutstropfen über ihr Kinn laufen. Ich nehme ihr das Glas ab und suche nach einem Taschentuch. Als ich ihren Mund vorsichtig damit abtupfe, flüstert sie leise: »Ist sie hier? Hast du sie mitgebracht?«

»Nein, dafür ist es noch zu früh.«

»Was sagt sie? Warum erst jetzt?«

»Marlies, sie hat keine Erinnerungen an dich. Sie hat sogar behauptet, ihre Eltern wären bei einem Autounfall ums Leben gekommen und wurden beide in Celle beerdigt.«

»Dafür ist die alte Valdez verantwortlich. Sie hat ihr das eingebläut. Dieses Miststück. Diese elendige …«

»Atme tief durch! Und noch mal! Ganz ruhig, Marlies. Bitte, reg dich nicht auf!«

»Wenn ich die in die Finger kriege, dann gnade ihr Gott.«

»Ja, genau. Du hast noch eine offene Rechnung mit ihr. Aber darum kümmern wir uns später. Zuerst lässt du dich operieren, und ich sorge dafür, dass Liv nicht gleich wieder abreist. Ich habe Marius gebeten, mit ihr zu eurem alten Haus zu fahren und ihr das Grab zu zeigen. Mit etwas Glück hilft das ihrer Erinnerung auf die Sprünge.«

Marlies weint. Nach zwanzig Jahren sehe ich, dass meine Freundin doch zu Emotionen fähig ist.

»Warum ist sie bei dir im Haus? Weshalb erinnert sie sich an dich und nicht an mich? Ich bin doch ihre Großmutter.«

»So ist es nicht. Dass sie bei mir ist, verdanken wir einem

Zufall. Olivia ist mit Fendrich junior bekannt.«

Ich hoffe, dass Marlies sich mit dieser Kurzfassung zufriedengibt. Ihr die ganze Geschichte zu erzählen, würde sie jetzt überfordern.

»Und du hast sie sofort wiedererkannt?«

»Nein, ich habe gehört, dass ihr Name gefallen ist, und habe sie daraufhin direkt angesprochen.«

»Gut, dass du so gute Lauscher hast«, lobt Marlies mich und drückt meine Hand ganz fest. Ich will ihr das Glas zurückgeben, aber sie lehnt ab.

»Keinen Alkohol vor der OP. Schließlich habe ich vor, aus der Narkose aufzuwachen. Endlich hat mein Leben wieder einen Sinn. Warum nur war es Heinz nicht vergönnt, diese Nachricht aus deinem Mund zu empfangen?«

»Weil er an Krebs verstorben ist, Marlies. Darum!«

»Den hat er vor lauter Kummer und Sorgen bekommen. So war es auch beim Gatten meiner Bettnachbarin. Er bekam Lungenkrebs, nachdem seine Kinder nach Amerika ausgewandert sind.«

»Was hat denn das eine mit dem anderen zu tun? Dass er an Lungenkrebs erkrankt und verstorben ist, wird wohl eher dem Umstand geschuldet sein, dass er Kettenraucher war.«

»Nein, das hört man immer wieder. Kummer und Sorgen fördern die Wahrscheinlichkeit, an Krebs zu erkranken.«

»Diskutier das lieber mit deinem Arzt. Für diese Thematik bin ich nicht kompetent genug.«

Ich habe meinen Satz gerade ausgesprochen, da öffnet sich die Tür, und eine Schar Weißkittel betritt das Krankenzimmer. Still und heimlich lasse ich die kleinen Minisektflaschen und die Gläser in meiner Tasche verschwinden, drücke Marlies noch einen leichten Kuss auf die Wange und verabschiede mich.

Drei Eimer Farbe

Olivia

Da bin ich wieder. Zum zweiten Mal an diesem Tag stehe ich vor dem Haus, in dessen Vorgarten die Koniferen in den Himmel gewachsen sind. Sosehr ich mich auch bemühe, ich bekomme keine Verbindung zu diesem Ort. Ich weiß nicht, wie lange ich schon stumm auf die rote Klinkerfassade starre, als ich am Fenster eine Frau bemerke, die mich skeptisch beäugt. Ich will gerade auf das Rad steigen und weiterfahren, als sie heraustritt und mich fragt, ob sie helfen könne.

»Suchen Sie jemanden? Wollen Sie zu uns?«

»Tut mir leid. Ich wollte Sie nicht stören. Ich bin nur hier, um mir das Haus aus der Ferne anzusehen. Es soll vor Ihnen meinen Großeltern gehört haben.«

»Den Wegners? Sind Sie etwa die Enkelin, die damals dieses Blutbad überlebt hat? Kommen Sie. Von mir aus dürfen Sie sich gern umsehen.«

»Das ist sehr freundlich von Ihnen, aber eigentlich möchte ich das gar nicht.«

»Stimmt es, dass Sie es waren, die an jenem Tag Ihre Eltern gefunden hat? Damals wohnten mein Mann und ich noch in

Plön, deshalb kennen wir die Details nur aus zweiter Hand. Halt das, was man sich so in der Nachbarschaft erzählt hat. Erst war ich strikt dagegen, in dieses Todeshaus zu ziehen. Von wegen Karma und so. Aber der Preis war so gering, dass mein Mann schnell zugeschlagen hat. Wir haben innen alles renoviert und alle Spuren dieser Familientragödie beseitigt.«

»Schön für Sie«, entgegne ich knapp und denke, dass ich mehr gebraucht habe als drei Eimer Farbe, um die Spuren auf meiner Seele zu beseitigen.

Auf der Rückfahrt schlägt mir ein harter Wind ins Gesicht. Mit zusammengekniffenen Augen lege ich die noch vor mir liegende Strecke zurück.

Trudes Wagen parkt vor dem Haus. Sie ist also zurück von ihrem Krankenbesuch. Bestimmt ist sie im Spital bei ihrer Freundin Marlies gewesen. Warum formuliere ich das so? Weshalb kann ich nicht sagen: Bestimmt hat sie meine Großmutter Marlies besucht. Zwar zeigt sich noch immer kein klares Bild von ihr vor meinem inneren Auge, aber ich weiß, dass sie existiert.

Ich kann jetzt nicht hineingehen. Trude wird mir hundert Fragen stellen. Ich kann jetzt nicht mit ihr reden. Vorsichtig lehne ich das Rad an die Natursteinmauer und verlasse das Grundstück auf leisen Sohlen. Mein Weg führt mich zum Strand. Obwohl heute Pfingstsonntag ist, sind kaum Leute zu sehen. Der Wind peitscht meterhohe Wellen an den Strand. Als ich vor zwei Tagen hier im Sand gesessen habe, war die Wasseroberfläche spiegelglatt und mein Leben schien in Ordnung. Heute herrscht eine starke Brandung. Genauso aufgewühlt wie die See fühle auch ich mich. Warum hat Oma Anne Marie mich mit einer Lüge aufwachsen lassen? Wieso hat sie mir verheimlicht, dass meine Mutter hier begraben liegt? Weshalb hat sie mir nicht gesagt, dass ich noch Großeltern habe? Ich gehe in Gedanken zwanzig Jahre zurück und sehe ihr Gesicht vor mir.

Sie hat sich zu mir hinuntergebeugt und gesagt: »Hör mir zu, Olivia. Wir beide sind jetzt ganz allein auf uns gestellt. Ich verspreche dir, immer auf dich aufzupassen. Aber du musst mir auch etwas versprechen. Auf die Frage nach deinen Eltern wirst du stets antworten: Sie sind bei einem Autounfall ums Leben gekommen. Hast du das verstanden? Dann wiederhole es! Sag: Meine Eltern sind bei einem Autounfall ums Leben gekommen.«

Meine Eltern sind nicht bei einem Verkehrsunfall ums Leben gekommen! Mein Vater hat erst meine Mutter und danach sich selbst erschossen. Es passierte am Silvesterabend 1995. Wir waren an der Ostsee im Haus meiner Großeltern zu Besuch. Oma und Opa waren abends nicht da. Sie feierten bei Tante Trude. Ich freute mich so auf das Feuerwerk, aber meine Eltern erlaubten mir nicht aufzubleiben. Sie schickten mich abends früh ins Bett, aber ich schlief nicht, sondern schaute stundenlang aus dem Fenster und beobachtete die Nachbarskinder dabei, wie sie Böller knallen ließen. Einige Male knallte es auch ganz laut bei uns im Haus, und ich dachte, wie gemein meine Mutter doch ist, mich an diesem besonderen Abend so früh schlafen zu schicken. Als um Mitternacht die bunten Raketen den Himmel erleuchteten, hielt es mich nicht länger in den Federn. Ich stand auf und lief begeistert ins Wohnzimmer.

»Happy New Year«, rief ich aus, genau wie es mir mein großer Freund Marius am Nachmittag beigebracht hatte. Ich rannte ins Wohnzimmer, schaute auf den mit Lametta geschmückten Weihnachtsbaum, der in der Ecke des Raumes stand, und rief nach meiner Mutter. Sie antwortete nicht. Ich fand sie schließlich im Flur am Boden liegend. Um ihren Kopf hatte sich eine große Blutlache gebildet. Ich rüttelte an ihrem Arm, aber sie öffnete ihre Augen nicht.

»Papa, Papa, komm schnell! Mama wacht nicht auf!«, schrie ich aufgebracht, aber er kam mir nicht zu Hilfe. Geistesgegenwärtig drückte ich so lange die Kurzwahltasten auf dem grünen Telefon, bis ich Tantes Trudes Stimme hörte. Irgendwann in der Nacht, ich weiß nicht, wie spät es war, waren es Polizisten, die meinen Vater fanden. Er lag blutüberströmt in der Badewanne. Was danach geschah, kann ich nicht mehr mit Bestimmtheit sagen. Bis auf wenige Puzzleteile ist diese Zeit völlig ausgelöscht.

Jemand tippt mir von hinten auf die Schulter.

»Na, noch böse auf mich?«

»Marius? Wie geht es mit dem Pfingstochsen voran? Hält der Spieß?«

»Alles läuft nach Plan.«

Ich betrachte meine Sandkastenliebe und frage mich, ob es seine himmelblauen Augen oder seine strohblonden Locken gewesen sind, die mich damals so fasziniert haben.

»Warum schaust du mich so merkwürdig an?«

»Es stimmt. Ich war wirklich mal in dich verknallt. Aber damals bin ich noch ein kleines Kind gewesen und mein Geschmackssinn war noch nicht entwickelt«, lache ich.

»Du warst früher schon so frech und unverschämt«, antwortet er und legt freundschaftlich seinen Arm um meine Schulter. »Jetzt, wo die Sonne weg ist, ist es doch recht kühl geworden. Was meinst du, Liv? Sollten wir nicht langsam zurück ins Haus gehen?«

»Aber auf dem Weg dorthin halten wir wie früher Ausschau nach Seesternen. Wer von uns die meisten findet, hat gewonnen!«

»Da ist sie ja wieder, die unvergessliche Nervensäge, Olivia Valdez.«

»Du nennst mich Nervensäge? Ha! Mir scheint, du hast auch Gedächtnislücken«, frotzele ich und muss grinsen.

»Komm mir ja nicht so! Du warst mit Abstand das nervigste Mädchen, das mir je nachgestellt hat.«

»Du solltest mir für diese einmalige Erfahrung lieber dankbar sein.«

»Du unterschätzt meinen Schlag bei Frauen. Sie sind alle ganz wild auf mich.«

»Ja, sicher, Marius Kaufmann. Du bist noch immer genauso eingebildet wie früher. Ich möchte dich nur an das Minigolfturnier erinnern. Na, dämmert es?«

»Nee, was war denn da?«

»Du hast gewusst, dass du keine Chance gegen mich hattest. Deshalb hast du mir einen Deal vorgeschlagen. Für den Fall, dass ich dich gewinnen lasse, hast du mir einen Kuss versprochen.«

»Und? Hab ich dich geküsst?«

»Nein! Ich hab dich zwar gewinnen lassen, aber den Kuss hat die dicke Bäckerstochter bekommen. Du hast ihr vor versammelter Mannschaft die Zunge in den Mund gesteckt, und sie ist schreiend davongelaufen.«

»Irgendwie hast du mir besser gefallen, als du dich noch nicht erinnern konntest.«

Venusmuscheln

Trude

Obwohl Marius angekündigt hat, mich nachträglich zum Geburtstag in ein Lokal einzuladen, habe ich gekocht. Ich finde, der Junge sollte sein Geld zusammenhalten und statt seiner alten Großmutter lieber eine junge Frau zum Essen ausführen. Er ist jetzt zweiunddreißig und noch immer Single. Warum das so ist, ist mir unbegreiflich. Er ist ein attraktiver Mann mit guten Manieren. Marius ist gebildet und soweit ich das beurteilen kann, läuft es bei ihm auch geschäftlich rund. Ich würde sagen, er ist eine Sahneschnitte.

Gerade sehe ich ihn und Olivia lachend durch den Garten kommen. Was für ein hübsches Paar die beiden doch abgeben, denke ich, und in meinem Kopf rattert es.

»Prima, dann bestelle ich einen Tisch für uns drei«, höre ich ihn sagen. »Im Ort gibt es einen Italiener, der macht die beste Pasta, die du je gegessen hast.«

»Die beste Pasta gibt es hier bei mir«, widerspreche ich, hebe den Deckel vom Topf und präsentiere Venusmuscheln, die in Weißwein kochen.

»Spaghetti alle vongole«, ruft Liv begeistert aus.

»Och Trude, wir wollten doch zum Essen ausgehen«, mosert mein Enkel.

»Du darfst den Wein bezahlen«, biete ich an und reiche ihm die Flasche, die ich bereits vor den Feiertagen bei Feinkost Rademann besorgt habe.

»Ich decke den Tisch«, bestimmt Olivia und fragt, ob wir im Haus oder auf der Terrasse speisen wollen.

»Das bisschen Wind kann uns doch nicht erschüttern. Wenn es trocken ist, essen wir immer draußen.«

»Dann werde ich mir aber eine Strickjacke überziehen. Wo hast du meine Tasche hingestellt, Trude?«

»Ich habe deine Sachen nach oben gebracht.«

»Ich soll wieder oben schlafen?«

»Du musst!«, antwortet Marius ihr. »Denn ich schlafe heute Nacht auf dem Sofa.«

Jetzt ist der perfekte Moment gekommen, um dem Glück der beiden auf die Sprünge zu helfen. Nein, ich will sie nicht verkuppeln, ich gebe nur eine kleine Starthilfe. Es liegt ganz allein bei ihnen, was sie daraus machen.

»Du schläfst bitte auch oben, Marius.«

»Warum? Ich hab doch bisher immer auf dem Sofa gepennt, wenn ich dich in der Saison besucht habe.«

»Du schnarchst, und ich brauche meine ungestörte Nachtruhe!«, schwindele ich.

»Unverschämtheit. Ich schnarche nie!«

»Trude hat recht. Es ist doch geradezu unsinnig, dass du die Nacht auf der harten Couch verbringst, obwohl oben drei freie Schlafräume zur Verfügung stehen.«

Na bitte! Geht doch!

»Wehe, du rückst mir wieder auf die Pelle!«, droht Marius ihr im Spaß.

»Wehe, du schnarchst!«, lacht sie zurück.

Was für ein schöner Abend, denke ich, als wir zu dritt am großen Tisch sitzen und essen. Wenn Marlies sehen könnte, wie viel Spaß wir haben, würde auch sie sich darüber freuen. Aber das kann sie doch auch vom Krankenhaus aus! Ich hole mein Handy aus der Küche und bitte die beiden, näher aneinanderzurücken. Jetzt nur noch scharfstellen, dann klickt es leise.

»Machst du auch ein Foto von uns beiden?«, bitte ich Marius. »Und ein letztes nur mit Olivia.«

»Was hast du mit den Bildern vor?«, fragt sie, denn sie beobachtet mich dabei, wie ich eine Nachricht tippe.

»Ich schicke sie Marlies. Ist dir das etwa nicht recht?«

»Doch, mach nur. Dann hat sie mir wenigstens was voraus. Ich habe nämlich kein Bild von ihr im Kopf.«

»Sie hat sich kaum verändert. Nun gut, sie ist zwanzig Jahre älter geworden. Genau wie wir alle.«

»Wie sieht sie aus? Hast du Fotos?«

»Was willst du mit einem Foto? Besuch sie doch morgen. Sie würde sich so freuen.«

»Fährst du auch wieder zu ihr?«

»Aber sicher.«

»Dann begleite ich dich. Das ist eine gute Gelegenheit, ihr vor meiner Abreise einige Fragen zu stellen.«

»Du willst wirklich schon abreisen?«, fragt Marius enttäuscht.

»Ich muss. Der Dienstag entscheidet über meine weitere berufliche Zukunft.«

»Was willst du sie denn fragen?«

»Zum Beispiel, warum ich nicht hier, sondern bei Oma Anne Marie aufgewachsen bin. Weshalb sie all die Jahre keinen Kontakt zu mir gesucht hat. Das würde mich nämlich brennend interessieren.«

»Du musst nicht bis morgen warten. Die Fragen kann ich dir auch beantworten. Das Jugendamt hat Heinz und Marlies für zu alt befunden.«

»Oma Anne Marie ist im gleichen Alter.«

»Trotzdem hat sie den Sorgerechtsstreit gegen Marlies und Heinz gewonnen. Nach langem Hin und Her konnte sie das Gericht davon überzeugen, dass es besser für dich ist, nicht am Ort des Geschehens groß zu werden. Kurz darauf hat sie ein Umgangsverbot erwirkt. Danach war es deinen Großeltern untersagt, dich zu besuchen.«

»Die ganzen Jahre hat Oma Anne Marie mich dreckig belogen. Warum?«

»Das solltest du sie fragen.«

Mein Handy bimmelt. Ich habe eine Kurznachricht erhalten. Marlies hat nur *Danke, danke, danke* geschrieben und unzählige rote Herzen an den Text angefügt.

Nachtruhe

Olivia

Wut und Furcht wechseln sich ab und lassen mich nicht einschlafen. Nach zwei Stunden stehe ich auf, um mir aus der Küche ein Glas Wasser zu holen. Weil ich Marius nicht wecken will, gehe ich leise vom Dachgeschoss die Treppe hinunter, ohne das Licht anzustellen. Gerade nehme ich mir ein Glas aus dem Schrank, als ich höre, dass sich jemand von draußen an der Eingangstür zu schaffen macht. Wie von Sinnen renne ich die Stufen wieder hinauf, stürme in das Zimmer, in dem Marius schläft, und klopfe ihm auf die Schulter.

»Wach auf! Da ist jemand vor der Tür. Ich glaube, es sind Einbrecher.«

»Das war nur der Wind. Schlaf weiter, Olivia«, murmelt er schlaftrunken.

»Das war nicht der Wind. Ich hab gesehen, dass sich die Klinke bewegt hat. Jemand muss sie runtergedrückt haben. Nun komm schon!«

»Hier kann niemand reinkommen, ich selber habe die Tür abgeschlossen.«

»Na, du bist mir ja ein Held. Dann werde ich eben selber

nachsehen.«

»Warte!«, mosert er genervt und wirft seine Decke zurück. Ich suche nach etwas Passendem, mit dem ich den Eindringling verscheuchen kann, und greife nach dem dreiarmigen Kerzenständer.

»Was hast du denn damit vor?«

»Uns verteidigen, wenn du gleich was auf die Nuss bekommst.«

»Bleib du hier oben. Ich gehe allein«, bestimmt er, aber ich folge ihm die Treppe hinunter. Er knipst das Licht an und dreht den Schlüssel vorsichtig nach links. Als er langsam die Haustür öffnet, rast mein Herz wie verrückt, so sehr, dass ich es im Hals klopfen höre.

»Ich hab dir doch gesagt, da ist niemand.«

»Aber da war jemand. Ich hab es doch gehört, als ich in der Küche gewesen bin.«

»Was machst du um zwei Uhr nachts in der Küche? Warum schläfst du nicht, wie es normale Menschen um diese Zeit tun?«, knurrt er.

»Ich konnte nicht schlafen, und ich hatte Durst.«

»Dann trink was, und dann ab ins Bett!«

»Tut mir leid.«

»Jetzt ist es auch egal. Ich bin wach. Also, was lässt dich nicht schlafen? Ist es wegen Marlies? Hast du Bammel vor eurem Wiedersehen?«

»Ich bin schon etwas aufgeregt, aber das ist es nicht allein. Mir graut vor Dienstag.«

»Was ist denn am Dienstag?«

»Es könnte sein, dass ich meinen Job verliere.«

»Wieso? Was ist denn passiert?«

»Beschäftigst du Mitarbeiter in deiner Firma?«

»Ja, warum?«

»Angenommen, deine Assistentin hätte was mit deinem

Bruder am Laufen …«

»Ich habe keinen Bruder. Ich bin Einzelkind, und eine Assistentin habe ich auch nicht.«

»Dann versuch dir vorzustellen, dass es so wäre.«

»Okay, zwischen meiner imaginären Assistentin und meinem imaginären Bruder läuft was. Und nun?«

»Wie würdest du damit umgehen?«

»Wie? Verstehe ich nicht. Was hab denn ich damit zu tun?«

»Du bist ihr Boss! Könntest du auch weiterhin mit ihr professionell zusammenarbeiten?«

»Wo ist das Problem, Liv?«

»Würdest du sie noch genauso behandeln, oder würde sich euer Verhältnis ändern?«

»Ich habe auch ein Verhältnis mit ihr?«

»Ach, Marius, du bist mir keine Hilfe!«

»Du willst meine Hilfe? Dann sprich endlich Klartext!«

»Also gut. Seit knapp einem halben Jahr treffe ich mich mit dem Bruder meines Chefs. Ich wusste nicht, dass sie Geschwister sind, aber an diesem Wochenende ist es rausgekommen. Wenn das in der Firma die Runde macht, kann ich einpacken. Meine blöden Macho-Kollegen werden sich noch mehr das Maul über mich zerreißen. Schon bevor ich meinen guten Ruf leichtsinnig aufs Spiel gesetzt habe, war es schwer genug, mich in dieser Männerdomäne durchzusetzen. Jetzt werden mich alle für eine Bitch halten, die es nur mit dem Bruder des Chefs getrieben hat, um beruflich voranzukommen.«

»Deine Kollegen spuken dir also im Kopf herum.«

»Was meine Kollegen über mich denken, ist eine Sache, aber wie Ben mich jetzt ansehen wird, nachdem sein Bruder mich als nimmersattes Sexluder betitelt hat, ist mir nicht egal.«

»Dein Ruf scheint dir sehr wichtig zu sein.«

»Natürlich! Wer hat es schon gern, wenn schlecht über einen gesprochen wird?«

»Stimmt es denn? Bist du ein nimmersattes Sexluder? Wenn ja, dann steh doch dazu.«

»Das hat er doch nur gesagt, um mich zu diskreditieren, dieser Arsch!«

»Mir ist es völlig gleichgültig, was die Leute über mich denken. Sollen sie doch reden, wenn sie sonst nichts Besseres zu tun haben.«

»Mir scheint, du weißt nicht, wie es sich anfühlt, wenn ständig über dich gesprochen wird. Ich kann dir sagen, es ist kein gutes Gefühl!«

»Also, ich finde, *nimmersattes Sexluder* klingt nach einem Kompliment. Oder wäre es dir lieber, er hätte dich eine frigide Schachtel genannt?«

»Es wäre mir lieber gewesen, er hätte gar nichts gesagt. Also, was würdest du mir raten?«

»Was willst du hören?«

»Glaubst du nicht auch, dass es besser wäre, wenn ich ihm zuvorkomme und selber kündige? Sollte er mir nämlich eine Kündigung aussprechen, ist meine Vita versaut, und ich bekomme nie wieder so einen verantwortungsvollen Posten.«

»Bevor ich ernsthaft darüber nachdenken kann, brauch ich einen Kaffee. Du auch? Ich gehe zu Trude runter und koch uns einen.«

»Wir können doch deine Großmutter jetzt nicht wecken, nur weil dir der Sinn nach einer Tasse Kaffee steht. Es ist mitten in der Nacht.«

»Stimmt. Was hältst du davon, zum Pfingstmarkt zu fahren? Dort werden jetzt die Stände aufgebaut. Bestimmt hat einer meiner Leute eine Thermoskanne dabei.«

»Das klingt zwar total verrückt, aber ich komme mit.«

Wir ziehen uns in Windeseile an und stehen grinsend vor

der Haustür. Als er mich fragt, ob wir mit dem Rad oder lieber mit dem Auto fahren wollen, entscheide ich mich, ohne lange zu überlegen, für den Wagen.

»Mir tut jetzt noch der Hintern weh«, lache ich und stelle die Außenbeleuchtung an. Das Lachen vergeht mir sofort, als ich sehe, dass uns auf dem Kiesweg eine Gestalt entgegenkommt.

»So eine Unverfrorenheit ist mir in meinem ganzen Leben noch nicht untergekommen. Wie kommen Sie dazu, sich in der Wohnung einzuquartieren, die ich bis Freitag gemietet habe? Das hat ein Nachspiel, junger Mann!«

»Frau Fendrich? Was machen Sie denn hier?«, frage ich erstaunt, nachdem ich die vermeintliche Einbrecherin erkannt habe.

»Die Frage sollte ich besser Ihnen stellen! Also, ich finde keine Worte für Ihre Dreistigkeit. Das Bett, in dem Sie mit Tim gelegen haben, ist noch warm, und jetzt vergnügen Sie sich bereits mit dem Nächsten! Aber nicht auf meine Kosten! Das sage ich Ihnen! Was hat mein Sohn bloß in Ihnen gesehen? Und nun geben Sie mir endlich den Schlüssel, damit ich ins Haus komme, bevor ich ganz ausraste!«

»Nun mal langsam!«, fordert Marius und versucht mit ruhiger Stimme, den Sachverhalt klarzustellen. »Sie sind gestern Morgen ausgezogen. Infolgedessen durften wir doch annehmen, dass Sie Ihren Aufenthalt hier beendet haben.«

»Wann ich etwas beende, bestimme ich noch immer selbst!«, kreischt sie hysterisch. Mit ihrem lauten Gebrüll hat sie es geschafft, dass auch Trude aufgewacht ist. In einem weißen Nachthemd kommt sie wie das Gespenst von Canterville um die Ecke und fragt, was denn hier los sei.

»Frau Fendrich ist wieder da und möchte zurück ins Haus«, erklärt Marius ganz nüchtern.

»Sie denken tatsächlich, das hier wäre ein Stundenhotel,

oder? Dann lassen Sie sich von der Puffmutter sagen, dass Sie sich gewaltig irren. Ich vermiete an friedfertige Urlauber und nicht an Furien. Sie bekommen Ihr Geld von mir zurückerstattet, aber nun machen Sie einen Abflug, bevor ich ausraste!«

So einen bühnenreifen Auftritt hätte ich Trude nie im Leben zugetraut. Auch Frau Fendrich scheint sichtlich beeindruckt zu sein, denn sie schlägt einen ungewohnt milden, fast demütigen Ton an.

»Bitte schicken Sie mich nicht fort. Ich habe meinen Mann verlassen und wusste nicht, wohin. Deshalb bin ich zurückgekommen. Seit Stunden sitze ich nun schon in meinem Wagen. Mir ist kalt, und ich will nur ins Bett. Bitte, Frau Kaufmann, ich flehe Sie an, haben Sie doch ein wenig Mitleid mit mir.«

Was Trudes gute Eigenschaften angeht, hat Marius nicht übertrieben. Sie ist wirklich mitfühlend und erlaubt ihr, wieder einzuziehen. Allerdings nur unter der Voraussetzung, dass Marius und ich die Zimmer nicht räumen müssen. Wo wir überhaupt zu nächtlicher Stunde hinwollten, will sie wissen, und verzieht nach Marius' Antwort verständnislos das Gesicht.

»Wegen Kaffee? Kaffee gibt es um neun Uhr bei mir in der Küche. Und nun herrscht hier gefälligst Ruhe! Ich brauche schließlich meinen Schönheitsschlaf!«

Mülltaucher

Trude

Um neun Uhr trinke ich meinen Kaffee allein auf der Terrasse. Marius ist zum Pfingstmarkt gefahren, und Olivia hat sich mit meinem Wagen auf den Weg ins Krankenhaus gemacht. Ich habe es für richtig gehalten, ihr den Vortritt zu lassen. Großmutter und Enkeltochter sollen die Gelegenheit haben, sich nach all der Zeit ungestört zu unterhalten, soweit das in einem Dreibettzimmer überhaupt möglich ist. Bestimmt hat Marlies vor lauter Aufregung kein Auge zugetan. Hoffentlich versaut sie das erste Zusammentreffen nicht und hält sich mit ihren Hasstiraden auf Anne Marie Valdez zurück.

Obwohl sie meine Freundin ist und ich mit ihr und Heinz gelitten habe, konnte ich auch Verständnis für Oma Valdez aufbringen. Sie wollte Olivia das Gerede und die mitleidigen Blicke ersparen. Und es wurde geredet. Monatelang war die Familientragödie im Möwenstieg das Gesprächsthema Nummer eins in dieser Gemeinde. Ich hoffe, dass Marlies über ihren Schatten springt. Jetzt, da Olivia wiederaufgetaucht ist, könnte sie doch endlich ihren Frieden machen. Letztendlich hat die alte Valdez doch nur in guter Absicht gehandelt. Ihr war jedes Mittel recht, um Liv eine unbeschwerte Kindheit zu bescheren. Um das Märchen vom Autounfall glaubwürdig erscheinen zu lassen, hat sie sogar einen Platz auf dem Urnenfriedhof aus dem Hut gezaubert. Weiß der Geier, wie sie es angestellt hat. Aber es hat funktioniert und dazu beigetragen, dass Liv zu einer starken und selbstbewussten Frau heranwachsen konnte. Genau das werde ich ihr heute Nachmittag sagen, wenn ich sie besuche.

Jault da etwa eine Katze, oder was ist das für ein Gejammer? Ich fühle mich genötigt, aufzustehen und nachzusehen. Mein erster Gedanke ist, dass es sich um ein verletztes Tier handelt. Oder ist es das Wimmern eines hilflosen Babys? Man wird mir doch wohl kein Findelkind vor die Tür gelegt haben? Weder das eine noch das andere ist der Fall. Für die herzzerreißende Heulerei ist Frau Fendrich verantwortlich. Ich entdecke sie auf dem Balkon. Sie sitzt zusammengekauert auf dem Holzboden und gibt Laute von sich, die mir durch Mark und Bein gehen.

»Alles in Ordnung bei Ihnen?«, rufe ich zu ihr hoch, obwohl es offensichtlich ist, dass bei ihr nichts in Ordnung ist. Aber was hätte ich sonst rufen sollen? Etwa: Hören Sie auf zu flennen und reißen Sie sich zusammen! Es gibt Schlimmeres im Leben als einen fremdgehenden Mann.

»Entschuldigung«, ruft sie. »Ich bin ja schon still.« Kurz darauf erhebt sie sich und verlässt den Balkon. Auch ich gehe wieder hinein und stelle meinen leeren Kaffeebecher ins Spülbecken. Es riecht noch immer nach Knoblauch und Zwiebeln in meiner Küche, und ich weiß auch, warum. Nach dem Essen bin ich gestern Abend nicht mehr dazu gekommen, meinen Abfall zu entsorgen. Ich nehme den Eimer, der bis zum Rand mit Venusmuschelschalen gefüllt ist, um ihn schnellstens in der Mülltonne vor dem Haus zu entsorgen. Als ich um die

Ecke komme, glaube ich, meinen Augen nicht zu trauen. Die Fendrich durchforstet tatsächlich den Hausmüll. Sie steckt mit dem Oberkörper in der Tonne und zappelt aufgeregt mit den Beinen. Gleich läuft sie Gefahr, mit dem Container umzukippen.

»Was machen Sie denn da?«, rufe ich.

»Ich suche meine Einkäufe. Ich hatte doch alles in einen großen Beutel gepackt und in diesen Behälter geworfen. Hier ist er«, schnaubt sie erleichtert und krabbelt wieder hervor. Mit spitzen Fingern öffnet sie den blauen Sack und macht ein angewidertes Gesicht. »Igitt! Davon ist nichts mehr zu gebrauchen.«

»Legen Sie das zurück! Das ist ja ekelhaft. Kommen Sie! Sie können bei mir frühstücken.«

»Ein Kaffee würde mir schon reichen.«

»Der sollte noch heiß sein. Also los.«

Ich biete ihr an, sich am Außenhahn die Hände zu waschen und auf der Holzbank Platz zu nehmen. »Warten Sie einen Moment. Ich bin gleich zurück.«

Während ich in der Küche einen Becher Kaffee einschenke, betrachte ich sie durchs Fenster. Mit der mondänen Dame im edlen Seidenkostüm, die mir am Freitag die Tür vor der Nase zugeschlagen hat, hat diese Mülltaucherin nichts mehr gemein. Dort draußen sitzt ein Häufchen Elend. Ob ich nun will oder nicht, sie tut mir leid.

»Möchten Sie Milch und Zucker?«

»Nein danke, schwarz ist völlig okay. Danke, Frau Kaufmann. Ich weiß, das ist nicht selbstverständlich.«

»Ich kann Ihnen auch ein Brot machen. Sie müssen es nur sagen.«

»Wirklich nicht nötig. Ich habe Ihnen schon genug Umstände gemacht.«

Sie nippt an dem heißen Kaffee und stellt den Becher zurück auf die Tischplatte. Ihr Blick wandert durch den Garten hinüber zu den Dünen. Dann stößt sie einen lauten Seufzer aus. Sie sagt, dass sie erst jetzt sehe, wie schön es bei mir sei.

»Der Ausblick von oben ist doch viel besser. Wenn ich während der Herbst- und Wintermonate die Wohnung wieder selbst bewohne, vergeht kein Tag, an dem ich nicht diese großartige Aussicht genieße. Selbst nach vierzig Jahren bekomme ich nicht genug davon.«

»Ich glaube, ich muss mich bei Ihnen entschuldigen. Mein Verhalten Ihnen gegenüber war nicht nett. Ich hätte meinen Groll nicht an Ihnen auslassen dürfen. Das ist sonst wirklich nicht meine Art, aber ich bin seit einigen Wochen einfach nicht mehr ich selbst.«

»Schwamm drüber. Ich habe mich Ihnen gegenüber auch nicht korrekt verhalten. Sie haben absolut recht. Ich hätte die Wohnung nicht einfach meinem Enkel überlassen dürfen. Sie haben schließlich bis Freitag gemietet und bezahlt.«

»Der junge Mann ist Ihr Enkel? Und ich dachte, Sie hätten die Wohnung neu vermietet, um doppelt abzukassieren.«

»Das wäre wirklich ein starkes Stück.«

»Warum ist Frau Valdez noch hier? Ich dachte, sie wäre längst wieder in Hamburg.«

»Das ist eine lange Geschichte.«

»Ich habe Zeit. Bis Freitagmittag, um es genau zu sagen.«

»Sie ist geblieben, um ihre Großmutter zu besuchen, die hier im Städtischen Krankenhaus liegt.«

»Sie hat eine Großmutter, die hier lebt? Uns hat sie erzählt, sie wäre zum ersten Mal an der Ostsee.«

»Ich sagte ja schon, es ist eine lange Geschichte.«

»Ich kann sie gut leiden, und es tut mir schrecklich leid, was mein Sohn sich mit ihr geleistet hat. Ich gehe mal davon aus, dass ich nicht in Rätseln spreche und Sie im Bilde sind.«

»Ja, bin ich. Was ist das nur für ein seltsames Verhältnis zwischen Ihren Söhnen? Von normaler Rivalität kann doch in diesem Fall keine Rede sein.«

»Ja, Timothy«, sagt sie und macht eine lange Pause. »Er ist ein Chaot, wie er im Buche steht, und das komplette Gegenteil von seinem Bruder. Während Benjamin ein gefragter Architekt ist, bekommt er sein Leben einfach nicht auf die Reihe. Niemals hält er etwas durch. Er hat dreimal das Studienfach gewechselt, um das Studium dann ganz abzubrechen. Den einzigen Erfolg, den er vorweisen kann, ist seine Wirkung auf Frauen. Die liegen ihm reihenweise zu Füßen. Eben ganz der Vater! Ich dachte wirklich, dass seine Sturm- und Drangzeit jetzt der Vergangenheit angehört und er endlich erwachsen geworden ist.«

»Davon scheint er noch weit entfernt zu sein.«

»Er ist zu weit gegangen. Und genau das habe ich ihm auch gesagt. Er wusste genau, was Olivia seinem Bruder bedeutet.«

»Wie soll es zwischen den beiden weitergehen?«

»Zwischen Tim und Frau Valdez? Ich denke, das hat sich wohl erledigt.«

»Ich meine nicht Tim. Ich rede von Olivia und Ihrem Sohn Ben. Wenn ich Liv richtig verstanden habe, hat sie vor, bei ihm zu kündigen.«

»Warum denn das?«

»Aus falschem Schamgefühl. Sie hat heimlich ein Gespräch zwischen den beiden angehört, in dem sich Tim recht frivol über sie geäußert hat.«

»Das ist doch kein Grund!«

»Ich sehe das auch so, aber ich fürchte, es ist ihr bitterernst.«

»Das müssen wir ihr ausreden. Es darf doch nicht sein, dass sie wegen einer dummen Bemerkung ihre berufliche Zukunft aufs Spiel setzt.«

»Ich bin mir nicht sicher, ob sie auf uns hören wird. Vernünftiger wäre es, Ihr Ben würde endlich aus der Deckung kommen und die Sache selbst in die Hand nehmen.«

»Sie haben recht, Frau Kaufmann. Ich werde ihn sofort anrufen.«

So übel, wie ich dachte, ist die Fendrich gar nicht. Das Glück ihres Erstgeborenen scheint ihr wirklich eine Herzensangelegenheit zu sein, denn ohne Zeit zu verlieren greift sie zum Handy und ruft ihn an. Er scheint nicht ranzugehen, denn sie hinterlässt ihm eine Nachricht: Er soll sich sofort bei ihr zurückmelden, wenn er das hört.

Gute Besserung

Olivia

Ich stehe in der Schlange vor dem Kiosk und überlege, was ich meiner Großmutter mitbringen könnte. Mit leeren Händen will ich sie nicht besuchen. Worüber würde sie sich freuen? Die fertigen Blumensträuße kommen nicht infrage. Sie sind nicht nur lieblos gebunden, sondern machen auch keinen frischen Eindruck. Ich entscheide mich für eine Schachtel Pralinen. Doch kurz vor der Kasse ändere ich meine Meinung und greife zu einer gläsernen Bonbonniere, die mit bunten Lutschbonbons gefüllt ist und den Schriftzug *Gute Besserung* trägt. Ich verzichte auf Geschenkpapier und zahle mit Karte.

Mein Herz rast, als ich an die Zimmertür klopfe und gleich darauf eintrete. Welche dieser drei Frauen sie wohl sein mag? Ich könnte es nicht sagen, wenn Trude mir nicht gesteckt hätte, dass sie im Bett vor dem Fenster liegt. Mehr als ein zaghaftes »Hallo« kommt mir nicht über die Lippen. Weil sie nichts sagt, füge ich ein kurzes »Da bin ich« an. Stumm schaut sie zu mir auf. Mit der rechten Hand greift sie neben das Bett. Sie ist auf der Suche nach der Fernbedienung. Als sie fündig wird, lässt sie die Rückenlehne langsam nach oben fahren.

»So ist es besser«, sagt sie und deutet auf einen freien Stuhl. »Setz dich doch und lass dich ansehen.«

Ich nehme Platz, und sie greift nach meiner Hand. Erst packt sie mich ganz fest, dann löst sie den Druck und streichelt mit ihren Fingern über meinen Unterarm.

»Endlich. Du ahnst ja gar nicht, wie lange ich auf diesen Moment gewartet habe.«

»Trude hat es mir gesagt.«

»Erzähl mir von dir.«

»Was willst du hören?«

»Bist du verheiratet? Hast du Kinder?«

»Gott behüte, nein! Weder das eine noch das andere. Ich bin Single, wohne in Hamburg und teile mir eine Wohnung mit einer Freundin.«

»Es gibt keinen Mann an deiner Seite? Wie kommt's? Du bist eine so hübsche, junge Frau.«

»Ich lebe für meinen Beruf.«

»Du bist Architektin. Trude hat es mir erzählt. Toll, ich bin ja so stolz auf dich. Architektin. Das bedeutet, du hast Abitur gemacht und studiert.«

»Hast du Schmerzen?«

»Ich spüre nichts«, erklärt sie und deutet mit einer Kopfbewegung auf den Tropf, an dem sie hängt. »Das Zeug ist die Wucht. Leider macht es auch müde.«

»Dann lass ich dich jetzt lieber schlafen.«

»Wehe! Ich lass dich doch jetzt nicht gehen. Ich lass dich nie wieder gehen, mein kleiner Engel«, sagt sie, und ich sehe, wie sich ihre Augen mit Tränen füllen. Jetzt ist es auch bei mir so weit, und ich kann nicht anders, als mit ihr zu heulen. Unser Gefühlsausbruch bleibt nicht unbemerkt. Die Frau im Nebenbett schaut neugierig zu uns rüber. Als Oma das bemerkt, faucht sie sie an.

»Nun glotzen Sie doch nicht so unverfroren! Gibt es in diesem Zimmer denn gar keine Privatsphäre?«

Die Frau im mittleren Bett dreht sich beleidigt um. Trotzdem schimpft Oma Marlies weiter. Sie beklagt sich darüber, dass sie gezwungen sei, ihre Notdurft auf der Bettpfanne zu verrichten. »Selbst dabei schaut diese neugierige Gafferin mir zu. Dieses Weib ist eine Zumutung!« Nachdem sie ihrem Ärger Luft gemacht hat, setzt sie unser Gespräch im leisen Flüsterton fort.

»Ich werde morgen operiert.«

»Hast du Angst vor der Operation?«

»Nicht vor dem Eingriff. Ich habe Angst, dass du nicht mehr da bist, wenn ich aufwache.«

»Ich kann nicht bleiben.«

»Warum nicht? Trude hat mir gesagt, du würdest die nächsten Tage bei ihr im Haus wohnen.«

»Das geht nicht. Ihre Mieter sind zurück.«

»Warum ziehst du nicht in meine Wohnung? Bitte, Olivia, bitte geh noch nicht und bleib noch. Wir haben so viel nachzuholen.«

Kann man verlorene Zeit überhaupt nachholen, frage ich mich. Die Frau, die mich anfleht zu bleiben, ist mir zwar fremd, aber schließlich nicht egal. Es ist nicht zu übersehen, wie wichtig es ihr ist, dass ich bleibe. Warum also nicht? In Hamburg erwartet mich ohnehin nichts Gutes.

»Also gut«, sage ich mit belegter Stimme. Mein Mund ist ganz trocken, und ich äußere den Wunsch, mir etwas zu trinken zu besorgen.

»Im Flur habe ich einen Automaten gesehen. Soll ich dir auch etwas mitbringen?«

»Trink nicht den Kaffee. Der schmeckt grauenhaft. Der Cappuccino ist einigermaßen genießbar.«

»Dann bis gleich«, sage ich und verlasse das Krankenzimmer.

Noch während der Getränkeautomat heißen Milchschaum in den Pappbecher füllt, beobachte ich, dass eine Krankenschwester mit hastigen Schritten ins Zimmer meiner Großmutter läuft. Da stimmt was nicht, denke ich sofort. Sie wird doch wohl nicht vor lauter Aufregung einen Infarkt bekommen haben? Dass sich sofort ein Worst-Case-Szenario in meinem Kopf abspielt, ist typisch für mich. Ich gehe immer gleich vom Schlimmsten aus. Gut, dass ich mich täusche, denn noch bevor ich den Flur entlangrennen kann, öffnet sich die Tür wieder, und ich sehe, wie die Schwester Oma Marlies im Krankenbett aus dem Zimmer rollt. Sie schaut zufrieden drein. Es bestand gar kein Grund zur Aufregung. Dennoch rufe ich: »Gott sei Dank, ich hab im ersten Moment gedacht, dir sei etwas zugestoßen.«

»Ich habe Schwester Johanna gebeten, mich ins Besucherzimmer zu schieben. Dort können wir ungestört miteinander reden.«

Schwester Johanna lächelt und signalisiert mir per Kopfzeichen, ihr zu den Fahrstühlen zu folgen. Als sie den Knopf für die vierte Etage drückt, schließt sich die Tür, und ich kann sehen, dass Oma Marlies ihr einen Zwanziger zusteckt.

»Das ist doch nicht nötig, Frau Wegner.«

»Doch, Johanna. Nun nimm schon!«

Ohne weitere Widerrede wandert der Geldschein in ihre weiße Kitteltasche.

»Eine halbe Stunde. Mehr nicht! Ich komme in Teufels Küche, wenn das rauskommt.«

»Wie abgemacht, Johanna.«

»Na, dann viel Spaß Ihnen beiden«, sagt sie, schiebt das Bett in das Besucherzimmer und schließt die Tür hinter sich. Ob Marlies alle Schwestern duzt, will ich von ihr wissen.

»Nicht alle. Johanna schon. Sie ist die Tochter von unserem Bäcker. Hast du sie nicht erkannt?«

Ich habe noch nicht einmal dich erkannt, möchte ich antworten, aber ich schüttle nur den Kopf.

»Dass Opa Heinz gestorben ist, hat Trude dir ja gewiss schon erzählt.«

»Ja. Ich war auch schon auf dem Friedhof.«

»Mit Marius, nicht wahr? Er ist ein netter Bursche.«

»Stimmt, er ist schwer in Ordnung.«

»Er ist auch noch nicht verheiratet.«

»Wollen wir die kurze Zeit wirklich mit belanglosem Geplänkel über Marius verschwenden? Mir brennen ganz andere Fragen auf der Seele.«

»Welche, mein Engel? Frag mich. Hab keine Hemmungen.«

»Stimmt es, dass meine Mutter von einem anderen Mann schwanger war? Ist es deshalb zum Super-GAU gekommen?«

»Unsinn! Wie kommst du denn darauf? Tanja war nicht schwanger. Aber ich will nicht leugnen, dass es Eheprobleme gab. An Weihnachten 1995 hat sie ihm bei uns in der Stube gesagt, dass ihr nicht wieder mit zurückkommt. Ich weiß noch, wie geschockt er war. Trotzdem verständigten sich die beiden darauf, dass er dich jederzeit besuchen dürfe. Er kam bereits an Silvester, und wir tranken noch gemütlich zusammen Kaffee. Nichts deutete auf einen Streit hin. Wären Heinz und ich sonst zu Trudes Feier gegangen?«

»Warum? Weshalb wollte sie sich von ihm trennen?«

»Liv, deine Mutter war noch viel zu jung, als sie geheiratet hat. Sie wurde schon mit siebzehn schwanger. Gegen unseren Rat hat sie die Schule abgebrochen und geheiratet. Sie war doch selber noch ein Kind! Das mit den beiden konnte auf Dauer nicht gut gehen.«

»Das hat meine Oma auch gesagt. Auch sie meinte, dass es ihnen an der nötigen Reife gefehlt habe.«

Warum schaut sie plötzlich so böse? Hätte ich das nicht zur Sprache bringen dürfen?

»Habt ihr ein enges Verhältnis?«

»Ab und zu telefonieren wir miteinander. Besucht habe ich sie schon sehr lange nicht mehr.«

Die Tür öffnet sich, und Johanna betritt den Raum. Sie sagt, so leid es ihr auch tue, aber die Zeit wäre jetzt um. Obwohl ich das Gespräch gerne fortsetzen würde, schiebt sie das Krankenbett zurück zum Lift.

»Kommst du bitte noch mit ins Zimmer? Ich will dir meinen Haustürschlüssel geben.«

Habe ich jetzt noch eine Wahl?

Pfingstmarkt

Trude

Marius hat mich schon zum dritten Mal angerufen, und ich habe ihm jedes Mal gesagt, dass Olivia noch nicht wieder zurück ist. Dass ich ohne meinen Wagen nicht zum Pfingstmarkt kommen kann, sollte ihm eigentlich klar sein.

»Ihr versäumt was. Hier ist richtig was los. Solltet ihr nicht bald auftauchen, ist vom Ochsen nichts mehr übrig.«

»Dann ist es eben Pech. Du erwartest doch wohl nicht, dass ich den weiten Weg mit dem Fahrrad zurücklege? – Ich soll was? – Ein Taxi? – Glaubst du denn, ich bin Krösus? – Nein, Marius. Ich bestelle mir auch kein Taxi, wenn du die Rechnung übernimmst. Aber warte mal, mir kommt da gerade eine Idee.« Ohne aufzulegen, trete ich in den Garten und gehe an die Stelle, von der ich den besten Blick auf den Balkon habe. Laut rufe ich nach Frau Fendrich. Gleich darauf stellt sie sich an die Brüstung und fragt, was es gebe.

»Hätten Sie Lust auf einen Bummel über den Pfingstmarkt? Das ist eine Attraktion bei uns. Es gibt Musik und viele bunte Stände, die Leckereien zum Essen und Trinken anbieten. Ich dachte, weil Sie keine Vorräte mehr haben, wäre es eine gute

Gelegenheit, dort eine Kleinigkeit zu sich zu nehmen.«

»Sehr gern. Wann soll es losgehen?«

»Von mir aus sofort. Die Sache hat nur einen Haken, Sie müssten fahren. Olivia ist noch mit meinem Wagen unterwegs.«

»Das ist doch kein Problem. Ich komme gleich runter«, ruft sie und verriegelt die Balkontür.

»Alles klar«, sage ich zu Marius, der erstaunt nachfragt, ob er sich verhört habe.

»Du hast tatsächlich die Zicke gefragt, ob sie dich fährt? Ich dachte, du könntest sie nicht leiden.«

»Ich bin nicht nachtragend, und ich finde, dass sie eine zweite Chance verdient hat. Sie macht gerade eine schwere Zeit durch und kann ein wenig Mitgefühl gebrauchen.«

»Und sie hat einen Wagen, mit dem sie dich kostenlos chauffieren kann. Ich habe dich durchschaut. Du bist ein Schlitzohr, Trude. Also bis gleich.«

Frau Fendrich wartet schon bei laufendem Motor auf mich. Als ich einsteige, fummelt sie gerade an ihrem Navi herum.

»Das können Sie getrost vergessen. Ich kenne den Weg.«

»Er hat noch immer nicht zurückgerufen. Dabei habe ich Ben schon drei Nachrichten hinterlassen.« Sie hat ihren Satz gerade beendet, als ihr Telefon klingelt. Sie wirft einen kurzen Blick auf das Display und drückt den Anrufer sofort weg. »Das war nicht Ben. Das war mein verlogener Exmann.«

»Sagt man nicht erst Exmann, wenn man geschieden ist? So habe ich es damals immer gehalten. Aber das liegt ja auch schon Lichtjahre zurück.«

»Sie sind geschieden?«

»Sogar zweimal und einmal verwitwet.«

»Mit anderen Worten: Sie waren dreimal verheiratet? Donnerwetter.«

»Es waren halt die wilden Zeiten.«

»Dann können Sie mich auch nicht verstehen. Ich habe

immer nur einen Mann geliebt. Meinen! Wir sind mittlerweile seit fünfunddreißig Jahren verheiratet.«

»Ich war auch nur mit einem Mann verheiratet. Das erste Mal haben wir uns trauen lassen, als ich zwanzig war, dann noch einmal mit knapp vierzig und das letzte Mal an meinem siebenundfünfzigsten Geburtstag.«

»Ich bin jetzt fünfundfünfzig.«

»Im besten heiratsfähigen Alter«, lache ich. Sie lacht nicht, sondern macht ein trauriges Gesicht. »Am Ende der Straße bitte links abfahren.«

Wenige Minuten später empfehle ich ihr, sich einen Parkplatz zu suchen. Während wir den Rest des Weges zu Fuß zurücklegen, klingelt permanent ihr Handy. Immer wieder drückt sie den Anrufer weg.

»Ich möchte es ja ausstellen, und das werde ich auch, sobald Ben sich endlich zurückgemeldet hat.«

»Warum gehen Sie nicht ran und hören sich an, was er Ihnen zu sagen hat?«

»Weil ich ahne, was er mir sagen wird. Es tut mir leid, es tut mir leid«, äfft sie ihn nach. »Ja, mir tut es auch leid!«

»Dort drüben steht mein Enkel. Kommen Sie, Frau Fendrich. Jetzt wird gespachtelt.«

Meine Begleiterin ist weniger für Fleisch und Fisch zu begeistern, ihr Interesse gilt den Getränkeständen. Schon am zweiten Wagen fragt sie, ob es außer Bier noch etwas anderes gebe.

»Wo bekomme ich denn hier Wein oder Sekt?«, wird Marius gefragt. Als Veranstalter sollte er sich schließlich auf dem Gelände auskennen.

»Bestimmt im Festzelt, aber das ist noch geschlossen. Es öffnet erst am Abend, wenn die Band spielt. Sucht euch doch ein gemütliches Plätzchen. Ich sorge derweil für die gewünschten Getränke«, sagt er und verschwindet.

»Nicht hier am Kinderkarussell. Bitte lassen Sie uns einen anderen Platz suchen«, bittet Frau Fendrich.

»Stört Sie die Musik?«

»Es liegt nicht an der Musik. Ich kann den Anblick der vielen jungen Mütter mit ihren Kleinkindern nicht ertragen.«

»Aber die Kleinen sind doch putzig.«

»Wussten Sie, dass mein Mann auch Vater eines solch putzigen Kleinkindes ist?«

»Das glaube ich nicht!«, platzt es aus mir heraus. Das kann doch unmöglich sein. Frau Jäger-Förster ist ungefähr im gleichen Alter wie Frau Fendrich. Ich weiß nicht genau, wie alt sie ist, aber auf jeden Fall ist sie zu alt, um Mutter eines Kleinkindes zu sein.

»Glauben Sie es ruhig. Dieser miese Bock hat noch einmal scharf geschossen. Ich habe Fotos von der kleinen Familie in seiner Brieftasche gefunden. Mutter und Kind, Vater und Kind, Vater, Mutter und Kind und Vater und Mutter breit grinsend vor Ihrem Strandhaus. Damit hatte ich endlich einen Anhaltspunkt und wusste, wonach ich suchen muss. Ich habe wochenlang recherchiert, bis ich Ihr Haus auf einem Internetportal für Ferienhäuser gefunden habe. Den Rest der Geschichte kennen Sie.«

»Das muss Sie sehr verletzt haben.«

»Am meisten verletzt es mich, dass er alles leugnet. Trotz meiner Beweise streitet er alles ab.«

»Vielleicht befürchtet er, dass er Sie verlieren würde, wenn er Ihnen die ganze Wahrheit erzählt.«

»Ich bin nicht naiv, Frau Kaufmann, und mir ist durchaus bewusst, dass es in einer so langen Ehe auch mal Krisen gibt. Bestimmt wäre ich bereit gewesen, ihm einen Seitensprung oder eine kurze Affäre zu verzeihen, aber um gegen eine junge Frau mit Kind zu kämpfen, fehlt es mir an Kraft.«

Zu gern möchte ich ihr sagen, dass sie sich irrt, aber ich habe versprochen, meinen Mund zu halten.

»Schaut mal, wen ich mitgebracht habe«, lacht Marius, der mit einer Flasche Sekt in der Hand und mit Olivia im Arm auf uns zukommt. Gerade zur rechten Zeit, denke ich und hoffe, dass wir im Viererkreis über ein anderes Thema sprechen können.

»Und? Wie ist es gelaufen? Wie geht es meiner besten Freundin?«, frage ich Liv.

»Es lief erstaunlich gut. Ich soll dir Grüße ausrichten. Sie hat mir ihren Schlüssel gegeben. Ich werde ab heute dort schlafen. Somit hat Frau Fendrich die Wohnung wieder ganz für sich.«

»Du bleibst? Wie schön! Wie lange?«, fragt Marius und schenkt uns ein.

»Für mich bitte keinen Sekt. Ich besorge mir lieber ein Wasser«, bestimmt Liv und dreht sich um, ohne ihm eine Antwort zu geben.

»Ich komme mit«, ruft Marius und dackelt ihr hinterher.

»Sie will bleiben? Dann macht sie tatsächlich ernst«, schlussfolgert Frau Fendrich und zückt ihr Handy. Kurz darauf höre ich sie sagen: »Ich bin es wieder, Mama. Da du nicht zurückgerufen hast, spreche ich dir jetzt ein letztes Mal auf die Mailbox. Dein Bruder hat ganze Arbeit geleistet. Olivia will kündigen. Wenn du deine beste Mitarbeiterin nicht verlieren willst, dann sprich mit ihr. Und zwar schnell!«

»Das war klar und deutlich. Besser hätte ich es auch nicht ausdrücken können, Frau Fendrich.«

»Da Sie von allen Trude genannt werden, möchte ich fragen: Wollen wir uns nicht auch beim Vornamen nennen? Ich bin Sabina.«

»Kopf hoch, Sabina. Ich bin mir sicher, dass sich alles wieder einrenkt. Dein Mann liebt dich.«

»Woher nimmst du deine Weisheiten?«

Ihr zu gestehen, dass er es mir persönlich gesagt hat, geht nicht, und deshalb formuliere ich es anders.

»Ich hab es mit eigenen Ohren gehört.«

»Mein Mann liebt mich? Haha«, lacht sie und schenkt sich nach. »Mein Mann liebt mich«, wiederholt sie sarkastisch.

»Natürlich tut er das«, bekräftigt Olivia, die allein zurückgekommen ist und einige Wortfetzen aufgeschnappt haben muss. »Ganz sicher sogar. Warum sonst hat er Ihnen zum Hochzeitstag einen so wundervollen Ring gekauft? Sie tragen ihn ja gar nicht. Hat er Ihnen nicht gefallen?«

»Wovon redet sie, Trude?«

»Von dem Brilli, den Tim im Auftrag Ihres Mannes für Sie besorgt hat«, erklärt Olivia.

»Ich habe keinen Ring bekommen und lege unter den gegebenen Umständen auch keinen Wert darauf.«

»Das ist aber schade, Frau Fendrich. Es handelt sich um ein ziemlich teures Stück.«

»Sag bitte nicht immer Frau Fendrich. Trude und ich sind auch schon beim Du angelangt. Also, Olivia, ich bin Sabina. Komm und stoß mit mir an, und verzeih mir den bösen Spruch von gestern Nacht. Ich war übermüdet und nicht Herrin meiner Sinne.«

»Die Situation war ja schon ziemlich schräg«, lacht Liv.

»Marius und Olivia kennen sich schon von Kindesbeinen an. Zufällig haben sie sich nach Jahren wiedergetroffen«, erkläre ich und würde gern noch weitererzählen, aber das Klingeln eines Handys zwingt mich zu einer Redepause. Meins ist es nicht. Olivia zückt ihr Telefon. Sabina und ich gehen fest davon aus, dass Ben der Anrufer ist, und spitzen unsere Ohren.

»Selma, wie schön. Bist du aus Berlin zurück? Hattest du ein nettes Wochenende mit …? Wie war noch gleich der Name deines Türstehers? – Nur Spaß. Natürlich weiß ich, dass er Alex heißt. – Nein, das hat sich erledigt. Nein, ich komme noch nicht nach Hause. – Das kann ich dir jetzt auf die Schnelle nicht erklären. Lass uns später noch mal telefonieren. – Ja, versprochen. Ich melde mich.«

Für mich wird es Zeit aufzubrechen, schließlich will ich noch ins Krankenhaus und Marlies für den morgigen Eingriff viel Glück wünschen. Ich bitte Liv, mir meine Wagenschlüssel zu geben, und frage, ob sie schon mitkommen oder noch bleiben möchte. Sie möchte gerne noch bleiben.

»Ich kann Olivia doch mitnehmen«, bietet Sabina an. Ich halte das für eine gute Idee, schlage aber vor, dass sie Liv für die Rückfahrt das Steuer überlassen soll. Nach dem, was sie bereits in der kurzen Zeit gebechert hat und vermutlich noch bechern wird, ist es nur vernünftig, sie nicht mehr selber fahren zu lassen.

Karaoke & Nachtwache

Olivia

»Ein tolles Fest hast du auf die Beine gestellt«, lobe ich Marius, der seit zwei Stunden wie eine Klette an mir hängt. Exakt so lange wartet meine Freundin auf meinen Rückruf. Sie hat bereits meinen Wagen abgeholt, nur warum sie das tun sollte, weiß sie immer noch nicht. Ich will sie nicht noch länger auf die Folter spannen und entschuldige mich für einen Moment bei Marius, weil ich kurz in Hamburg anrufen möchte. Um noch einen Sitzplatz im Festzelt zu ergattern, bitte ich ihn, schon mal ohne mich vorauszugehen.

»Na endlich! Was zum Teufel ist bei dir los?«, fragt Selma.

»Die Kurzfassung? Mit Tim und mir ist es aus.«

»Er hat dir tatsächlich einen Antrag gemacht und du hast ihn in die Wüste geschickt. Bravo! Ich hab gerade fünfzig Euro gewonnen. So hoch war der Wetteinsatz, den ich mit Alex ausgehandelt habe.«

»Blödsinn! Der Ring war für seine Mutter.«

»Er schenkt seiner Mutter einen Brillantring? Wie ist der denn drauf?«

»Oh, wenn du wüsstest, wie sehr ich es bereue, mich mit

ihm eingelassen zu haben. Wie konnte ich mich nur so in ihm täuschen? Der Typ ist völlig verkorkst.«

Selma bekommt eine Zusammenfassung der Geschehnisse, denn ich brauche dringend ihren Rat.

»Meinst du, ich sollte kündigen?«

»Hast du den Verstand verloren? Du wirst doch wegen dieser lächerlichen Sache nicht deinen guten Job hinwerfen. Setz dich in die Bahn und komm nach Hause. Morgen gehst du ins Büro und tust so, als wäre nichts vorgefallen. Sollte Ben dich tatsächlich darauf ansprechen, dann sagst du, es sei deine Privatsache, und es ginge ihn nichts an. Basta!«

»Ich kann noch nicht nach Hause kommen. Ich muss mich erst um eine wichtige, private Angelegenheit kümmern.«

»Seit wann gibt es für dich Wichtigeres als deinen Job?«

»Meine Oma wird morgen operiert. Sie ist gestürzt und hat sich den Oberschenkelhals gebrochen.«

»Ach, das tut mir leid. Das ist natürlich ein triftiger Grund. Richte ihr unbekannterweise meine besten Genesungswünsche aus.«

Aus dem Festzelt dröhnt laute Musik, und ich kann nicht verstehen, was Selma sagt. »Wie bitte?«, frage ich ständig nach. Plötzlich erlischt die Beleuchtung auf dem Display. Mein Akku ist leer. Damit ist das Gespräch endgültig beendet.

Marius winkt mir zu. Er hat einen Tisch in der ersten Reihe für uns reserviert. Ob er eine Ahnung hat, wo Frau Fendrich sich aufhält, frage ich ihn, und er deutet mit der Hand in Richtung Bar. Ich erkenne sie sofort. Sie scheint von Sekt auf Cocktails umgestiegen zu sein. Um sich zu unterhalten, ist es viel zu laut, denn wir sitzen genau an den Boxen. Die Band, die Marius groß angekündigt hat, ist eine Altherren-Kapelle, die vornehmlich deutsche Schlager zum Besten gibt.

»Immerhin trifft der Sänger die Töne«, rufe ich laut über den Tisch.

»Playback«, lacht er.

»Was?«

»Der singt nicht live.«

»Mein Geschmack ist diese Mucke auch nicht.«

»Wollen wir tanzen?«

»Nein, ich möchte nichts trinken.«

»Ja oder Nein?«

»Wie bitte?«

Endlich legen die Musiker eine Pause ein.

»Ob du mit mir tanzen willst, habe ich gefragt.«

»Du kannst tanzen?«, frage ich erstaunt. Janus und Tim waren beide Nichttänzer. Janus, weil er es nicht konnte. Er hatte null Rhythmusgefühl. Wenn er wild mit den Armen umherfuchtelte, sah es aus, als würde er Fliegen fangen. Tim unternahm erst gar nicht den Versuch. Er hielt alle Männer, die tanzen, für schwul.

»Selbstverständlich kann ich tanzen. Ich kann alles. Ich bin doch dein Super-Marius. Schon vergessen?«

»Echt alles?«, lache ich. Anders als er habe ich die Ankündigung auf der Leinwand gesehen: In wenigen Minuten startet unser Karaoke-Wettbewerb.

»Dann sing mal schön, du Alleskönner«, verspotte ich ihn.

»Karaoke? Okay, ich singe, aber nur mit dir zusammen.«

»Vergiss es, Marius. Ich mach mich doch nicht zum Gespött der Leute.«

»Mein Fehler, ich habe völlig vergessen, wie wichtig dir die Meinung anderer ist. Lass bloß nicht zu, dass deine saubere Weste einen Kratzer abbekommt. Bleib immer schön adrett und anständig. Gönn dir bloß keinen Spaß! Es könnte ja sein, dass jemand etwas Schlechtes über dich denkt.«

»Du hältst mich für eine Spaßbremse?«

»Deine Geradlinigkeit ist schon pathologisch.«

»Na, das nenn ich ja mal ein Kompliment.«

»Sorry, ich dachte, das müsste dir mal jemand sagen.«

»Du kannst mich mal gernhaben!«, schimpfe ich und verlasse erbost den Tisch, als er mir laut nachruft: »Aber das hab ich doch! Sag bloß, du hast es noch nicht gemerkt.«

Ich gehe zur Bar, um Sabina zu fragen, ob wir jetzt losfahren können.

»Olivia, meine Liebe«, lallt sie. »Weißt du, die Fendrich-Männer sind alle Lumpen. Hab ich nicht recht? Mein Mann ist ein Betrüger, Tim ist ein Versager, und Ben ruft mich einfach nicht zurück. Eine schöne Familie habe ich.«

»Ich glaube, ich bringe dich jetzt zurück ins Strandhaus.«

»Nö, ich will noch nicht. Erst trinken wir einen zusammen.«

»Ich mag nichts trinken, und du hast schon mehr als genug.«

»Du bist so lieb. Warum willst du nicht meine Schwiegertochter sein?«

»Ich heirate nie!«

»Du bist nicht nur hübsch, lieb und nett, du bist auch unheimlich schlau.«

»Und pathologisch geradlinig, hast du vergessen.«

»Patho… was?«

»Ach, komm jetzt. Gib mir deinen Autoschlüssel.«

»Nein, erst wenn du einen mittrinkst.«

Ich gebe auf. Resigniert gehe ich zurück an den Tisch zu Marius. Ihn zu bitten, mir mit Sabina zu helfen, fällt mir nicht leicht, aber allein wird es mir nicht gelingen, sie ins Auto zu verfrachten.

»Hilfst du mir? Bitte!«

»Ich werde einer Lady in der Not doch nicht meine Hilfe verweigern.«

»Dann komm, bevor sie noch eine Lokalrunde schmeißt.«

»Du weißt schon, dass ich hier am Umsatz beteiligt bin?

Sie nicht weiterschlucken zu lassen, bedeutet schwere finanzielle Nachteile für mich.«

»Ich werde für den Ausfall aufkommen.«

»Na dann.«

Wie einen Sack Mehl schleppt er sie über die Schultern gelegt zu seinem Wagen. Während der Fahrt sprechen wir kein Wort. Erst als es uns gelingt, sie ins Bett zu bringen, sagt er: »Du solltest besser bei ihr bleiben. Ich gehe jede Wette mit dir ein, dass die Zwei-Promille-Lady heute Nacht noch kotzt. Sollte sie dann auf dem Rücken liegen, läuft sie Gefahr zu ersticken.«

»Warum soll ich auf sie aufpassen und nicht du?«

»Ich muss zurück zum Fest und das Ende abwarten. Sollte es sich dann noch lohnen, mache ich ein kurzes Nickerchen auf Trudes Couch.«

»Danke für deine Hilfe, Marius.«

»Mit einem einfachen Dankeschön kommst du mir nicht davon.«

»Du erwartest tatsächlich Geld von mir? Ich hatte das für einen Witz gehalten.«

»Ich will kein schnödes Geld von dir. Mir fällt bestimmt noch eine bessere Wiedergutmachung ein«, antwortet er und grinst verschmitzt.

»Gute Nacht.«

»Bis morgen«, haucht er und drückt völlig unverhofft seine Lippen auf meinen Mund. Ich versuche, seinem Abschiedskuss keine weitere Beachtung beizumessen, schließe mein Handy ans Ladekabel an, stelle den Wecker auf neun Uhr und lege mich schlafen.

Als morgens neben meinem Kopfkissen das gewohnte Wecksignal erklingt, weiß ich, dass es Zeit ist aufzustehen. Sabina liegt noch im Koma. Sie ist nicht erstickt und hat sich auch nicht übergeben, wie Marius vorausgesagt hat. Ich bin froh, dass sie noch tief und fest schläft. So kann ich von ihr unbemerkt in der Firma anrufen, um mich zu entschuldigen. Mein verhasster Kollege Rainer geht ran. Nach einer kurzen Begrüßung bitte ich ihn, mich mit Ben zu verbinden.

»Der Chef ist nicht da.«

»Dann versuche ich, ihn auf dem Handy zu erreichen. Sollte das nicht klappen, dann richte ihm bitte aus, dass ich noch nicht wieder gesund bin und mich noch schonen muss.«

»Du klingst aber schon viel besser als vor Pfingsten.«

»Mag sein, aber ich habe immer noch Fieber. Reicht dir das als Antwort, oder muss ich dir tatsächlich ein Foto vom Thermometer schicken, damit du mir glaubst?«

»Gute Besserung, Olivia.«

»Danke«, antworte ich und beende meinen Satz stumm mit: Du Blödmann!

Ich lege auf. Noch bevor ich die Kurzwahltaste mit Bens Mobilnummer drücke, klingelt es bei mir. Es ist Selma, die mich fragt, wieso ich nicht auf ihre SMS antworte.

»Mensch, Liv. Seit gestern Abend versuche ich, dich zu erreichen. Wieso hast du so plötzlich aufgelegt?«

»Mein Akku war leer. Ich habe das Telefon erst in der Nacht wieder aufgeladen. Was ist denn passiert?«

»Ben war hier. Noch während wir miteinander gesprochen haben, hat er an unsere Tür geklopft. Er wollte dich unbedingt sprechen und sagte, es wäre sehr wichtig. Ich habe ihm von deiner Großmutter erzählt und gesagt, dass du heute nicht ins Büro kommen wirst. War das richtig?«

»Ja, super. Ich hab gerade in der Firma angerufen und behauptet, dass ich noch Fieber habe und deshalb nicht kommen kann.«

»Aber das konnte ich doch nicht ahnen. Du weißt, dass ich nicht lügen kann. Deshalb habe ich mir gedacht, sag ihm einfach die Wahrheit, dann kann ich nichts falsch machen.«

»Ich mach dir ja keinen Vorwurf. Du, ich muss jetzt Schluss machen«, fluche ich, lege auf und denke: Schöner Schlamassel. Und nun? Das muss ich schnellstens geradebiegen. Nicht lange überlegen, tief durchatmen, und dann einfach die Kurzwahltaste drücken. Schon nach dem zweiten Klingeln geht er ran.

»Hey, alles klar bei dir?«, fragt Ben und klingt eigentlich wie immer.

»Hey, gut, dass ich dich erreiche. Es ist so, ich kann heute nicht kommen. Vielleicht brauche ich auch noch weitere freie Tage. Ist das okay für dich?«

»Wozu?«

»Ich … äh … ich bitte dich einfach darum. Ich würde nicht fragen, wenn es nicht wichtig wäre.«

»Bist du nun krank, oder musst du ins Krankenhaus, weil deine Oma operiert wird?«

»Beides irgendwie.«

»Warum lügst du mich an? Deiner Oma geht es blendend. Ich habe gestern Abend mit ihr telefoniert, und sie hat sich lediglich darüber beklagt, dass du dich nie bei ihr meldest.«

»Wieso rufst du bei meiner Großmutter an?«

»Weil ich dich anders nicht erreichen konnte. An dein Handy bist du nicht gegangen, und als deine Mitbewohnerin mir sagte, dass du auf dem Weg nach Celle zu deiner Oma bist, habe ich dort angerufen.«

»Woher hast du ihre Nummer?«

»Ach, Liv, wie viele Valdez leben wohl in Celle?«

Leider nicht genug, denke ich und sehe bereits die nächste Katastrophe auf mich zurollen.

»Warum hast du Rainer gesagt, du hättest Fieber?«

»Ich bin Rainer gegenüber zu keiner Auskunft über meinen tatsächlichen Gesundheitszustand verpflichtet. Er ist ein Kollege, mehr nicht!«

»Stimmt, ihm gegenüber musst du nicht die Wahrheit sagen. Ich allerdings möchte schon gern wissen, was wirklich mit dir los ist. Wo bist du? Lass uns dieses alberne Gespräch nicht am Telefon fortsetzen, sondern uns treffen.«

»Das geht nicht!«

»Warum nicht?«

»Ich muss nachdenken, und dabei würdest du nur stören.«

»Hat etwa mein Bruder mit deinem merkwürdigen Verhalten zu tun?«

»Ich will nicht über ihn reden. Mit dir schon gar nicht. Bitte, Ben, hör auf, mich zu drängen.«

»Ich will dir doch nur sagen, dass ich …«

»Ben? Du telefonierst mit Ben?« Die verschlafene Stimme aus dem Hintergrund lässt mich gerade haushoch auffliegen.

»Das ist doch meine Mutter gewesen, die gerade mit dir gesprochen hat? Wieso ist sie bei dir?«

»Ich leg jetzt auf.«

»Olivia, bitte nicht! Ich muss dringend mit dir reden.«

Klick.

»Das hast du ja perfekt hinbekommen! Recht herzlichen Dank, Sabina. Jetzt weiß er, wo ich bin.«

»Wieso ist das ein Geheimnis?«

»Jetzt ist es keins mehr! Ich werde jetzt meine Sachen packen und in die Wohnung meiner Großmutter fahren. Das hätte ich schon gestern machen sollen, statt bei dir Nachtwache zu halten.«

»Warum bist du so gereizt?«

»Gereizt? Ich bin nicht nur gereizt, ich bin verdammt wütend!«

»Auf wen?«

»Auf euch alle! Weshalb könnt ihr euch nicht aus meinen Angelegenheiten raushalten?«

Böses Erwachen

Trude

»Hast du das gehört, Marius?«

»Bitte, Trude, lass mich noch ein bisschen weiterschlafen. Ich bin erst um halb sieben in der Früh mit der Arbeit fertig geworden und brauche dringend noch eine Mütze Schlaf.«

»Das war doch Olivia, die gerade so geschrien hat. Was ist da oben schon wieder los?«

»Wieso hat sie geschrien?«, fragt er und ist auf der Stelle hellwach. Nun wird auch noch die Tür laut zugeschlagen, so heftig, dass die Gläser in meinem Küchenschrank klirren. Kurz darauf klopft Liv ans Fenster, und es ist nicht zu übersehen, dass sie in gefährlicher Stimmung ist. Genau wie bei ihrer Großmutter beben ihre Nasenflügel, und ich bin auf das Schlimmste gefasst.

»Ich bin aufgeflogen! Dank meiner beschränkten Freundin weiß Ben, dass ich ihn belogen habe. Und wäre das noch nicht schlimm genug, hat seine versoffene Mutter in mein Telefonat hineingequatscht, just in dem Moment, als ich mit ihm gesprochen habe. Nun kennt er meinen Aufenthaltsort. Ich könnte ausflippen!«

»Okay«, sage ich, obwohl ich kein Wort von dem verstanden habe, was sie gerade gesagt hat. »Trink einen Kaffee, und dann erzählst du uns, was daran so schlimm ist, dass Ben weiß, wo du bist.«

»Ja, begreift ihr denn nicht? Er hat mich in Celle gesucht, bei meiner Großmutter, die heute operiert wird. Anne Marie hat ihm gesagt, dass sie kerngesund sei. Ich bin erledigt! Ich kann einpacken. Ich werde die Stadt verlassen müssen. Nein, das reicht nicht. Ich muss das Land verlassen. Auswandern auf einen anderen Kontinent.«

»Hallo!«, schreit Marius sie an. Er beabsichtigt doch wohl nicht, ihr eine Ohrfeige zu geben? Nein, er greift nur ihre Schultern und schüttelt sie. »Du drehst gerade durch. Komm wieder zu dir!«

»Jetzt kommt alles raus. Mein schlimmster Albtraum wird Realität. Tim Fendrich, ich werde dich umbringen, wenn ich dich zu fassen kriege. Mit dir hat alles angefangen. Warum hast du mich bloß hergebracht?«

»So etwas solltest du nicht einmal denken, geschweige denn laut aussprechen, Liv.«

»Warum denn nicht, Trude? Das Morden gehört bei den Valdez doch zur Familientradition.«

»Hör doch auf! Es ist gut, dass du da bist. Wir sollten diesem Tim lieber dankbar sein. Endlich haben wir dich wieder«, sagt Marius, in der Hoffnung, dass seine Worte sie beruhigen. Doch das Gegenteil ist der Fall.

»Wer ist denn *wir*?«, schreit sie hysterisch.

»An erster Stelle doch wohl Marlies«, werfe ich ein.

»Marlies existiert doch gar nicht. Jeder weiß, dass ich nur eine Großmutter habe. Wie soll ich erklären, dass es noch eine zweite gibt, ohne meine ganze Familiengeschichte preiszugeben? Ich will das nicht!«

»Vielleicht hast du ja Glück und sie überlebt die OP nicht.

Das wäre doch die beste Lösung für dich!«, erwidert Marius, und ich frage mich, woher er den frühmorgendlichen Sarkasmus nimmt.

»Wie kannst du so etwas Schreckliches sagen?«

»Dein Problem würde sich einfach in Luft auflösen, und du könntest dein verlogenes Leben wie bisher weiterleben.«

Marius' Worte verschlagen ihr für einen kurzen Moment die Sprache. Wie vom Donner gerührt steht sie in der Mitte des Raumes und ringt nach Fassung.

»Bist du noch bei Trost?«, fährt sie ihn lautstark an.

»Mach endlich Schluss mit den Lügen! Du bist nicht schuld an der Tragödie.« Wieso regt er sich so auf?

»Du hast leicht reden. Du musst dich schließlich nicht für deine Herkunft schämen.«

»Keiner von uns hat sich seine Eltern ausgesucht. Niemand nimmt dich in Sippenhaft, Liv!«

»Ich soll meinen Freunden und Kollegen sagen, wie meine Eltern zu Tode gekommen sind? Das kann ich nicht. Verlangt das nicht von mir!«, schreit sie und rennt weinend aus dem Haus.

»Hast du gehört, was sie gesagt hat?« Natürlich habe ich gehört, was sie gesagt hat, und bin fassungslos. Marlies hatte ganz recht. Die alte Valdez hat sie einer Gehirnwäsche unterzogen. Wie von der Tarantel gestochen wirft Marius sich in seine Jeans, greift nach seinem T-Shirt und schlüpft in seine Slipper.

»Wo willst du denn jetzt hin, Junge? Lass sie! Sie kommt schon wieder zur Vernunft«, rufe ich ihm hinterher. Doch er hört nicht auf mich, sondern läuft ihr gegen meinen Rat nach.

Zwiebelküsse

Olivia

Was erlaubt er sich nur? Wer gibt ihm das Recht, mich so anzuschreien? Jetzt folgt er mir auch noch. Aber ich laufe nicht vor ihm davon, sondern bleibe vor seinem Wagen stehen und durchbohre ihn mit meinen Blicken.

»Steig ein!«, befiehlt er und reißt die Beifahrertür auf. »Du wolltest doch nach Hause! Ich werde dich zum Bahnhof fahren. Je schneller du von hier verschwindest, desto besser!«

Sein Angebot nehme ich widerspruchlos an und stelle meine Reisetasche auf den Rücksitz. Obwohl ich ihn liebend gern anschreien würde, halte ich den Mund. Marius stoppt den Wagen direkt vor dem Haupteingang. Bei laufendem Motor wartet er darauf, dass ich aussteige. Statt mich anzusehen, schaut er demonstrativ zur anderen Seite.

»Würdest du …?«, frage ich vorsichtig und ziehe Marlies' Schlüssel aus meiner Jackentasche.

»Ich soll ihr den Schlüssel geben? Vergiss es! Das erledige mal schön selbst. Ich hab schon genug für dich getan!«

»Stimmt. Mir gestern Abend zu helfen, war wirklich sehr nett von dir. Aber heute Morgen hast du dich nicht sehr freundlich benommen. Was hat dich nur geritten, so mit mir zu sprechen? Was ist nur los mit dir?«

»Ich bin müde. Deinetwegen habe ich schon die zweite Nacht keinen Schlaf bekommen.«

»Soll das etwa eine Entschuldigung für dein barsches Benehmen sein?«

»Nein, aber eine Erklärung, du Nervensäge!«

Ich lenke ein. »Du siehst wirklich sehr müde aus.«

»Vorschlag zur Güte? Wir beide fahren jetzt zu Marlies in die Wohnung, und ich lege mich für ein Stündchen aufs Ohr. Später besuchen wir deine Omi im Krankenhaus, und wenn du dann immer noch nach Hamburg willst, dann fahre ich dich persönlich bis vor die Haustür.«

»Ein sehr guter Vorschlag.«

Mit dieser Antwort scheint er nicht gerechnet zu haben, denn er schaut mich ungläubig an. Endlich huscht ein leichtes Lächeln über sein unausgeschlafenes Gesicht. Ungläubig schüttelt er den Kopf und legt den ersten Gang ein.

Fünf Minuten später halten wir vor einem Mehrfamilienhaus. Ich betrachte die Fassade und frage mich, welche Wohnung wohl Oma Marlies gehört. Da kommen wohl alle infrage. Das Haus scheint vornehmlich von Leuten älteren Semesters bewohnt zu werden. Wer sonst würde seine Fenster noch mit weißen Wolkengardinen verkleiden, wie es in Zeiten üblich war, bevor Ikea die deutsche Wohnkultur revolutioniert hat? Marius nimmt mir den Schlüssel ab, betritt das Erdgeschoss und geht auf die rechte Wohnungstür zu. Als er aufschließt, spricht er eine Warnung aus.

»Besser, du hältst die Luft an«, lacht er, und ich verstehe sofort. Mir strömt schon beim Betreten des Flurs ein strenger Duft entgegen. Das, was mir in die Nase kriecht, erinnert mich an den Rosenfriedhof in Celle. Ich schaue mich neugierig um und entdecke sofort das gerahmte Familienbild auf der Kommode. Es löst keine großen Emotionen in mir aus. Schließlich kenne ich das Foto. Mit einem fast identischen Rahmen hängt es auch im Haus meiner Großmutter Anne Marie. Ich folge Marius ins Wohnzimmer. Er öffnet beide Fenster, nimmt sein Handy aus der Hosentasche, legt es auf den Stubentisch und wirft sich mit voller Wucht aufs Sofa.

»Soll ich uns einen Kaffee oder Tee kochen?«, frage ich ihn, doch er antwortet nicht mit Worten, sondern knurrt nur unverständlich ins Sofakissen und schließt gleich darauf die Augen. Ich setze mich in den Sessel und betrachte ihn eine Weile. Ihm beim Schlafen zuzusehen, wird mir auf Dauer zu langweilig, und ich schleiche auf leisen Sohlen in die Küche.

Auf der Arbeitsplatte steht eine Kaffeemaschine. Ich öffne die Schranktüren, um nach Filtertüten und Kaffeepulver zu suchen, und werde sofort fündig. Das Geschirr bewahrt Marlies in einer Glasvitrine auf. Als ich das Dekor mit den Stiefmütterchen und den Hagebutten erkenne, dämmert es mir, und der Schleier, der noch immer Teile meiner Erinnerung vernebelt, lüftet sich ein weiteres Stück. Mir fällt ein, dass das bunte Villeroy-&-Boch-Service Omas ganzer Stolz gewesen ist und nur zu festlichen Anlässen auf den Tisch kam. Ich verzichte auf das gute Porzellan und nehme mir einen Becher heraus. Nanu? Er trägt den Schriftzug *Olivia*. Der Henkel ist schon abgestoßen, und die blaue Keramik zeigt deutliche Risse. Dieses Teil muss älter als zwanzig Jahre sein. Meine Großeltern haben es wie einen Schatz gehütet, und langsam keimt Wut in mir auf. Warum hat Anne Marie nicht zugelassen, dass wir Kontakt haben? Das wird sie mir erklären müssen. Sobald ich wieder in Hamburg bin, werde ich mit ihr sprechen, und sie wird mir Rede und Antwort stehen.

Während der Kaffee durch die Maschine läuft, stelle ich mich ans Fenster. Mein Magen knurrt. Auf dem Sims entdecke ich eine Obstschale. Allerdings sehen die Früchte nicht mehr sehr appetitlich aus. Es haben sich bereits einige Obstfliegen auf den überreifen Birnen niedergelassen. Ich entsorge sie im randvollen Abfalleimer. Besser, ich bringe den Beutel gleich in die Mülltonne, die vor dem Haus steht.

Im Treppenhaus treffe ich auf die Nachbarn der gegenüberliegenden Wohnung. Sie schauen mich skeptisch an, und obwohl sie nichts sagen, habe ich das Gefühl, mich erklären zu müssen.

»Es hat alles seine Ordnung.«

»Was ist mit Frau Wegner? Wir haben uns schon Sorgen gemacht, weil es seit Tagen abends immer dunkel bei ihr ist. Und die Zeitung hat sie auch nicht aus dem Briefkasten genommen.«

»Sie liegt im Krankenhaus.«

»Hoffentlich nichts Ernstes?«

»Ein komplizierter Bruch. Das wird schon.«

»Und wer sind Sie? Kommen Sie vom Roten Kreuz?«

»Genau. Einen schönen Tag noch«, antworte ich und flitze an ihnen vorbei zur Haustür. Als ich zurückkomme, stehen die beiden Senioren noch immer im Treppenhaus. Ich nehme den Schlüssel und will ihn gerade ins Schloss stecken, als sich die Tür wie von Geisterhand öffnet. Marius steht vor mir und fragt, wo ich gewesen sei.

»Guten Tag, Herr Kaufmann. Sie sind auch da. Na, dann stimmt es wohl doch, was die junge Frau vom Roten Kreuz gesagt hat.«

»Na sicher! Glauben Sie etwa, ich würde Ihnen Märchen erzählen? Es hat alles seine Richtigkeit. Sie können jetzt beruhigt in Ihre Wohnung gehen«, blaffe ich den alten Herrn an.

»Wir halten immer die Augen auf. Schließlich will man ja wissen, wer hier ein- und ausgeht. Man liest ja ständig von Einbrüchen.«

»Ich bin nicht eingebrochen. Ich habe lediglich den Müll

rausgebracht. Ist das Verhör jetzt beendet?«, frage ich bissig und schlage ihnen die Wohnungstür vor der Nase zu.

»Was war denn das?«, fragt Marius.

»Wieso schläfst du nicht?«

»Ich hab gehört, dass die Tür zugeklappt wurde, und vermutet, dass du doch abgehauen bist.«

»Quatsch. Ich war nur kurz draußen an der Mülltonne.«

»Und was hat das mit dem Roten Kreuz zu bedeuten?«

»Ach, diese neugierigen Alten. Die sollen sich mal nicht so aufspielen.«

»Warum hast du den Mann so angeraunzt?«

»Angeblich hat er Marlies schon seit Tagen vermisst, aber unternommen hat er nichts. Wenn er wirklich in Sorge gewesen wäre, dann hätte er sie nur kurz anzurufen brauchen. Ich hasse diese Wichtigtuer. Das ist typisch für eine Kleinstadt. Ich weiß schon, warum ich in Hamburg wohne. Da steht man nicht so unter Beobachtung.«

»Ich verstehe noch immer nicht, was das mit dem Roten Kreuz zu tun hat.«

»Er ist davon ausgegangen, dass ich vom Roten Kreuz geschickt wurde, um nach dem Rechten zu sehen, und ich habe ihn in dem Glauben gelassen.«

»Du hättest einfach sagen können, dass du Marlies' Enkelin bist.«

»Ja, das hätte ich auch sagen können.«

»Und warum hast du es nicht gesagt?«

»Boah, Marius! Wer von uns beiden ist nun die Nervensäge? Leg dich wieder hin! Du wolltest doch schlafen.«

»Jetzt bin ich wach. Vielen Dank auch, Liv. Du hast ein Wahnsinnstalent, mich um den Schlaf zu bringen.«

»Dann trink einen Kaffee mit mir. Der sollte mittlerweile fertig sein.«

Endlich gibt er Ruhe und folgt mir in die Küche. Ich gieße

zwei Tassen ein und frage, ob wir es riskieren wollen, die Milch aus dem Kühlschrank dazuzukippen.

»Du willst diese Plörre noch mit Milch verdünnen? Nein, danke.«

»Du hast recht. Wirklich stark ist er nicht«, gebe ich zu, nachdem ich an der Tasse genippt habe. »Vielleicht handelt es sich um koffeinfreien Kaffee?«, versuche ich, das Resultat zu erklären.

»Entweder das, oder du kannst keinen Kaffee kochen. Lass ihn stehen und komm mit. Wir gehen frühstücken.«

»Schon die zweite gute Idee von dir. Ich habe nämlich einen Mordshunger.«

Marius lässt den Wagen stehen. Er meint, ein kurzer Spaziergang an der frischen Luft würde ihm guttun. Unterwegs wird er fortwährend gegrüßt. Mir scheint, er ist hier bekannt wie ein bunter Hund. Erst als wir die Promenade erreichen und uns unter die Touristen mischen, hört das ständige »Hallo« und »Wie geht's« auf. Mir steht nicht der Sinn nach Kuchen, deshalb bestellen wir uns in der Bäckerei nur einen Coffee to go und nehmen Kurs auf die Bude mit den köstlichen Fischbrötchen. Ich verdrücke gleich zwei, während Marius ständig auf sein Handy schaut.

»Erwartest du einen dringenden Anruf?«, will ich von ihm wissen.

»Du etwa nicht? Oder interessiert es dich gar nicht, wie die OP verlaufen ist?«

»Lass deine blöden Anspielungen. Natürlich bin ich in Gedanken bei ihr.«

»Dann bist du ja doch nicht so herzlos, wie ich dachte.«

»Ich bin keineswegs herzlos. Aber weshalb du dich so für Marlies ins Zeug legst, ist mir nicht ganz klar. Du hattest wohl auch ein sehr enges Verhältnis zu meinem Großvater. Warum sonst hast du auf so vertraute Art und Weise zu ihm gesprochen, als wir auf dem Friedhof waren?«

»Stimmt. Heinz war wie ein Opa für mich. Wir haben viel Zeit miteinander verbracht, obwohl mir immer klar war, dass ich nur ein schnöder Ersatz für dich war.«

»Wie war er denn so?«

»Ein stiller, in sich gekehrter Mann, das komplette Gegenteil von Marlies. Na ja, Gegensätze ziehen sich halt an.«

»Glaubst du das wirklich?«

»Was?«

»Dass es gut ist, wenn Paare völlig unterschiedlich sind.«

»Einige Gemeinsamkeiten sollten schon vorhanden sein, wenn es klappen soll.«

»Warum bist du noch Single?«

»Liv! Das ist aber eine sehr persönliche Frage.«

»Pah! Das sagt der Richtige. Du bist doch derjenige, der ungebeten in meinem Privatleben herumstochert.«

»Hältst du es noch immer für einen Fehler, dich deiner Vergangenheit zu stellen?«

»Die Frage kommt reichlich spät. Ich stecke doch schon mittendrin.«

»Und? Fühlt es sich wirklich so schlimm an?«

Noch bevor ich ihm antworten kann, rückt er näher, legt seine Arme um mich und drückt mich so fest an seine Brust, dass ich hören kann, wie sein Herz pocht. Leise flüstert er in mein Ohr, dass ich mich richtig entschieden habe. Ich glaube, er hat gerade meinen Kopf geküsst. Statt zurückzuweichen, lasse ich ihn gewähren. Es ist schließlich kein unangenehmes Gefühl, von einem starken Mann gehalten zu werden. Bevor er noch weitergeht, frage ich, welches Event als nächstes auf seinem Plan stünde.

»Die Kieler Woche. Das wird ganz groß. Du kommst doch auch und schaust dir mit mir die Windjammerparade an? Du musst kommen. Das ist das Highlight des Jahres hier im Norden. Ich habe tolle Bands engagiert und …«

»Ja, sicher. Deine Bands kenne ich. Wer kommt denn diesmal? Wieder eine Altherren-Combo? Oder spielt Jonny auf seinem Schifferklavier? Nein, warte, sag nichts, ich weiß! Du hast den ostholsteinischen Männergesangsverein gebucht, der bekannte Seemannslieder zum Besten geben wird.« Ich muss lachen, als ich sein bedröppeltes Gesicht sehe.

»Sag mal! Machst du dich über mich lustig?«

»Aber nein, wie könnte ich mich denn über den weltbesten Konzertveranstalter mokieren?«

»Wie typisch. Jetzt ist die Frau satt und wird gleich wieder frech.«

»Satt bin ich noch lange nicht. Komm, die nächste Runde gebe ich aus. Ich hatte noch keins mit Hering. Für dich auch?«

»Sag mal, bist du schwanger, oder isst du immer so viel?«

»Weder noch. Das muss die Seeluft sein, die mich so hungrig macht.«

»Ich nenne dich eher einen Vielfraß, aber mir soll's recht sein, so lange du auf Zwiebeln verzichtest.«

»Warum denn das?«

»Ich stehe nicht so auf Zwiebelküsse.«

»Na, wenn das so ist«, lache ich und bestelle beim Verkäufer ein Heringsbrötchen mit extra viel Zwiebeln.

Ferienhaus oder Frauenhaus

Trude

Ungeduldig warte ich auf den Anruf aus dem Krankenhaus. Schwester Johanna hat mir fest versprochen, mich sofort zu informieren, wenn Marlies in den OP gebracht wird. Wie gebannt starre ich abwechselnd auf die Uhr und mein Handy. Aber das Telefon gibt keinen Mucks von sich. Dafür klopft es an mein Fenster, und ich sehe Sabina auf der Terrasse stehen.

»Guten Morgen, Trude. Sag mal, kannst du mir sagen, wo mein Wagen ist?«

»Na, du scheinst ja einen richtigen Filmriss zu haben. Dein Wagen steht noch am Pfingstmarkt. Marius und Olivia haben dich in der Nacht mit seinem Auto hergebracht.«

»Das weiß ich doch. Ich kann mich nur nicht mehr an den Weg dorthin erinnern.« So, wie sie meine Tasse fixiert, weiß ich, worauf sie spekuliert.

»Nur einen Kaffee, oder brauchst du auch eine Kopfschmerztablette?«, frage ich und schenke ihr ein.

»Nicht nötig. Ich habe keinen Kater.«

»Dann scheinst du ja gut im Training zu sein. Selbst optisch ist dir heute Morgen nichts anzusehen.«

»Du hältst mich wohl für eine Schnapsdrossel? Vermutlich denkst du auch, ich hätte es nicht anders verdient, als von meinem Mann betrogen zu werden. Aber so ist es nicht! Ich bin keine Trinkerin.«

»Es kann dir doch egal sein, was ich denke.«

»Es ist mir aber nicht egal! Ich möchte gern von dir wissen, wie du an meiner Stelle handeln würdest. Nur rate mir nicht, ihm zu verzeihen, denn das kommt nicht infrage.«

»Dann bleibt nur noch eine Möglichkeit. Zieh die Konsequenzen und verlasse ihn. Mehr Alternativen gibt es nicht.«

»Wieso hast du deinen Mann eigentlich dreimal geheiratet?«

Ich muss lachen. Ja, das mag sich für Außenstehende skurril anhören, aber so war es. Wir haben uns geliebt, verloren und wiedergefunden. Ganze drei Mal. Aber das ist nur die Überschrift meiner langen Lebens- und tränenreichen Liebesgeschichte. Um Sabina alle Kapitel erzählen zu können, müsste sie ihren Aufenthalt um mindestens drei Wochen verlängern. Aber das geht nicht, denn schon am Samstag reisen neue Urlauber an. Ich antworte ihr mit den gleichen Worten, die ich ihr gestern auf dem Weg zum Pfingstmarkt gesagt habe.

»Es waren halt wilde Zeiten.«

»Apropos Zeit. Hättest du Zeit, mich zu meinem Wagen zu bringen?«

»Dann aber schnell.«

Ohne noch einmal raufzugehen, um ihre Tasche zu holen, setzt sie sich auf den Beifahrersitz und schnallt sich an. Auch ich habe weder Geld noch meine Papiere dabei. Sollten wir auf dem kurzen Weg tatsächlich in eine Verkehrskontrolle kommen, würde ich dem Polizisten freundlich zuwinken, und er ließe mich ohne Verwarnung passieren. Schließlich bin ich hier bekannt. Gertrude Kaufmann ist eine Institution in diesem Ort.

»Verdammter Mist!«, ruft Sabina und duckt sich. Sie hat ihren Gatten im entgegenkommenden Mercedes sofort erkannt. Er uns nicht, und so kann ich ihr nach wenigen Metern sagen, dass sie sich wieder aufrichten könne.

»Was hat der denn vor? Bitte, Trude, verrate ihm nicht, dass ich hier bin.«

»Ich soll für dich lügen? Vergiss es, Sabina.«

»Er soll nicht wissen, dass ich mich hier verstecke. Bitte, schweige. Tu mir den Gefallen.«

Wenn ich für jedes Schweigegelübde Geld verlangen würde, wäre ich eine reiche Frau und bräuchte während der Saison nicht im Souterrain zu wohnen. Sie bittet mich, ihr Bescheid zu geben, sobald die Luft wieder rein ist.

»Mist! Du kannst mich nicht anrufen. Ich hab mein Handy gar nicht dabei. Würdest du mir deins geben?«

»Sorry, das geht nicht. Ich erwarte einen dringenden Anruf vom Krankenhaus.«

»Hast du Geld dabei? Kannst du mir mit ein paar Euro aushelfen? Ich kann jetzt nicht zum Strandhaus zurückfahren. Auf keinen Fall will ich mit ihm zusammentreffen.«

Sonst noch was? Benötigt die Dame vielleicht noch eine Niere, die ich ihr spenden könnte? Ich bin der Meinung, dass meine Hilfsbereitschaft gerade mächtig überstrapaziert wird.

»Ich habe auch kein Portemonnaie dabei. Dort drüben steht dein Wagen«, sage ich und zeige über die Straße. »Wenn du willst, kannst du beim Stadtbäcker warten. Sag der Bedienung, dass du mein Gast bist, und bitte sie, deinen Verzehr anzuschreiben. Ich rufe dort an, sobald er abgefahren ist.«

»Wie nett du bist. Vielen Dank, Trude.«

Sabina hatte den richtigen Riecher. Der alte Fendrich ist nicht abgefahren. Als ich zurückkomme, steht sein Wagen noch immer vor dem Haus. Mit einem riesigen Blumenstrauß in der Hand stolziert er auf mich zu. Nach einer kurzen Begrüßung kommt er gleich zum Punkt. Er sei auf der Suche nach seiner Frau. Ob ich wisse, wo er sie finden könne.

»Hier ist sie nicht«, antworte ich knapp und gehe zügig an ihm vorbei. Doch er lässt sich nicht so schnell abwimmeln und folgt mir.

»Sie muss hier sein. Ihr Telefon klingelt in der Wohnung, wenn ich sie anrufe.«

»Dann wird sie wohl nicht mit Ihnen sprechen wollen«, gebe ich lapidar zurück.

»Bitte, schließen Sie mir auf.«

»Tut mir leid, Herr Fendrich. Ich habe keinen weiteren Schlüssel«, lüge ich nun doch.

»Ich glaube Ihnen kein Wort. Sie haben ja schnell die Seiten gewechselt. Aber gut. Wenn Sie mir nicht öffnen wollen, dann trete ich die Tür halt ein.«

»Wagen Sie es nicht!«, drohe ich ihm mit geballter Faust. »Nehmen Sie Ihre billigen Blumen und machen 'nen Abgang. Sabina würde Ihnen den Strauß ohnehin rechts und links um die Ohren hauen.«

»Dann haben Sie doch nicht dichtgehalten. Ich habe mich auf Ihr Wort verlassen.«

»Was unterstellen Sie mir? Nicht eine Silbe habe ich über Sie und Frau Jäger-Förster verloren.«

»Über wen? Wer zum Teufel ist Frau Jäger-Förster?«

»Na, Ihre Imke. Die Frau, mit der Sie hier Urlaub gemacht haben.«

»Die Frau heißt Waldmann. Imke Waldmann.« Waldmann? Wusste ich es doch. Es war irgendwas mit Wald. Aber letztendlich spielt der Name doch gar keine Rolle. Ich rate ihm, erst einmal Ordnung in seine Affären zu bringen, bevor er bei seiner Frau um Gnade winselt.

»Was wollen Sie denn damit sagen?«

»Dass Sabina Ihnen nicht wegen Frau Waldmann, sondern wegen der jungen Mutter mit Kind an die Gurgel will. Ja, Herr Fendrich, Sie sind mit Ihrer Vielweiberei aufgeflogen.«

»Das ist ein großes Missverständnis. So, wie Sie denken, ist es gar nicht.«

»Was ich denke, ist doch völlig unerheblich. Allerdings weiß ich, dass Ihre Frau Sie weder sehen noch anhören will. Warum respektieren Sie ihren Wunsch nicht und machen endlich 'ne Fliege?«

»Ist das hier ein Ferien- oder ein Frauenhaus, Frau Kaufmann? Ich lasse mich nicht einfach von Ihnen fortschicken.«

»Sie haben recht. Ich unterhalte hier ein Ferienhaus und keine Eheberatung! Behelligen Sie mich nicht weiter mit Ihrem Privatkram, und Finger weg von meiner Tür, sonst werden Sie mich kennenlernen!«

Entgegen meiner Absicht, mich nicht einzumischen, habe ich nun doch Partei bezogen und mich auf Sabinas Seite gestellt. Er hätte nicht drohen dürfen, die Tür aufzubrechen. Das war ein grober Fehler.

Noch während Fendrich sich geruhsamen Schrittes seinem Wagen nähert, klingelt endlich mein Telefon.

»Frau Wegner ist wach. Sie hat den Eingriff gut überstanden. Heute Nachmittag darf sie Besuch empfangen.«

»Danke, Schwester Johanna. Das sind gute Neuigkeiten«, freue ich mich. Jetzt gilt es, Marius zu informieren. Erleichtert nimmt er meine Nachricht auf und erklärt, dass er und Liv sich umgehend auf den Weg zur Klinik machen wollen.

»Ihr könnt sie besuchen, aber noch nicht sofort.«

Blitzmerker

Olivia

Wie wir die Zeit totschlagen wollen, werde ich gefragt. Einen Strandspaziergang zu unternehmen, bevor es wieder nach Hause in die Großstadt geht, halte ich für eine prima Idee und stimme Marius bereits zum dritten Mal an diesem Tag zu. Auf der Suche nach Bernsteinen und Seesternen waten wir barfuß mit hochgekrempelten Hosenbeinen durch das flache Wasser. Vorbei an Kindern, die mit Eimer, Schaufel und Gießkanne kleine Kunstwerke bauen, die schon bei der nächsten Welle wieder zusammenbrechen. Ein kleines Mädchen weckt meine Aufmerksamkeit. Der kleine Lockenkopf hat es mir angetan. Ich kann den Blick nicht von ihr lassen und bleibe stehen. Sie sieht so goldig aus. Zu beobachten, wie sie laut jauchzend vor den herannahenden Wellen flieht, zaubert mir ein Lächeln aufs Gesicht. Ihre Freude wirkt regelrecht ansteckend.

»Nun komm!«, fordert Marius ungeduldig und zieht mich weiter.

»Ist die Kleine nicht süß? So ein niedlicher Wonneproppen.«

»Ja, ganz entzückend.«

»Du magst wohl keine Kinder.«

»Oh, bitte nicht! Ich kenne diesen Blick, und er bedeutet nichts Gutes.«

»Ich verstehe kein Wort. Was meinst du?«

»Na, die Art, wie du die Kleine angesehen hast, war doch wohl eindeutig.«

»Du glaubst, ich würde mir ein Kind wünschen?«, lache ich ihn laut aus. »Ich werde nie eine Familie gründen, das hab ich dir doch schon einmal gesagt.«

»Stimmt. Das hast du zwar gesagt, aber sicher nicht so gemeint. Vertrau mir, ich weiß, was dieser Blick bedeutet.«

»Du kannst Blicke deuten? Mannomann, du bist ja vielseitig begabt«, veralbere ich ihn.

»Ich glaube, dass du dir etwas vormachst, Liv. Insgeheim träumst du von einer festen Partnerschaft und wünschst dir nichts sehnlicher als einen Ehemann an deiner Seite, eigene Kinder, ein Reihenhaus im Grünen, einen Hund, einen Kombi und einen Zweitwagen. Es ist nur so … du traust dich nicht, diese Sehnsucht offen auszusprechen. Um dich einem Mann mit Haut und Haaren hinzugeben, müsstest du ihm deine Vorgeschichte erzählen, und dazu bist du einfach nicht bereit.«

»Gut, dass du dein Geld mit Events verdienst und nicht als Psychologe unterwegs bist. Dafür fehlt es dir eindeutig an Talent. Nee, wirklich, Marius, du liegst komplett falsch.«

»Ich glaube, ich liege mit meiner Annahme ganz richtig.«

»Wenn du meterweit daneben als Treffer verbuchen willst, dann bitteschön. Ich halte ab sofort meinen Mund und werde nicht widersprechen. Hauptsache, du wechselst endlich das Thema.«

»Gib es doch zu!«

»Warum reden wir ständig über mich?«

»Weil du mich interessierst. Darum.«

»Flirtest du etwa mit mir, Marius Kaufmann?«

»Schon seit dem ersten Tag. Du bist wirklich eine Blitzmerkerin.«

»Zu spät! Du hattest deine Chance«, lache ich ihn aus.

»Schade. Sogar sehr schade. Denn solltest du wirklich die Wahrheit gesagt haben, dann würden wir ausgezeichnet zusammenpassen.«

»Vergiss nicht, dass ich eine pathologische Spaßbremse bin.«

»Spaß kann man lernen. Wie das geht, zeige ich dir gern.«

»Ach, Marius. Das Leben besteht doch nicht nur aus Spaß.«

»Ständig musst du das letzte Wort haben. Ich bleib dabei. Du bist eine unverbesserliche Nervensäge.«

»Und du brauchst dringend eine Abkühlung«, kreische ich und spritze ihn von Kopf bis Fuß nass. Danach ergreife ich die Flucht. Mag sein, dass er mit seiner Analyse teilweise recht hat, aber die Schnellere von uns beiden bin eindeutig ich. Im Gegensatz zu ihm erreiche ich die Promenade völlig trocken.

»Du bist eine linke Kröte«, schimpft er, während ihm das Ostseewasser aus den Haaren tropft. »Sieh doch nur! Ich bin klatschnass. Jetzt müssen wir zu Trude fahren, damit ich mich umziehen kann. Hoffentlich ist sie zu Hause.«

Mürrisch zückt er sein Handy und ruft bei seiner Großmutter an, um mich zu verpetzen. Erst nach gefühlten fünf Minuten geht sie ran.

Versündigt

Trude

Mein prüfender Blick fällt auf den Rasen. Dort, wo vor wenigen Tagen noch gelbe Löwenzahnblüten leuchteten, ragen nun unzählige Pusteblumen aus dem Boden. Um zu verhindern, dass der Wind ihre Samen überall verteilt, beschließe ich, mich sofort selbst an die Arbeit zu machen. Noch bevor ich den Motormäher anschmeiße, melde ich mich in der Stadtbäckerei und frage nach Sabina. Die Bedienung holt sie ans Telefon, und ich teile ihr auf die Schnelle mit, dass ihr Gatte zwar abgefahren ist, ich aber annehme, dass er wiederkommt. Sein hartnäckiges Auftreten hat keinen anderen Schluss zugelassen.

Die Hälfte der Fläche habe ich bereits geschafft, als ich jemanden auf der Terrasse stehen sehe. Eine Frau im Trenchcoat winkt mir mit einem Stockschirm in der Hand zu. Ich weiß sofort, um wen es sich handelt. Obwohl unser letztes Zusammentreffen gute zwanzig Jahre zurückliegt, erkenne ich sie auf Anhieb. Neben meiner Sitzbank steht Anne Marie Valdez. Als hätte es nie Differenzen zwischen uns gegeben, kommt sie mit ausgestreckter Hand auf mich zu und stellt sich an, mich zu begrüßen. Ich verweigere ihr den Handschlag, stelle den Rasenmäher aus und frage, was sie hier wolle.

»Ich komme gerade aus dem Möwenstieg. Die Wegners wohnen dort nicht mehr. Können Sie mir sagen, wohin sie gezogen sind?«

»Warum sollte ich das tun?«

»Weil ich dringend mit Marlies reden muss.«

»Sie werden sie zu Hause nicht antreffen.«

»Das ist mir bekannt. Es war nur ein Anruf im Städtischen Krankenhaus nötig, um das herauszufinden.«

»Dann verstehe ich Ihre Frage nicht. Wenn Sie wissen, dass Marlies gar nicht zu Hause ist, weshalb brauchen Sie dann ihre Adresse?«

»Ich befürchte, dass Olivia bei ihr ist. In ihrer Hamburger Wohnung habe ich sie nicht angetroffen. Zur Arbeit ist sie auch nicht erschienen. Sie geht auch nicht ans Telefon. Folglich kann sie nur hier sein.«

»Und wenn es so wäre?«

»Ich muss verhindern, dass die beiden sich treffen!«

»Zu spät, Frau Valdez. Ihr Lügengerüst ist bereits eingestürzt. Liv weiß, dass ihre Eltern nicht bei einem Autounfall ums Leben gekommen sind. Ihre Erinnerung an den besagten Tag ist zurück.«

Sie schnappt nach Luft und ringt nach Fassung. »Ich erwarte nicht, dass Sie mich verstehen, aber ich …«

»Ganz richtig. Ich verstehe Ihr Handeln nicht im Geringsten«, unterbreche ich sie. »Wie konnten Sie Liv nur dieses Märchen auftischen?«

»Weil es so besser für sie war.«

»Sie haben sich versündigt! An ihr und an ihren Großeltern! Sie haben den dreien zwanzig Jahre gestohlen! Zeit, die unwiederbringlich verloren ist.«

»Liv sollte nicht mit dieser Schande groß werden. Verstehen

Sie das denn nicht?«

»Sie ist längst groß und hat ein Recht auf die Wahrheit.«

»Es reicht doch, dass ich die grausame Wahrheit kenne und damit zurechtkommen muss. Was glauben Sie denn, wie es ist, sich tagtäglich vor Augen zu halten, die Mutter eines Mörders zu sein? Er hat auch mein Leben zerstört. Ich werde nicht zulassen, dass er Olivias Zukunft ruiniert.«

»Wie geht es ihm? Wurde er schon entlassen? Die zwanzig Jahre dürften doch mittlerweile um sein. Oder bedeutet lebenslänglich in unserem Strafrecht tatsächlich lebenslänglich?«

»Ich weiß es nicht und will es auch nicht wissen. Für Liv und mich ist er gestorben und liegt in Celle begraben. Und so muss es bleiben.«

»So, meinen Sie?«

Die Panik steht ihr ins Gesicht geschrieben. Sie schaut mich mit weit aufgerissenen Augen an.

»Ich bin zu spät, oder? Liv weiß es schon. Marlies hat es ihr schon gesagt. Habe ich recht?«

»Marlies wird heute operiert. Die beiden hatten noch keine Gelegenheit, ausführlich miteinander zu sprechen.«

»Dann ist Liv noch ahnungslos? Gott sei Dank!«, ruft sie erleichtert aus. »Frau Kaufmann, Sie sind Marlies' beste Freundin. Bitte sprechen Sie mit ihr. Ihnen wird sie zuhören. Bitten Sie sie, den Mund zu halten und Olivia diese Schmach zu ersparen.«

Mein Telefon klingelt, doch statt ranzugehen, raunze ich die Valdez an. Ihr schlägt meine ganze Wut entgegen, die sich im Laufe der Jahre angestaut hat. »Wissen Sie überhaupt, was Sie von mir verlangen? Marlies und Heinz haben nicht nur ihre geliebte Tochter verloren. Ihretwegen mussten sie auch auf ihr einziges Enkelkind verzichten. Sie haben die Ehe meiner Freunde auf dem Gewissen. Mit Ihrem Verhalten haben Sie Heinz und Marlies den Rest gegeben. Und nun erwarten Sie allen Ernstes von mir, dass ich mich gegen meine beste Freundin stelle? Sie sind ja nicht bei Trost!«

»Nicht gegen Marlies. Ich bitte Sie, sich auf Olivias Seite zu stellen. Bitte, Frau Kaufmann, ich flehe Sie an.«

»Hier geht es doch lediglich um Ihre Angst, dass Liv nichts mehr mit Ihnen zu tun haben will, wenn sie erfährt, was Sie ihr alles verschwiegen haben.«

»Ich bin bereit, alle Schuld auf mich zu nehmen, wenn ich dadurch verhindern kann, dass sie von ihrem Vater erfährt.«

Ich kann mich nicht mit der Valdez streiten, während mein Handy in einem fort klingelt. Ich drehe ihr den Rücken zu und gehe ran. Es ist Marius. Er will kommen und sich bei mir umziehen. Ich bitte ihn dranzubleiben.

»Gehen Sie jetzt!«, fordere ich sie energisch auf und weise ihr mit ausgetrecktem Arm den Weg zur Pforte.

»Werden Sie mit Marlies sprechen?«

»Ich denke darüber nach.«

»Wenn Sie nicht mit ihr reden, werde ich es tun! Ich werde erst abreisen, wenn ich ihr Wort habe«, droht sie.

»Mir scheint, Sie verkennen die Situation, Frau Valdez. Nicht Sie sind in der Position, Forderungen zu stellen, und wagen Sie es nicht, im Krankenhaus aufzutauchen! Sollten Sie sich doch erdreisten und Marlies aufsuchen, dann werde ich Olivia reinen Wein einschenken.«

Ich denke, die Fronten sind nun geklärt. Völlig unerwartet ändert sie ihren Ton und gibt klein bei. »Ich verstehe Ihren Groll auf mich. Doch wenn Sie Ihren Unmut für einen Moment beiseiteschieben könnten, dann würden Sie erkennen, dass es mir immer nur um Olivias Wohl gegangen ist.« Mit geneigtem Kopf verlässt sie mein Grundstück. Ihr letzter Satz hallt noch immer in mir nach, als laute Rufe aus dem Telefon tönen.

»Trude? Oma? Hallo! Nun melde dich doch mal!«

Ach du liebe Zeit. Marius ist noch immer in der Leitung. An ihn habe ich überhaupt nicht mehr gedacht.

»Hast du hören können, mit wem ich gesprochen habe?«

»Und ob. Ich kann es kaum glauben. Was wollte die denn hier?«

»Kann Olivia dich hören?«

»Nein, sie sitzt in meinem Wagen und amüsiert sich, weil ich tropfnass bin.«

»Sag ihr nichts vom Auftauchen ihrer Großmutter. Weißt du, Junge, vielleicht hat die alte Valdez ganz recht. Wir sollten uns einfach nur darüber freuen, dass Liv wieder da ist.«

»Könntest du deutlicher werden? Ich verstehe nur Bahnhof.«

»Was bringt es, ihr zu sagen, dass ihr Vater als verurteilter Schwerverbrecher im Kittchen sitzt? Ihn auf dem Friedhof zu belassen, ist doch keine schlechte Idee. Schließlich klingt *Rosengarten* doch eindeutig besser als *Justizvollzugsanstalt.*«

Marius verspricht, vorläufig den Mund zu halten. Ich lege auf. Als ich mich umdrehe, trifft mich fast der Schlag. Sabina steht auf dem Balkon. Sie muss mein kurzes Gespräch belauscht haben, denn sie fragt: »Olivias Vater sitzt im Knast? Und sie weiß nichts davon?«

Auch das noch! Was für ein Mist. Wie kann ich das bloß wieder glattbügeln? Ich versuche es mit Leugnen.

»Unsinn, du hast dich verhört. Ich habe nicht von Olivia gesprochen.«

»Aber sicher! Streite es nicht ab, ich habe es doch mit eigenen Ohren gehört.«

»Wieso bist du überhaupt schon da? Und wo ist dein Wagen?«

»Der steht noch im Ort. Ich habe mich zu Fuß angeschlichen.«

Ich nicke nur stumm und gehe zurück zum Rasenmäher,

als mir einfällt, dass Marius und Liv jeden Moment hier aufschlagen werden. Mir bleibt nichts anderes übrig, als zu Sabina hinaufzugehen und sie um Stillschweigen zu bitten. Sie öffnet mir bereits, bevor ich klingeln kann.

»Ja, es stimmt. Du hast dich nicht verhört. Aber Liv ist tatsächlich ahnungslos, und so soll es auch bleiben. Hier hat vor zwanzig Jahren eine schreckliche Familientragödie stattgefunden. Mehr möchte ich dazu nicht sagen. Ich bitte dich inständig, dein Wissen für dich zu behalten.«

Sie gibt mir ihr Wort.

Keine Dauerlösung

Olivia

Während Marius sich bei Trude trockene Sachen anzieht, warte ich im Auto auf ihn. Das erste Mal an diesem Tag stelle ich mein Handy an, um zu sehen, ob ich wichtige Anrufe verpasst habe. Donnerwetter, gleich zehn an der Zahl, stelle ich überrascht fest und bin nicht verwundert, als ich sehe, dass Oma Anne Marie die Telefonterroristin gewesen ist.

»Keine Sorge, du wirst noch Gelegenheit haben, mir zu erklären, warum du mir die Existenz von Marlies und Heinz verschwiegen hast.«

Weil ich mich noch von Trude verabschieden will, steige ich aus. Sie und Marius kommen mir schon auf der Hälfte des Weges entgegen. Als sie mich sehen, verstummen die beiden augenblicklich und schauen verschämt auf den Boden.

»Ist etwas passiert? Etwa mit Marlies? Bitte, sagt doch was!«

»Nein, mit ihr ist alles in Ordnung«, beruhigt Trude mich, verrät aber nicht, weshalb sie sich so geheimnisvoll verhält. Sabina tritt auf den Balkon. Im Stillen rufe ich ihr zu: »Na, du geschwätzige Schnapsdrossel.« Sie will wissen, ob Ben und ich uns ausgesprochen haben. Ich nicke.

»Dann hast du deine absurde Absicht zu kündigen aufgegeben und fährst zurück nach Hamburg?«

Woher weiß sie das denn? Ich bin mir sicher, nicht mit ihr darüber gesprochen zu haben.

»Ja, es geht heute noch zurück«, antworte ich, obwohl es sie gar nichts angeht.

»Das ist eine gute Entscheidung. Ben braucht dich und hätte deine Kündigung ohnehin nicht angenommen.«

Sie nutzt die Gelegenheit, sich auch bei Marius für seinen nächtlichen Einsatz zu bedanken und betont, dass sie sonst nie einen über den Durst trinken würde. Es ist offensichtlich, dass ihr der gestrige Abend sehr unangenehm ist.

»Halb so schlimm und gern geschehen, aber nun müssen wir los«, wimmelt er sie ab. Noch bevor ich mich anschnallen kann, fährt er ab. Warum er es plötzlich so eilig hat, frage ich.

»Schließlich will ich dich noch nach Hause bringen.«

»Aber es ist wirklich nicht nötig, dass du mich nach Hamburg fährst. Ich kann doch auch problemlos die Bahn nehmen. Meiner Meinung nach hast du dich schon genug um mich gekümmert.«

»Selbstverständlich bringe ich dich. Ich will schließlich sehen, wo und wie du wohnst.«

»Dafür hast du Zeit?«

»Dafür nehme ich mir die Zeit.«

Mit einem Blumenstrauß betreten wir beide das Krankenzimmer. Marlies ist wach, und ihr blasses Gesicht verzieht sich zu einem Lächeln, als sie uns erkennt. Ihre Freude ist jedoch nur von kurzer Dauer, denn als ich ihr mitteile, dass ich nicht länger bleiben kann, schaut sie mich enttäuscht an.

»Ich komme doch wieder. Schon ganz bald«, verspreche ich. »Sobald du das Krankenhaus verlassen darfst, werde ich dich besuchen. Keine Sorge, Oma, wir werden uns nicht wieder aus den Augen verlieren.«

Ich nehme ihr Handy und tippe meine Rufnummer ein. Mit dem Versprechen, regelmäßig miteinander zu telefonieren, verabschiede ich mich. Ich beuge mich über das Bett, nehme sie in den Arm und drücke ihr einen Kuss auf die Wange. Erst nach gefühlten fünf Minuten gibt sie mich wieder frei.

Im Fahrstuhl fragt Marius mich, ob mir das Wort schwer über die Lippen gekommen sei.

»Welches Wort?«

»Na, du hast sie *Oma* genannt.«

»Und? Sie ist doch meine Oma.«

Natürlich entgeht es mir nicht, dass Marius auf dem Weg zum Parkplatz bereits zum zweiten Mal gähnt. Es ist nicht zu übersehen, dass er todmüde ist. Deshalb biete ich an, an seiner Stelle zu fahren. Er ist einverstanden, doch statt ein Schläfchen zu halten, starrt er mich unentwegt an. Obwohl ich ihn auffordere, das zu unterlassen, hört er nicht damit auf.

»Du machst mich nervös«, schimpfe ich.

»Das geschieht dir recht, denn du wirbelst meine Gefühle auch ganz schön durcheinander.«

»So? Wieso denn das?«

»Ernsthaft, Liv. Seit ich dich wiedergesehen habe, gehst du mir nicht mehr aus dem Kopf. Ich glaube, das nennt man Liebe auf den zweiten Blick.«

»Du spinnst! Mit Liebe hat das gewiss nichts zu tun.«

»Willst du mir absprechen, dass ich tief für dich empfinde? Zweifelst du etwa an meinen ernsten Absichten?«

»Du hast ernste Absichten? Meine Güte! Geht das bei dir immer so schnell?«, veralbere ich ihn.

»Schnell? Wir kennen uns bereits unser ganzes Leben lang! In diesem Fall kann man wohl kaum von schnell sprechen.«

»Du redest Unsinn! Damals waren wir noch Kinder. Was weißt du denn heute schon von mir?«

»Also mir reicht, was ich von dir weiß. Und was ich sehe, gefällt mir außerordentlich gut.«

»Halt endlich ein Nickerchen! Du bist ja nicht bei Verstand!«, lache ich ihn aus. Endlich gehorcht er und schließt die Augen. Als ich eine Stunde später einparke, schläft er tief und fest. Ich muss an seinem Arm rütteln, um ihn zu wecken.

»Aufwachen, wir sind da! Komm mit rauf, ich zeige dir mein WG-Zimmer.«

Selma ist zu Hause und staunt nicht schlecht, als ich in männlicher Begleitung in die Wohnung trete. Auch sie ist nicht allein. Alexander sitzt in der Küche, und ich bin erleichtert, ihn heute bekleidet anzutreffen. Ich stelle Marius als einen guten Bekannten vor und öffne den Kühlschrank, um zu überprüfen, ob Selma eingekauft hat. Hat sie leider nicht. Es befindet sich lediglich ein aufgeblähter Milchkarton im mittleren Fach, der kurz vor der Explosion steht.

»Vom Genuss der Milch möchte ich dringend abraten. Es sei denn, ihr steht auf Dickmilch«, weiß Alexander zu berichten. Marius schaut über meine Schulter und grient.

»Wow, hier scheinen sich ja zwei kalorienbewusste Frauen gesucht und gefunden zu haben«, amüsiert er sich über unsere nicht vorhandenen Vorräte.

»Hungrig sollte man den beiden besser keinen Besuch abstatten«, lästert Alexander und fragt, ob wir zum Essen ausgehen oder etwas bestellen wollen. Was wir von Pizza halten, werden wir gefragt.

»Besser, wir kaufen für die Ladys ein und kochen lecker für sie«, schlägt Marius vor und verblüfft nicht nur mich mit seinem Angebot.

»Du kannst kochen?«, fragt Selma. Bewunderung schwingt in ihrer Stimme mit.

»Marius kann alles! Er ist nämlich Super-Marius«, lache ich

und schwärme von seinen vielen Fähigkeiten.

»Na, dann los, ihr zwei! Überrascht und verwöhnt uns!«, fordert Selma die beiden auf. Wenig begeistert stimmt Alexander zu. Sie verlassen die Wohnung, und ich habe endlich Gelegenheit, ungestört mit meiner Freundin zu quatschen.

»Meine Güte, Liv. Wie hast du das nur angestellt? Gerade hast du Tim in die Wüste geschickt, und schon heute schlägst du mit so einem Prachtexemplar hier auf.«

»Wir kennen uns aus Kindertagen. Zwischen uns läuft nichts.«

»Sagst du diesmal die Wahrheit, oder schwindelst du mich wieder an?«

»Was meinst du? Wann habe ich dich je angelogen?«

»Zuletzt heute Morgen. Ich sag nur Oberschenkelhalsbruch. Alles klar, du Schwindlerin. Ich weiß Bescheid. Deine Oma ist nicht gestürzt. Sie war nämlich hier. Und glaub mir, unser Zusammentreffen war mir mehr als peinlich.«

»Oma Anne Marie war hier?«

»Ja, heute früh. So früh, dass sie mich aus dem Bett geklingelt hat. Weshalb hast du mir bloß so einen Bären aufgebunden?«

»Ich habe dich nicht angelogen. Nicht sie ist gestürzt, sondern meine Großmutter mütterlicherseits.«

»Wer? Ich dachte, Anne Marie wäre deine einzige …«

»Das habe ich auch stets angenommen.«

»Du solltest sie schnellstens anrufen. Sie schien mir sehr besorgt zu sein.«

»Sie wird sich bis morgen gedulden müssen«, gebe ich betont emotionslos zurück. Schließlich will ich ungestört sein, wenn ich sie mir zur Brust nehme.

»Du, Liv …«, beginnt Selma zögerlich. »Jetzt, da wir beide allein sind, muss ich dir etwas sagen. Das mit Alex und mir … Also, es ist so … Ich möchte, dass er hier einzieht. So, nun ist es raus.«

»Selma! Was ist mit unserer festen Verabredung? Gilt die nicht mehr? Ich habe keine Lust auf eine gemischte WG! Das weißt du doch.«

Sie schaut mich nicht an, sondern starrt aus dem Fenster. Als hätte sie es einstudiert, fährt sie fort: »Ich möchte dich bitten, dir eine neue Bleibe zu suchen.«

»Bitte, was?«

»Schließlich bin ich die Hauptmieterin dieser Wohnung, und dass wir beide zusammenwohnen, war doch nie als Dauerlösung gedacht.«

Ich bin fassungslos. Mir fehlen die Worte. Völlig ungläubig schaue ich sie an.

»Du musst ja nicht sofort … Ich meine ja nur …«

»Meinst du das? Oder meint Alex das?«

»Ich hab ihn richtig gern. Kannst du das nicht verstehen?«

»Und er? Hat er dich auch gern, oder geht es ihm nur um die tolle Bude mit Mietpreisbindung? Sieh mich nicht so entsetzt an! Ich habe genau gehört, wie begeistert er sich über unser Zuhause geäußert hat. Mensch, Selma! Willst du unser schönes Zusammenleben wirklich wegen so einem Kerl aufgeben?«

»Schönes Zusammenleben? Ich hab keine Ahnung, was mit dir nicht stimmt. Von mir aus kannst du bis ans Lebensende Single bleiben, aber ich will das nicht. Ich wünsche mir einen Mann und Kinder. Und ich habe entschieden, dass ich es mit Alex probieren will!«

Nach dieser Ansage ist mir der Appetit gründlich vergangen. Auch wenn die Männer sich mit dem Kochen die größte Mühe gegeben haben, bekomme ich keinen Bissen herunter. Während sich die drei über den ofenwarmen Zwiebelkuchen hermachen, umklammere ich mit beiden Händen das Weinglas. Nur so schaffe ich es, diesem aufgepumpten Muskelprotz nicht den Hals umzudrehen. Was findet Selma nur an ihm?

Schuldfrage

Trude

Noch immer kämpfe ich mit mir und frage mich, ob ich Marlies vom plötzlichen Auftauchen der alten Valdez erzählen soll. Dass ich ihr davon berichten muss, steht fest. Ich beschließe, vorläufig meinen Mund zu halten und abzuwarten, bis sie wieder richtig auf dem Damm ist.

Als ich das Krankenzimmer betrete, staune ich. Marlies sitzt aufrecht im Bett und fokussiert ihr Handy. Sie betrachtet die Fotos von Liv, die ich ihr geschickt habe. Als sie mich sieht, huscht ihr ein zufriedenes Lächeln über das Gesicht.

»Na, dir scheint es ja schon wieder richtig gut zu gehen«, freue ich mich und rücke den Stuhl näher ans Bett.

»Ich hatte Besuch.«

»Ich weiß«, antworte ich und bestaune den kleinen Blumenstrauß, den Liv und Marius ihr mitgebracht haben. Marlies deutet mit einer Handbewegung an, noch näher zu kommen. Ich beuge meinen Kopf und spitze meine Lauscher.

»Die alte Valdez war hier«, flüstert sie mir ins Ohr.

»Dieses Biest! Ich habe ihr ausdrücklich gesagt, dass sie es nicht wagen soll, hier aufzutauchen. Na, die kann was erleben.«

»Lass gut sein, Trude. Ich will mit der Vergangenheit abschließen und mich nur noch freuen, dass Liv wieder da ist.«

»Du bist wohl noch nicht wieder klar bei Verstand, oder? Anders kann ich mir deine Reaktion nicht erklären. Erst gestern hast du noch gebrüllt, dass dir dieses Miststück ja nicht in die Finger kommen soll, und heute willst du ihr verzeihen?«

»Nicht verzeihen, Trude. Wir haben uns auf einen Waffenstillstand geeinigt. Ich habe ihr versprochen, mit Liv nicht über ihren Vater zu sprechen.«

Ich glaub, ich bin im falschen Zimmer. Diese Worte können unmöglich aus dem Mund meiner Freundin gekommen sein. Ihren plötzlichen Sinneswandel kann ich mir nicht erklären.

»Du wirst auch schweigen!«, trägt sie mir auf.

»Darüber müssen wir ja nicht jetzt reden. Komm erst mal wieder auf die Beine.«

»Doch! Jetzt und hier will ich, dass du mir versprichst, dass du den Mund hältst.«

»Was hat Anne Marie getan, dass du nach zwanzig Jahren plötzlich so eine Kehrtwendung machst?«

»Keiner von uns ist ohne Schuld. Ich weiß nicht, wie viele Jahre mir noch bleiben. Ich weiß nur, dass ich sie mit meiner Enkelin verbringen will. Kannst du das nicht verstehen?«

Marlies' Erklärung klingt vernünftig. Aber weil Vernunft eigentlich nicht zu ihren Eigenschaften gehört, insistiere ich weiter.

»Was meinst du mit: Keiner von uns ist ohne Schuld?«

Sie stellt das Kinn auf ihre Brust und holt tief Luft.

»Heinz war an dem besagten Silvestermorgen im Schützenverein zum Frühschoppen. Er kam recht beduselt nach Hause, und ich hab ihm eine Szene gemacht. Statt seine Waffe sofort im Schrank zu verschließen, wie er es sonst gemacht hat, hat er sie nur auf den Nachtschrank gelegt. Ich hätte das Unglück verhindern können, wenn ich nicht so wütend auf ihn gewesen wäre.«

Nach zwanzig Jahren rückt sie endlich damit raus. Jetzt wird mir auch klar, weshalb es in ihrer Ehe so eisig zugegangen ist. Die beiden haben sich jahrelang gegenseitig die Schuld zugewiesen. Sie ihm, weil er betrunken nach Hause gekommen ist. Er ihr, weil sie die Waffe nicht weggeschlossen hat, obwohl sie es bemerkt hatte. Diese Scheißwaffen! Wenn es nach mir ginge, gehörten sie alle verboten!

Plötzlich ist die Erinnerung an die Silvesternacht wieder gegenwärtig. Während einige meiner Gäste noch auf dem Balkon gestanden haben, um sich das spektakuläre Feuerwerk anzusehen, habe ich in den Armen von Jean-Maurice den Kaiserwalzer getanzt. Die Musik war so laut, dass ich das Klingeln des Telefons erst gar nicht gehört habe. Es hat eine Weile gedauert, bis ich verstanden habe, was die kleine Liv unter Tränen immer wieder gerufen hat. »Mama wacht nicht auf. Sie blutet!« Heinz hätte nicht mehr fahren dürfen, und Marlies war viel zu aufgebracht, um sich hinter das Steuer zu setzen. Es war Jean-Maurice, der Heinz an den Ort des Schreckens gebracht hat. Bis ich mit den anderen Gästen zu Fuß am Möwenstieg eintraf, wimmelte es bereits von Polizei- und Krankenwagen.

Privatsache

Olivia

Meine Wut auf Selma und ihren Fitness-Adonis hat sich über Nacht nicht gelegt. Deshalb ziehe ich es vor, außer Haus zu frühstücken. Ohne *Guten Morgen* und ohne *Tschüss* verlasse ich die Wohnung, in der ich ja nur noch eine geduldete Untermieterin bin. Ich bin maßlos enttäuscht. Wie kann meine Freundin es wagen, mir den Stuhl vor die Tür zu setzen? Muss ich sie tatsächlich daran erinnern, dass ich es war, die aus der einstigen Bruchbude ein ansehnliches Zuhause gemacht hat? Ich habe wochenlang auf der Leiter gestanden und renoviert. Von meinem Geld wurde die moderne Einbauküche angeschafft. Hätte ich mich nicht ums Interieur gekümmert, würde Selma heute noch auf alten Apfelsinenkisten hocken, statt es sich auf meiner Ledercouch gemütlich zu machen.

Die Schlange vor der Coffee-Bar reicht bis zum Bürgersteig. Ausreichend Zeit, um mich anzustellen, habe ich nicht. Mit der Absicht, mir im Büro einen starken Kaffee zuzubereiten, fahre ich zur Arbeit.

Ich stelle meinen Wagen direkt neben Rainers Motorrad ab.

Noch bevor ich Kurs auf den Getränkeautomaten nehme, rufe ich ihm ein kurzes »Hallo« zu.

»Na, wieder fit?«, erwidert er, und ich nicke stumm. Mit einer Tasse Espresso begebe ich mich zu meinem Schreibtisch und frage mein Gegenüber, was ich während meiner Abwesenheit verpasst habe. Er scheint nicht zu verstehen, folglich formuliere ich um.

»Hat es dringende Anrufe für mich gegeben?«

Rainer, der zur Gattung der Begriffsstutzigen gehört, schaut nachdenklich auf.

»Deine Oma sucht dich.«

»Ich weiß, aber das meine ich nicht. Gibt es schon Rückmeldung von der Residenzia?«

»Was fragst du mich? Das Altenheim ist doch dein Projekt. Ich habe mit der Osterstraße genug zu tun.«

Osterstraße? Stimmt. Die Altbausanierung des Mehrparteienhauses. Ein sehr lukrativer Auftrag für unsere Firma, den ich, wenn ich hier was zu sagen hätte, niemals der Pfeife Rainer anvertraut hätte.

»Sag mal, sollen die Wohnungen alle verkauft werden, oder denkt der Eigentümer auch an Vermietung?«

»Wieso fragst du? Hast du etwa Interesse?«

»Ein einfaches Ja oder Nein hätte genügt.«

»Ich weiß es nicht. Frag doch selber nach.«

»Schon gut«, raunze ich zurück und stelle meinen PC an. Es genügt ein Mausklick, und ich habe die Kontaktdaten unseres Auftraggebers gefunden. Ich greife zum Telefon und rufe im Büro des Klienten an.

»Architekturbüro Fendrich, Olivia Valdez, guten Morgen. Es geht um das Bauprojekt in der Osterstraße, das wir betreuen. Ich habe eine private Frage. Ist es geplant, auch Wohnungen zu vermieten? Für den Fall hätte ich nämlich Interesse.«

Seine Sekretärin verspricht, sich zu informieren und mich später zurückzurufen.

»Du willst umziehen?«, höre ich eine Stimme hinter mir. Es ist Ben, der mein Gespräch mitgehört hat.

»Ich will nicht, ich muss«, antworte ich und versuche, so routiniert wie möglich meiner Arbeit nachzugehen.

»Oho, sind etwa dunkle Wolken im Paradies aufgezogen? Hat deine Liebste dich nicht mehr lieb und leckt jetzt eine andere?«, feixt Rainer und streckt seine Zunge heraus. Wie widerlich! Es reicht! Ich werde diesen Dummschwätzer jetzt ein für alle Mal in die Schranken weisen.

»Halt bloß deinen Mund, du elendiger Schwachkopf! Wenn du wüsstest, wie sehr du mir mit deinen ständigen Bemerkungen auf den Geist gehst ...«

Damit, dass ich ihm laut und energisch Kontra gebe, hat er wohl nicht gerechnet.

»Meine Güte, Olivia. Ich hab mir einen Scherz erlaubt. Wenn ich dich damit gekränkt habe, dann tut es mir leid«, entschuldigt er sich. Ich bin mir absolut sicher, dass er sich nur dazu durchgerungen hat, weil Ben noch immer anwesend ist.

»Steck dir deine Entschuldigung sonst wo hin! Und verschone mich künftig mit deinem hirnlosen Geschwafel! Du nervst mich, Rainer!«

»Liv!«, mischt Ben sich ein.

»Was? Das musste mal gesagt werden! Ich höre mir seine Frechheiten schon viel zu lange an, ohne mich zur Wehr zu setzen. Es wird Zeit, dass dieser Obermacho mal erfährt, was ich von ihm halte. Nämlich nichts! Fachlich ist er eine absolute Niete! Es ist mir ein Rätsel, wie er zu seinem Abschluss gekommen ist. Und was ich menschlich von ihm halte ...? Das sage ich lieber nicht laut. Schließlich habe ich Benehmen. Nur eins: Ich will und kann mit diesem Idioten nicht länger an einem

Tisch arbeiten. Entweder bekomme ich einen anderen Arbeitsplatz, oder ich …«

»Beruhige dich und komm mit! Ich will mit dir reden«, unterbricht Ben meinen Wutausbruch.

Ich schnaube noch immer vor Zorn, als er die Tür zu seinem Büro verschließt. Er fragt, was mit mir los sei, und meint, mich noch nie zuvor so aufgebracht erlebt zu haben.

»Das musste raus, sonst wäre ich erstickt!«, rechtfertige ich mich.

»Deine Stimmung hat doch wohl nichts mit meinem Bruder zu tun? Ich möchte dir nur sagen, dass ich …«

»Dein Bruder war meine Privatsache. Das Thema hat hier nichts verloren! Außerdem bist du der Letzte, mit dem ich über diesen Fehltritt reden möchte.«

»Okay«, gibt er gedehnt zurück. Warum ich mich für eine Wohnung in der Osterstraße interessiere, will er wissen.

»Meine Freundin hat das Aus für unsere Mädels-WG ausgesprochen. Sie hat sich in einen Arnold-Schwarzenegger-Verschnitt verguckt und will nun mit ihm eine Familie gründen.«

»Wow. Momentan wirst du nicht gerade vom Glück verfolgt. Aber vielleicht kann ich dir helfen, deine Pechsträhne zu beenden. Geh schon mal hinaus und warte an meinem Wagen auf mich. Ich komme auch gleich.«

Ich habe keinen Schimmer, was Ben vorhat, aber ich verlasse wie befohlen sein Büro. Im Hinausgehen sehe ich, dass er zum Telefonhörer greift.

Kurz darauf drückt er auf seinen Autoschlüssel, und die Wagentüren öffnen sich.

»Was hast du vor?«, frage ich. Er erklärt, dass wir zur Osterstraße fahren und fordert mich auf, endlich wieder ein freundliches Gesicht zu machen.

Während der Fahrt erkundigt er sich nach dem Befinden meiner Großmutter. Ob sie die OP gut überstanden habe, will er wissen.

»Es geht ihr gut, aber wir müssen nicht über Privates sprechen.«

»Nicht? Weshalb?«

»Wir sollten professionelle Distanz wahren, Ben.«

»Wie soll das denn funktionieren, nachdem du bereits hautnah miterleben musstest, was sich in meiner Familie abspielt? Keine Sorge, ich rede nicht über Tim, sondern über meine Eltern. Insbesondere über meine Mutter, die übrigens ein großer Fan von dir ist.«

»Deine Mutter tut mir leid. Ich hoffe, sie und dein Vater bekommen das wieder hin.«

»Oder sie trennen sich endlich. Wozu ich meiner Mutter eindringlich raten würde.«

Ja, Trennung ist besser als die Lösung, die mein Vater gewählt hat, aber natürlich denke ich das nur und spreche es nicht laut aus.

»Erd- oder Dachgeschoss? Du hast die Wahl, Liv. Beide Wohnungen stehen zur Auswahl.«

Ich folge Ben in die rechte Parterrewohnung. Drei Zimmer? Schon auf den ersten Blick ist mir klar, dass es sich um mehr als hundertzwanzig Quadratmeter handelt. Die werde ich mir alleine nie leisten können.

»Und oben? Ist die Dachgeschosswohnung auch so groß?«

»Größer, sie verfügt über zweihundert Quadratmeter plus Dachgarten und bietet einen herrlichen Ausblick.«

»Dann steige ich gar nicht erst hinauf.«

»Gefällt es dir hier nicht?«

»Die Wohnungen sind ein Traum, aber für meinen Geldbeutel unerschwinglich.«

»Gucken kostet doch nichts«, lacht er und scheucht mich das Treppenhaus hinauf.

»Also, ich würde mich für oben entscheiden«, lacht er. Er hat gut lachen. Ben könnte sich diesen Luxustraum bestimmt auch leisten. Ich blicke in die offene Küche und denke, dass meine Einbauschränke hier haargenau hineinpassen würden, als mein Handy klingelt. Ich gehe ran. Marius ist der Anrufer.

»Na, gestern gut nach Hause gekommen? – Nein, ich bin gleich schlafen gegangen, nachdem du abgefahren bist.« Ich muss lachen, denn Super-Marius erzählt mir gerade, dass er wieder keine Nachtruhe bekommen habe, weil er ständig an mich denken musste.

»Ach, du Armer«, kichere ich albern, wende mich von Ben ab und gehe ins Treppenhaus, um ungestört telefonieren zu können.

»Sehen wir uns am Wochenende? Ich komme schon Freitagmittag an. Wenn du willst, dann können wir …«

»Moment, Marius«, unterbreche ich ihn, denn ich sehe eine Frau die Treppe hinaufsteigen. Sie kommt mir sehr bekannt vor. Als unsere Blicke sich treffen, nehme ich das Telefon vom Ohr.

»Olivia, du hier?«

»Sabina?«

»Mama?«, höre ich Ben hinter mir rufen. »Was machst du hier?«

»Mir meine neue Wohnung ansehen«, antwortet sie wie selbstverständlich. Sie scheint ein wenig aus der Puste zu sein. Noch bevor sie die letzte Stufe nimmt, fragt sie: »Sag mal, Ben, sollte hier nicht ein Fahrstuhl eingebaut werden?«

»Darauf wurde aus Kostengründen verzichtet.«

»Dann nehme ich die Wohnung im Erdgeschoss. Die ist fast fertig, und den Malern habe ich schon Dampf gemacht.

Der Meister hat mir versprochen, bis morgen fertig zu werden.«

Noch bevor ich Marius abwimmeln kann, werde ich von ihr mit einem Küsschen auf die Wange begrüßt. Ich höre Ben fragen, ob sie nun wirklich Nägel mit Köpfen machen wolle. Sie nickt und hangelt sich an uns vorbei.

»Auch nicht schlecht«, schwärmt sie anerkennend, als sie auf ihren hohen Pumps über den frisch verlegten Natursteinboden schreitet. Sie verschwindet im Bad, und ich nutze die Gelegenheit, Ben zu fragen, woher sie dieses Objekt kenne.

»Das ist das Elternhaus meiner Mutter. Die Erbengemeinschaft hat mich mit dem Umbau beauftragt.«

»Das ist Eigentum deiner Familie? Und dann überlässt du ausgerechnet dem untalentierten Rainer den Umbau? Warum hast du nicht mir die Aufgabe übertragen?«

»Weil du damit völlig unterfordert gewesen wärst. Nein, du bist die Richtige, wenn es um Projekte geht, die uns einen Haufen Geld einbringen. Mir scheint, du weißt gar nicht, wie wichtig du für die Firma bist. Aber das ist es nicht allein, Liv.« Er schaut mich direkt an und sagt: »Du bist so viel mehr als nur eine begnadete Architektin. Du bedeutest mir …«

Was säuselt er da? Ich kann den Rest seines Satzes nicht verstehen, denn Sabina ruft aus dem Bad aufgebracht nach uns.

»Ben! Liv! Kommt bitte mal her und seht euch das an!«

Wir eilen zu ihr und finden sie in der Eckbadewanne sitzend vor. Trotz Schmutz und Staub ist sie in ihrem feinen Seidenkostüm hineingestiegen.

»Das ist ein Witz, oder? Das ist doch keine Wanne. Wie soll ein ausgewachsener Mensch hier drinnen ein Vollbad nehmen? Dieser Mist kommt wieder raus. Zu einem Vollbad gehört eine Wanne, in der man sich ausstrecken kann. Oder etwa nicht, Liv?«

Ich muss schmunzeln und helfe ihr beim Ausstieg über den hohen Wannenrand. Dass ihr kostbares Kleid nun völlig dreckig ist, stört sie nicht im Geringsten. Sie klopft sich lediglich mit der flachen Hand zweimal auf den Hintern und schaut danach auf ihre Uhr.

»Halb zwölf. Die perfekte Zeit, um irgendwo nett einzukehren und lecker zu Mittag zu essen. Ihr begleitet mich doch, oder?«

»Das ist lieb gemeint, Sabina, aber ich muss zurück ins Büro. Es ist während meiner Abwesenheit eine Menge Arbeit liegen geblieben, um die ich mich nun kümmern muss.«

»Die Zeit, um mit meiner Mutter essen zu gehen, haben wir«, korrigiert Ben mich und geleitet uns zur Tür. »Bitte, stimm zu und lass mich nicht allein mit ihr!«, flüstert er mir beim Hinuntergehen auf den letzten Stufen ins Ohr.

Die wenigen Meter zum Ecklokal gehen wir zu Fuß. Schon von Weitem ist zu erkennen, dass die Plätze im Außenbereich bereits gut besetzt sind. Im Schatten der weißen Markise entdeckt Ben noch einen freien Tisch. Er geht forschen Schrittes voran und ergattert ihn.

Wir bestellen drei Rhabarberschorlen, und Sabina bittet um die Speisekarten. Sie zieht eine Mappe aus ihrer Handtasche und legt die Bauzeichnungen auf den Tisch. Mit dem Zeigefinger deutet sie auf den Grundriss der rechten Erdgeschosswohnung.

»Schaut her! Hier war früher mein Kinderzimmer. In dieser Wohnung hat mein Leben angefangen, und so, wie es jetzt aussieht, wird es hier auch mutterseelenallein enden«, erklärt sie betrübt. Ben greift nach ihrer Hand und spricht ihr aufmunternd zu.

»Kopf hoch, Mama. Es kommen bestimmt auch wieder bessere Zeiten. Außerdem bist du nicht allein. Du hast mich, und Onkel Justus wohnt nur drei Straßen von hier entfernt. Bestimmt wirst du ganz schnell neue Leute kennenlernen.«

»Lieb von dir, Junge«, murmelt sie und kämpft mit den Tränen. Es rührt mich, wie Ben seine traurige Mutter tröstet. Er bietet an, ihr beim Packen zu helfen, aber sie schüttelt den Kopf.

»Allein können wir den Umzug nicht bewältigen. Es sei denn, Liv würde uns zur Hand gehen«, antwortet sie und schaut mich auffordernd an.

»Mama, das kannst du doch nicht verlangen«, empört Ben sich und erhält prompt einen Fußtritt von ihr.

»Klar helfe ich. Wann soll es denn losgehen?«

»Ich habe mir Folgendes überlegt. Ihr könntet mit einem Mietlastwagen zum Strandhaus kommen, und von dort fahren wir gemeinsam nach Lübeck und laden meine Sachen ein.«

»Das passt«, stimme ich zu. Ich hatte ohnehin vor, Marlies am Wochenende einen Besuch abzustatten.

Bevor das Essen serviert wird, will ich meine Hände waschen. Ich entschuldige mich für einen Augenblick und verlasse den Außenbereich, um die Waschräume aufzusuchen. Als ich kurz darauf zurückkomme, sehe ich, wie die beiden ihre Köpfe zusammenstecken und tuscheln. Sie verstummen augenblicklich, als ich mich setze.

»Habt ihr über mich gesprochen?«, frage ich. Natürlich haben sie das. Ich merke doch sofort, wenn es um mich geht. Was das angeht, habe ich ein feines Gespür.

»Ich habe meine Mutter nach dem Mietzins für die Dachgeschosswohnung gefragt.«

»Das war überflüssig, Ben. So eine große Wohnung kann ich mir nicht leisten.«

»Du könntest dir doch wieder einen Mitbewohner suchen, mit dem du halbe-halbe machst.«

Ich komme nicht dazu, Ben zu antworten, denn mein Handy bimmelt. Das Display zeigt die Celler Vorwahl. Ich erkläre, dass es wichtig sei, und nehme den Anruf an.

»Ja, ich weiß, dass du versucht hast, mich zu erreichen, und ja, du hast recht. Wir müssen sogar ganz dringend miteinander reden, aber nicht jetzt und auch nicht am Telefon. Ich werde heute nach Feierabend zu dir kommen. – Bis später.«

Ich stelle mein Telefon aus und stecke es mit den Worten »Das war meine Großmutter aus Celle« in meine Handtasche.

Handschriftlich

Trude

Ich habe gerade den flachen Karton mit dem handgeschöpften Briefpapier und meinen alten Füllfederhalter auf den Tisch gelegt, als ich das Klappen einer Autotür höre. Kurz darauf lugt Sabina um die Ecke und fragt, ob sie stören dürfe. Sie erzählt, dass sie in Hamburg gewesen sei und einen Abstecher ins Alsterhaus gemacht habe, um in der Feinkostabteilung einige Leckereien für uns zu besorgen.

»Für uns?«

»Irgendwie möchte ich mich für all deine Mühe erkenntlich zeigen. Würdest du mir die Freude machen und mit mir zu Abend essen?«

»Jetzt?«, frage ich und schaue auf die Uhr.

»Wann immer du willst.« Ihr Blick fällt auf das cremefarbene Papier. »Du schreibst noch Briefe per Hand?«

Ich nicke. Obwohl ich einen Computer besitze, käme es mir nie in den Sinn, Jean-Maurice eine Mail zu schicken. Wir beide schreiben uns seit vierzig Jahren. Zwar nicht mehr so häufig wie früher, aber noch immer regelmäßig. Wenn ich den Briefkasten öffne und sein hellblaues Kuvert vorfinde, hüpft mein Herz vor Freude. Trotzdem reiße ich den Umschlag nicht sofort auf, sondern rieche erst genüsslich daran. Mit geschlossenen Augen warte ich so lange, bis ich sein Bild in aller Deutlichkeit vor mir sehe. Das Bild des Mannes, den ich länger als mein halbes Leben lang aus tiefstem Herzen liebe.

»Also, was meinst du? In einer Stunde oben? Ich decke den Tisch auf dem Balkon für uns, dann können wir zusammen den Sonnenuntergang bestaunen. Bring dir eine Jacke mit, falls es kühl wird.«

»Du bist ja richtig euphorisch.«

»Stimmt. Ich habe nämlich eine Entscheidung getroffen. Nun geht es mir besser.«

Beschwingt geht sie ins Haus, und ich schaffe es, endlich die ersten Buchstaben zu Papier zu bringen.

> *Mein Liebster,*
> *die letzten Tage waren so ereignisreich, dass ich kurz davorstand, dich anzurufen. Aber die Vorstellung, deine Stimme zu hören und dich nicht sehen zu können, hat mich letztendlich davon abgehalten. Ich muss dir unbedingt berichten, was sich hier zugetragen hat.*

Auf drei Seiten schildere ich den Ablauf der Vorkommnisse. Ich beginne mit Marlies' Sturz und dem plötzlichen Auftauchen ihrer Enkelin. Darüber, dass Olivia im Glauben groß geworden ist, beide Elternteile seien zu Tode gekommen, informiere ich ihn auch. Abschließend drücke ich meine Verwunderung über Marlies' abrupten Sinneswandel aus und berichte ihm von dem Friedenspakt, den sie mit Anne Marie Valdez geschlossen hat.

Ich packe alles zusammen und gehe zurück ins Haus. Noch während ich meine Schublade durchforste, um nach einer Briefmarke zu suchen, ruft Sabina vom Balkon herunter, dass sie fertig sei und ich kommen könne.

Sie hat sich mächtig ins Zeug gelegt und eine Vielzahl kalter Köstlichkeiten aufgetischt. Ich lasse mir von ihr erläutern, um was es sich im Einzelnen handelt. Sie deutet mit dem Zeigefinger auf kleine weiße Porzellanschälchen und erklärt: »Wasabi-Garnelen-Salat, Flusskrebse in Cocktailcreme, Scampi in Limetten-Kräuter-Vinaigrette, Salat von Zitronenhähnchen mit Fenchel und Pinienkernen und Farfalle mit Parmaschinken.«

Sie schenkt mir ein Glas Weißwein ein, sich nur stilles Wasser.

»Heute war ein guter Tag«, lässt sie mich wissen und hebt ihr Glas. Wir trinken darauf, dass noch weitere folgen sollen. Ich will wissen, was sie entschieden hat.

»Ich trenne mich von meinem Mann. Bis Freitag werde ich noch bleiben. Am Wochenende ziehe ich nach Hamburg.«

»Du hast so schnell eine neue Bleibe gefunden? Alle Achtung.«

»Es handelt sich um eine Wohnung in einem Mehrfamilienhaus. Meine Geschwister und ich haben es zu gleichen Teilen geerbt. Ben hat aus dem alten Kasten fünf komfortable Luxuseinheiten gezaubert.«

»Wie schön, dann wohnt ihr wieder alle unter einem Dach?«

»Nein, nur ich werde dort einziehen. Aber mein Bruder wohnt mit seiner Familie nicht weit entfernt.«

»Du hast ein halbes Mietshaus geerbt? Na, dann muss ich mir um deine finanzielle Zukunft ja keine Sorgen machen«, lache ich und greife zu den Wasabi-Garnelen.

»Nicht die Hälfte des Hauses, nur ein Drittel. Ich habe noch eine Schwester, aber zu der habe ich seit Jahrzehnten keinen Kontakt.«

»Und weiß dein Mann schon von deinen Plänen?«

»Nö! Er wird es früh genug merken, wenn ich einige Möbel aus dem Haus hole. Ben und Olivia helfen mir dabei.«

»Liv hilft dir beim Umzug?«

»Ich habe sie heute getroffen und gefragt. Sie hat sofort zugestimmt. Erst will sie ihre Großmutter im Krankenhaus besuchen, und danach begleitet sie uns nach Lübeck.«

»Du hast doch wohl dichtgehalten, Sabina, und ihr nichts von ihrem Vater erzählt, oder?«

»Von mir erfährt sie nichts. Obwohl ich es für einen groben Fehler halte, ihr die Wahrheit zu verschweigen. Vermutlich plagen sie unzählige Fragen, die ihr Vater ihr beantworten könnte, wenn sie von ihm wüsste. Ich weiß aus eigener Erfahrung, wie es sich anfühlt, keine Antworten zu bekommen.«

Sabinas Worte lassen mich nicht unberührt. Ich werde darüber nachdenken und dann entscheiden, ob ich Marlies nicht doch noch einmal darauf anspreche.

Warum

Olivia

Viele Wege führen von Hamburg nach Celle. Ich entscheide mich für die A 7 und dazu, die Autobahn an der Anschlussstelle Soltau zu verlassen, um den Rest des Weges auf der Bundesstraße zurückzulegen.

Gerade passiere ich den Groß-Hehlener-Kirchweg, als Marius mich anruft. Er will wissen, wie mein Tag verlaufen ist.

»Das kann ich dir erst beantworten, wenn ich mit Anne Marie gesprochen habe. Ich bin gerade auf dem Weg zu ihr.«

»Meldest du dich später noch mal?«

Ich verspreche es, stelle mein Handy aus und lege es zurück auf den Beifahrersitz.

»Mist!«, fluche ich laut, denn ich erkenne im Rückspiegel, dass mir eine Polizeistreife folgt. Bestimmt wurde ich dabei beobachtet, wie ich während der Fahrt telefoniert habe. Und richtig, ich werde überholt und in roter Leuchtschrift aufgefordert, dem Polizeifahrzeug zu folgen.

Nach einer nicht enden wollenden Belehrung bin ich nun sechzig Euro ärmer und habe mir auch noch einen Punkt in Flensburg eingefangen. Recht herzlichen Dank, Marius, fluche ich innerlich und bin noch immer verärgert, als ich den Wagen vor Anne Maries Einfahrt abstelle. Sie steht am Fenster und beobachtet, wie ich mich der Haustür nähere. Das schlechte Gewissen steht ihr ins Gesicht geschrieben. Sie begrüßt mich auch nicht wie sonst. Statt zu meckern, dass ich zu spät sei und sie schon seit Stunden auf mich warte, sagt sie: »Lieb von dir, dass du gekommen bist.« Sie ist blass und sichtlich nervös. Ich bringe es nicht fertig, gleich mit der Tür ins Haus zu fallen, und frage, ob sie einen Tee für uns kochen würde. Wortlos geht sie in die Küche. Ich folge ihr und setze mich an den Tisch, an dem ich früher unter ihrer strengen Aufsicht meine Hausaufgaben erledigt habe.

»Du hast frisch gestrichen«, bemerke ich, als ich mich näher umsehe.

»Schon vor einem halben Jahr«, gibt sie mürrisch zurück. Ich verstehe. Das ist ihre Art, mir zu sagen, dass ich mich in letzter Zeit sehr rar gemacht habe.

»Das Gelb gefällt mir. Es wirkt so freundlich«, erwidere ich und warte darauf, dass sie sich endlich umdreht, damit ich ihr ins Gesicht sehen kann, wenn ich ihr die entscheidende Frage stelle.

»Hagebutte oder grünen Tee?«

»Ist mir egal. Entscheide du.«

»Bleibst du über Nacht? Ich habe dein Bett schon bezogen.«

»Das habe ich nicht vor.«

»Es wäre mir aber lieber, wenn du bleibst. Ich mag es nicht, wenn du im Dunkeln die weite Strecke fährst.«

»Befürchtest du etwa, dass auch ich durch einen Autounfall zu Tode kommen könnte? Würdest du mir dann wie meiner Mutter ein Urnengrab auf dem Rosenfriedhof besorgen?«, fordere ich sie sarkastisch heraus.

Sie hat verstanden. Theatralisch schaut sie an die Decke und holt tief Luft.

»Ich habe nur zu deinem Besten gehandelt, Liv«, stammelt sie und fragt, ob ich es nicht immer gut bei ihr gehabt hätte. »Ich hab doch alles Menschenmögliche getan, damit du eine unbeschwerte Kindheit hattest. Das kannst du mir doch jetzt nicht vorwerfen.«

»Du hast mich angelogen, Oma! Streite es nicht ab! Warum wurde meine Mutter nicht hier in Celle beigesetzt, wie du mir stets weisgemacht hast?«

»Die Wegners haben darauf bestanden, dass Tanja bei ihnen beerdigt wird.«

»Also gut, reden wir über die Wegners. Meine Großeltern. Warum durften sie mich nicht besuchen? Weshalb hast du ihnen den Umgang mit mir gerichtlich untersagt?«

Der Wasserkessel pfeift. Anne Marie nutzt die willkommene Gelegenheit, nicht auf meine Frage zu antworten. Aber ich gebe nicht auf und hake erneut nach.

»Erklär es mir! Ich will es verstehen!«

»Ich wollte dich schützen!«

»Vor Marlies und Heinz? Was ist denn das für ein Unsinn? Die beiden haben doch genauso gelitten wie wir auch. Sie haben ihre Tochter, du deinen Sohn und ich meine Eltern verloren. Weshalb konnten wir nicht als Familie zusammenhalten? Warum hast du sie ausgesperrt?«

»Ich hatte meine Gründe«, antwortet sie lapidar und bringt mich mit ihrem sturen Verhalten noch weiter auf die Palme.

»Ich bin keine hundertzwanzig Kilometer gefahren, um mir deine Ausflüchte anzuhören! Welche Gründe, Oma! Rede endlich! Ich bin kein kleines Kind mehr!«, schreie ich sie an. Noch nie zuvor bin ich ihr gegenüber laut geworden.

»Besser, du gehst jetzt«, fordert sie mich auf, aber ich widerspreche vehement.

»So einfach lass ich mich nicht fortschicken. Du wirst mir Rede und Antwort stehen!«

Wortlos verlässt sie die Küche. Auch ich stehe auf, gehe hinüber zur Arbeitsplatte, nehme die Teebeutel aus der Kanne und gieße den grünen Tee in zwei Tassen, als ich lautes Scheppern höre. Ich lasse alles stehen und renne in den Flur, um zu sehen, was passiert ist. Sie liegt flach auf dem Boden vor der Badezimmertür und gibt keinen Laut von sich. Im Fallen muss sie die große Bodenvase umgeworfen haben. Im ersten Moment befürchte ich, dass sie sich an den Scherben verletzt haben könnte, aber bis auf einige Kratzer auf ihrem Unterarm ist nichts zu sehen.

»Hast du dir wehgetan? Oma, sag doch was!«

Aber sie antwortet nicht. Mit weit aufgerissenen Augen starrt sie mich an. Was ist mit ihr? Warum hat sie plötzlich so einen asymmetrischen Gesichtsausdruck? Panisch greife ich zum Telefon und verständige den Notruf.

»Ja, sie atmet, aber sie bewegt sich nicht und reagiert auch nicht auf Ansprache«, schreie ich hysterisch in den Hörer.

Die sieben Minuten, die es dauert, bis der Notarztwagen vorfährt, kommen mir wie eine Ewigkeit vor. Um keine wertvolle Zeit zu verlieren, sperre ich vorsorglich die Haustür auf und stelle die Außenbeleuchtung an. Nun können die Rettungskräfte ungehindert eintreten. Danach kauere ich mich wieder zu ihr auf den Boden und streiche mit sanften Handbewegungen über ihren Kopf.

»Bitte, mach doch jetzt nicht schlapp, Omi. Ich wollte dich nicht anschreien. Es tut mir leid. Hörst du mich?«, winsele ich, und mir laufen dicke Tränen über das Gesicht. In Filmen habe ich schon häufig gesehen, dass auf die verunfallte Person eingesprochen wird, damit sie nicht das Bewusstsein verliert. Ob das nur der Dramaturgie dient oder wirklich hilfreich ist, weiß ich nicht. Ich tue es einfach.

Endlich ertönt aus der Ferne das Martinshorn. Kurz darauf

hält der Krankenwagen vor dem Haus, und eine junge Ärztin eilt zu uns in den Flur. Sie fordert mich auf beiseitezugehen. Ich gehorche und stelle mich an die Wand. Während sie meine Großmutter untersucht, fragt sie mich nach Vorerkrankungen. Ob und welche Medikamente sie nimmt, will sie wissen.

»Sie ist Diabetikerin«, antworte ich und gehe ins Schlafzimmer, ziehe die Schublade aus der Kommode, in der Oma ihre Arzneivorräte aufbewahrt. Ich übergebe sie dem Sanitäter, der im Hauseingang steht.

»Ist das Ihr Fahrzeug, das in der Einfahrt parkt?«, fragt er, und ich nicke. »Können Sie es bitte wegfahren?« Ich flitze in die Küche, um meinen Schlüssel aus der Handtasche zu nehmen. Wie ferngesteuert laufe ich hinaus zu meinem Wagen. Als ich mich setze und versuche, den Schlüssel ins Zündschloss zu stecken, merke ich, dass meine Hände zittern. Das Beben breitet sich über meinen ganzen Körper aus. Ich schaffe es kaum, das Kupplungspedal durchzudrücken, um den Rückwärtsgang einzulegen, so sehr zuckt mein linkes Bein unkontrolliert.

»Behalt jetzt die Nerven, Olivia!«, ermahne ich mich. Im Rückspiegel erkenne ich die Nachbarn aus den gegenüberliegenden Häusern, die sich zahlreich auf dem Bürgersteig versammelt haben. Ohne ihnen Beachtung zu schenken, stelle ich den Wagen auf der rechten Straßenseite ab und haste zurück ins Haus. Jetzt habe ich keine Zeit, die Neugierde der Anwohner zu befriedigen. Erst muss ich selber wissen, was mit Anne Marie los ist.

»Verdacht auf Apoplexie. Wir bringen sie jetzt in die SU im Allgemeinen Krankenhaus.«

Was die SU ist, will ich von dem Sanitäter wissen.

»Das ist die Abkürzung für Stroke Unit, eine spezielle Abteilung der Klinik zur Erstbehandlung von Schlaganfallpatienten.«

»Kann ich mitfahren?«

»Besser, Sie warten hier. Momentan können Sie nichts

für Ihre Großmutter tun. Beruhigen Sie sich, Frau Valdez. Sie haben alles richtig gemacht.«

Alles richtig gemacht? Ich bin schuld, dass es überhaupt so weit gekommen ist. Hätte ich sie nicht so angeschrien, dann wäre das gar nicht passiert. Wie konnte ich ihr nur so zusetzen? Während meine Oma mit Blaulicht und unter lautem Sirenengeheul abtransportiert wird, mache ich mir die größten Vorwürfe.

Ich setze mich an den Küchentisch und nippe an dem Tee, der mittlerweile erkaltet ist. Es herrscht eine gespenstige Stille im Haus, und ich verspüre den Wunsch, mit jemandem zu sprechen. Meine Wahl fällt auf Marius. Ihm will ich zuerst von diesem Schreckensszenario berichten. Aber ich erreiche nur seine Mailbox. Ich hinterlasse ihm eine Nachricht und bitte ihn, mich anzurufen, sobald er meine Mitteilung gehört hat.

Es klingelt an der Haustür. Ich ahne schon, dass es Frau Storch von gegenüber ist. Sie und Anne Marie pflegen das, was man eine gute Nachbarschaft nennt.

»Ja, Frau Storch. Oma ist mit Verdacht auf einen Schlaganfall ins Krankenhaus gebracht worden. Sie ist auf dem Weg ins Bad einfach umgekippt.«

»Gut, dass du gerade da warst, Olivia. Das war Glück im Unglück. Stell dir nur mal vor, sie wäre allein im Haus gewesen. Bei einem Schlaganfall kommt es auf jede Minute an. Nun mach dir keine Sorgen. Anne Marie ist zäh. Sie wird das überstehen.«

Statt Frau Storch ins Haus zu bitten, verspreche ich ihr, sie auf dem Laufenden zu halten. Nachdem ich die Scherben eingesammelt und den Teppich abgesaugt habe, beschließe ich, die Nacht in Celle zu verbringen. Im Wohnzimmer auf der Couch will ich auf den angekündigten Anruf aus der Klinik warten.

Bei Marius läuft noch immer die Mailbox. Es ist schon nach zehn, als ich mich entscheide, ihn per SMS zu informieren.

Mit meinem Smartphone gehe ich ins Internet und recherchiere auf Gesundheitsportalen unter dem Begriff *Schlaganfall* nach fundierten Informationen. Schnell komme ich zu der Einsicht, dass das keine kluge Idee war, denn die Beiträge verunsichern mich zunehmend. Heulend liege ich auf dem Sofa, als mein Handy klingelt. Ich weiß, dass es niemand aus dem Krankenhaus sein kann. Die würden auf Omas Festnetz anrufen. Es ist Marius, der albern ins Telefon kichert und mich fragt, ob ich dem Besen ordentlich die Meinung gegeigt hätte.

»Hast du meine Nachricht nicht gelesen?«, frage ich empört nach.

»Sorry, aber die kleinen Buchstaben kann ich jetzt nicht mehr lesen. Was hast du mir denn geschrieben? Etwa, dass du mich vermisst hast? Ich vermisse dich auch, Liv. Sogar ganz arg.« Ich kann mich des Eindrucks nicht erwehren, dass er mit schwerer Zunge spricht.

»Sag mal! Bist du betrunken?«

»Nicht betrunken. Vielleicht habe ich einen kleinen Glimmer. Die letzten Stunden habe ich mit einem Kunden in einer Kneipe über die Ausrichtung eines Oktoberfestes verhandelt. Nach drei Pils und drei Kurzen wurden wir uns schließlich handelseinig. Und bei dir? Wie war deine Aussprache mit Anne Marie?«

»Sie endete im Fiasko. Meine Oma ist zusammengebrochen und wurde mit dem Notarzt in die Klinik gebracht. Die Ärztin geht von einem Schlaganfall aus«, schluchze ich.

»Na, wenn sie dir mal nicht nur Theater vorgespielt hat. Das sähe ihr doch ähnlich.«

»Spinnst du?«, schreie ich ihn an.

»Zuzutrauen wäre es ihr.«

»Ich lege jetzt auf. So einen Blödsinn höre ich mir nicht länger an.«

»Tut mir leid, wenn dich meine Worte verletzt haben, aber

nach all den Lügen und Intrigen, die sie sich mit dir geleistet hat, erwartest du nicht ernsthaft von mir, dass ich keine Zweifel hege.«

»Du solltest dich schämen! Werde erst mal wieder nüchtern! Vielleicht kommt dir dann in den Sinn, wie unmöglich du dich gerade benommen hast. Gute Nacht, Marius«, schimpfe ich und stelle mein Handy aus.

Ich gehe ins Bad und wasche mir mit kaltem Wasser das Gesicht. Meine Nase leuchtet rot, und meine Augen sind ganz verquollen vom langen Weinen.

Richtig tief schlafe ich nicht. Es ist mehr ein Dämmern, als es kurz nach Mitternacht klingelt und ich aufschrecke. Hastig greife ich zum Telefon, um die Nachricht über Leben oder Tod meiner Oma zu empfangen.

»Es besteht keine akute Lebensgefahr, Frau Valdez. Aber es war kein leichter Hirnschlag. Kommen Sie morgen um zehn Uhr in die Klinik. Doktor Pelzer wird Ihnen dann alles Weitere über den Zustand Ihrer Großmutter sagen können.«

Erleichtert lege ich auf und schlurfe in die Küche, um aus dem Fenster zu gucken. Ich will wissen, ob im Nachbarhaus noch Licht brennt. Sollte es so sein, will ich Frau Storch die gute Nachricht noch überbringen. Doch gegenüber ist es stockdunkel.

Abendspaziergang

Trude

Ob sie mir oder sich selbst etwas beweisen wollte, weiß ich nicht, aber Sabina hat standhaft den ganzen Abend nur Wasser getrunken. Ich helfe ihr dabei, die Teller in die Küche zu tragen. Warum ich schon aufbrechen will, fragt sie und löscht die Kerzen auf dem Balkon. Sie bietet an, dass wir es uns im Wohnzimmer gemütlich machen könnten, aber ich erkläre, dass ich noch einen kurzen Spaziergang zum Briefkasten unternehmen möchte. Natürlich antworte ich mit Ja auf ihre Frage, ob sie mich begleiten dürfe.

Ich schnappe mir den Brief und nehme meine Taschenlampe aus der Schublade. Die ist zwingend notwendig, denn die Straßenbeleuchtung auf dem Küstenwanderweg wird in wenigen Minuten ausgestellt. Sabina hakt sich bei mir unter, und wir schlendern gemütlich in Richtung Hauptstraße.

»Bei mir ist es schon eine Ewigkeit her, dass ich einen handschriftlichen Brief verfasst habe. Meine Schwester und ich haben uns früher oft Briefe geschrieben. Aber das war vor unserem Zerwürfnis.«

»Willst du darüber sprechen?«

»Nein! Erzähl mir lieber von deinem Maurice.«

»Sein Name ist Jean-Maurice. Er ist Franzose und betreibt in vierter Generation eine Schnapsbrennerei in der Normandie. Wir haben uns 1974 im Rahmen einer Städtepartnerschaft kennengelernt. Damals waren wir beide jung, schön und schwer verliebt. Aber wir waren auch verheiratet. Er mit Sophie und ich mit Bertram. Wir haben nie zusammengelebt, und dennoch verbindet uns nach all den Jahren eine tiefe Liebe.« Ich erhebe meinen Finger und schimpfe in den dunklen Abendhimmel. »Aber der da oben hatte was dagegen! Immer wieder hat er uns Steine in den Weg gelegt.«

Ich muss meine Erzählung unterbrechen, denn mein Handy klingelt. Ich nehme es aus der Hosentasche und wundere mich, dass Marius mich zu so später Stunde noch anruft.

»Alles in Ordnung bei dir?«

»Bei mir schon. Liv hat mich gerade darüber informiert, dass die alte Valdez heute Abend mit Blaulicht ins Krankenhaus gebracht wurde.«

»Wo ist Liv?«

»Sie ist in Celle, weil sie Anne Marie zur Rede stellen wollte.«

»Was ist passiert? Was hat Liv gesagt?«

»Angeblich soll Anne Marie einen Schlaganfall erlitten haben. Aber wenn du mich fragst, dann hat sie ihn nur vorgetäuscht. Dieser Frau ist doch jedes Mittel recht, um sich vor der Wahrheit zu drücken.«

»Red keinen Unsinn. Kein Mensch simuliert einen Schlaganfall. Ach, die arme Olivia. Momentan macht sie wirklich Schlimmes durch.«

Sabina reißt an meinem Arm.

»Olivia hat einen Schlaganfall. Oh mein Gott«, ruft sie völlig aufgebracht.

»Nein! Von ihrer Großmutter in Celle ist die Rede«, beruhige ich sie und frage Marius, ob er beabsichtigt, zu Liv zu fahren, um ihr beizustehen. Wie? Er darf nicht mehr fahren? »Dann ruf sie wenigstens an und sprich mit ihr. Du wirst sie doch in dieser schweren Stunde nicht allein lassen! Sie hat ihr Handy ausgestellt? Melde dich bei mir, wenn es was Neues gibt. Ja, bis Freitag, Marius.«

Warum Sabina es plötzlich so eilig hat, kann ich mir nicht erklären.

»Nun renn doch nicht so. Ich bin nicht mehr die Jüngste«, beschwere ich mich.

»Tut mir leid, Trude. Ich muss ganz dringend …«, klagt sie und läuft voraus. Für ihr plötzliches Unwohlsein werden wohl die Flusskrebse verantwortlich sein. Ganz frisch waren die sicher nicht mehr. Gut, dass ich mich an die Wasabi-Garnelen gehalten habe.

Kassenpatient

Olivia

Noch bevor mein Handy mich wecken kann, werde ich vom lauten Gezwitscher der Vögel wach. Als ich die Augen aufschlage, ist mir sofort klar, wo ich bin. Ich werfe die Wolldecke zurück und stehe auf. Es ist erst Viertel nach sechs, als ich eine Dusche nehme und überlege, ob sich noch frische Klamotten in meinem alten Kinderzimmer befinden könnten. Leider nicht, stelle ich um halb sieben fest und schlüpfe in Anne Maries Bademantel. Meine Unterwäsche und mein Shirt wandern für einen Schnelldurchgang in die Waschmaschine. Bis ich mich auf den Weg in die Klinik mache, bleibt noch ausreichend Zeit, sie draußen auf der Wäschespinne trocknen zu lassen.

Mit einem Becher Kaffee gehe ich hinaus auf die Terrasse und setze mich in die Hollywoodschaukel. Dieses alte Ding gehört langsam ausrangiert, denke ich, als ich das verrostete Gestänge betrachte. Aber bei Oma Anne Marie wird nichts weggeschmissen. Sie liebt ihre alten Sachen. Soweit ich mich erinnern kann, hat sie nie etwas in den Sperrmüll gegeben. Im Gegenteil. Wenn andere Leute ihre Sachen auf die Straße stellten, schlich sie sich in der Dunkelheit hinaus und schaute, was davon noch zu brauchen war. Ich glaube, ich bin zwölf oder dreizehn gewesen, als Frau Storch von gegenüber ihren abgewetzten Ohrensessel bei uns in der Stube wiedererkannt hat. Anne Marie hat daraufhin erklärt, dass es ihr Hobby sei, alte Möbel zu restaurieren, und gab vor, dieses Schmuckstück neu aufpolstern zu wollen. Damals habe ich ihr geglaubt. Heute weiß ich, dass sie geschwindelt hat. Das Aufmöbeln war nicht ihre Leidenschaft, sondern Mittel zum Zweck, um uns beide durchzubringen. Meinetwegen hat sie ihren gut bezahlten Job aufgegeben und nur noch halbtags gearbeitet, um sich nach Schulschluss um mich kümmern zu können. Es verging nicht ein Tag, an dem mittags kein warmes Essen auf dem Tisch stand. Sie bezahlte die Beiträge für den Sportverein und versäumte kein Spiel der Mädchen-Hockeymannschaft des MTV Celle. Als meine Lehrerin ihr sagte, dass ich ein musisches Talent besäße, finanzierte sie mir einmal wöchentlich den Geigenunterricht. Ich war fünfzehn, als sie genug Geld gespart hatte, um sich einen gebrauchten Kleinwagen anzuschaffen. Aber statt Frau Storch den klapprigen Polo abzukaufen, schenkte sie mir eine Violine. Mir war das nicht recht. Anne Marie sollte endlich auch mal an sich denken. Um sie finanziell zu unterstützen, suchte ich mir heimlich einen Job als Zeitungsausträgerin. Aber schon nach einer Woche kam sie mir auf die Schliche und bestimmte, dass ich mich nur um die Schule zu kümmern hätte. Noch heute besitzt Anne Marie keinen Wagen und erledigt alle Fahrten mit Bus und Bahn.

Ich schlurfe in die Küche, um aus dem Fenster zu gucken. Ich will wissen, ob sich im Nachbarhaus schon was regt. Sollte das der Fall sein, will ich Frau Storch die gute Nachricht überbringen. Doch gegenüber sind noch alle Jalousien heruntergelassen. Gerade will ich mich abwenden, als mir auffällt, dass ein Wagen auf der Einfahrt steht. Meiner ist es nicht, denn der parkt noch immer auf der Straße. Nanu? Die dunkle Limousine gehört doch … Ich öffne die Haustür und trete hinaus. Just in dem Moment steigt Ben aus seinem Wagen.

»Du bist schon wach?«, ruft er mir zu. »Ich habe mich nicht getraut zu klingeln. Schließlich wollte ich dich nicht wecken.«

»Was tust du hier?«

»Ich wollte mich davon überzeugen, dass es dir gut geht. Geht es dir gut?«

»Woher weißt du …«

»Meine Mutter hat mich gestern Abend angerufen und es mir erzählt. Daraufhin habe ich mich gleich in Bewegung gesetzt. Also? Wie geht es dir?«

»Es geht mir besser. Das Krankenhaus hat in der Nacht angerufen und Entwarnung gegeben.«

Ben schleicht um seinen Wagen und öffnet den Kofferraum. Als ich erkenne, dass er meine Weekend-Tasche hervorzieht, verschlägt es mir die Sprache.

»Ich habe deine Freundin gebeten, einige Sachen für dich zusammenzupacken. Deinen Laptop habe ich auch mitgebracht. So kannst du hier arbeiten und dich trotzdem um deine Oma kümmern.«

Ich bin zu keiner Äußerung fähig. Er fragt, ob er eintreten dürfe, und ich nicke. Wir gehen in die Küche. Als ich bemerke, wie er die Kaffeemaschine fixiert, biete ich an, einen Frischen zu kochen.

»Wieso konnte deine Mutter wissen, was hier gestern passiert ist?«

»Sie war dabei, als Frau Kaufmann mit ihrem Enkel telefoniert hat. Daraufhin hat sie mich angerufen, und ich bin sofort zu deiner Wohnung gefahren, um deine Mitbewohnerin zu bitten, eine Tasche für dich zu packen. Aber als ich hier angekommen bin, brannte kein Licht mehr. Du hast wohl schon geschlafen, und deshalb habe ich im Auto gewartet, bis du …«

»Du hast die ganze Nacht in deinem Wagen verbracht?«

»Was denn sonst? Du hast auf meine SMS nicht reagiert. Und dir die Tasche einfach vor die Tür zu stellen und wieder abzufahren, habe ich nicht übers Herz gebracht.«

»Ich hatte mein Handy ausgestellt.«

»Ja, das hab ich gemerkt.«

»Du hättest klingeln oder auf dem Festnetz anrufen können. Die Nummer hast du doch.«

Ich stelle mein Smartphone an und entdecke zwei verpasste Anrufe. Einen von Marius, der andere ist von Selma. Ben hat mir tatsächlich eine Kurzmitteilung geschrieben.

Liebe Liv, ich bin auf dem Weg zu dir. Alles wird gut.
Ben

»Alles wird gut?«, wiederhole ich laut und schaue zu meinem Boss, der sich vor dem Küchentisch reckt und streckt.

»Ich hätte auch schreiben können: Geteiltes Leid ist halbes Leid. Aber ich betrachte die Dinge lieber positiv. Ich bin mir ganz sicher, dass es deiner Großmutter schon bald wieder gut geht. Wir sollten die Hoffnung nicht aufgeben.«

Ich bedanke mich. Nicht nur für seinen aufmunternden Zuspruch, sondern auch für die Klamotten, die er mir gebracht hat. Jetzt kann es mir gar nicht schnell genug gehen, den geblümten Morgenmantel meiner Oma auszuziehen.

Ben besteht darauf, mich in die Klinik zu begleiten. Wir fahren mit seinem Wagen, und er fragt mich nach der Adresse, damit er sein Navi programmieren kann.

»Das brauchst du nicht. Ich kenne den Weg«, antworte ich und lotse ihn durch den Verkehr.

An Schläuchen und Monitoren angeschlossen betrachte ich Anne Marie durch eine Glasscheibe. Ich weiß nicht, ob sie bei Bewusstsein ist oder nur schläft. Geduldig warte ich auf Dr. Pelzer. Aber er empfängt mich erst nach einer halben Stunde

Wartezeit und erklärt, dass der Zustand meiner Oma keinen Grund zur Beunruhigung gebe.

»Sollten keine weiteren Komplikationen eintreten, werden wir Ihre Großmutter morgen verlegen.«

Ich erwarte, dass er mir Röntgenaufnahmen zeigt und mich über den genauen Stand etwaiger Hirnschädigungen informiert, aber er reicht mir lediglich die Hand und verabschiedet sich. So läuft das also heutzutage, wenn man nicht privat versichert und der Patient über siebzig Jahre alt ist, ärgere ich mich und gehe zurück in die Eingangshalle, in der Ben bereits gespannt auf mich wartet.

Was ich nun vorhabe, fragt er mich.

»Ich weiß, dass ich hier nichts für sie tun kann, dennoch würde ich gern bleiben.«

»In Ordnung«, erwidert er und bringt mich zurück.

Ich winke ihm noch nach, als Frau Storch ihre Haustür öffnet und mich ruft. Statt nach Omas Befinden zu fragen, will sie erst wissen, ob der junge Mann in dem teuren Auto mein Freund sei.

»Nein, leider nicht. Er ist mein Boss. Der tollste, verständnisvollste und hilfsbereiteste Chef, den man sich nur vorstellen kann.«

Habe ich gerade leider gesagt?

Der Wettkampf ist eröffnet

Trude

»Klopf … klopf«, ertönt es an meiner Fensterscheibe, und ich zucke vor Schreck zusammen. Wie konnte sich Sabina so unbemerkt anpirschen? Ich habe sie nicht kommen hören. Sie hält eine Brötchentüte in die Luft und fragt, ob ich zu ihr raufkommen möchte, um mit ihr zu frühstücken.

»Das hab ich längst«, antworte ich und schaue auf die Uhr. Halb elf. In zwei Stunden gibt es schon wieder Mittagessen bei mir.

»Och bitte, ich mag nicht gern allein essen.«

Na, wenn das so ist, wird sie künftig reichlich an Gewicht verlieren, denke ich und frage, ob es ihrem Magen wieder besser gehe.

»Wieso meinem Magen?«

Nun, ich dachte, sie würde verstehen, wovon ich rede, auch wenn ich nicht ganz deutlich geworden bin. Ich kann sie ja schlecht fragen, ob sie es gestern Abend noch rechtzeitig auf die Toilette geschafft hat oder ob sie Land in der Hose hatte.

»Ich meine, du hättest auf dem Rückweg gestern Abend über Magen- und Darmprobleme geklagt, oder warum sonst hattest du es so eilig? Ich denke ja immer noch, dass die Flusskrebse die Übeltäter waren. Mit Sicherheit waren die nicht mehr ganz koscher.«

Sabina lacht und erklärt, dass kein Übelsein der Grund für ihre Dringlichkeit gewesen sei.

»Ich habe mit Ben telefoniert. Er hat sich gleich auf den Weg nach Celle gemacht. Und … er hat die Nacht bei Liv verbracht. Na, hab ich das nicht gut hinbekommen?«, feiert sie sich euphorisch.

»Du bist eine Kupplerin, Sabina.«

»Keine schlechtere als du! Erzähl mir nicht, dass du nicht im Geheimen hoffst, dass Liv mit deinem Enkel anbändelt. Aber dein Marius war nicht schnell genug. Ben ist ihm zuvorgekommen.«

»Dein Ben hat keine Chance gegen Marius. Wetten?«

»Wette angenommen. Kommst du nun mit rauf?«

»Nur unter der Voraussetzung, dass ich den Kaffee mitbringen darf.«

»Abgemacht, bis gleich.«

Ich habe den Kaffee in eine Thermoskanne umgefüllt und trete durch die offene Tür ins Wohnzimmer. Ob wir drinnen speisen wollen, fragt sie mich. Sie ist der festen Auffassung, es würde nach Regen aussehen. Ich teile ihre Meinung nicht, und helfe ihr, das Geschirr auf den Balkon zu tragen.

»Hier liegen Papiere auf dem Tisch. Wohin damit?«

»Das sind die Grundrisszeichnungen von meiner Wohnung. Ich habe sie in Gedanken schon mal eingerichtet und überlegt, welche Möbel ich mitnehmen werde. Leg sie einfach auf einen Stuhl.«

Bevor ich sie beiseitelege, werfe ich einen kurzen Blick darauf. Bitte? Was steht da? *Projekt Justus Waldmann, Osterstraße?*

»Wieso Waldmann? Dein Name lautet doch Fendrich.«

»Ich bin eine geborene Waldmann«, antwortet sie und stellt den Korb mit Brötchen auf den Tisch.

»Und Justus Waldmann ist dein Bruder?«

»Ja, er hat die erste Etage geerbt.«

»Und wie heißt deine Schwester?«

»Imke. Wieso fragst du?«

Imke Waldmann? Na, das ist ja ein Ding. Der Fendrich hat seine Frau mit ihrer eigenen Schwester hintergangen. Wenn Sabina das wüsste, würde sie komplett ausflippen.

»Warum hast du keinen Kontakt mehr zu ihr?«, frage ich und nehme mir ein Butterhörnchen aus dem Korb.

»Das ist eine lange und unerfreuliche Geschichte.«

»Erzähl! Ich hab Zeit.«

»Es gab Streit zwischen uns.«

»Das ist alles? Worüber habt ihr gestritten? Ging es um Geld oder um einen Mann?«

Sie zögert und macht ein ernstes Gesicht. Noch bevor sie das Thema wechseln kann, hake ich nach.

»Also?«

»Es ging um Holger, meinen Mann. Er war zuerst mit meiner Schwester befreundet. Während sie in den USA studiert hat, ist es halt passiert.«

»Du hast deiner Schwester den Mann ausgespannt?«

»Dazu gehören ja wohl immer noch zwei!«, rechtfertigt sie sich. »Und jetzt Schluss damit. Ich will darüber nicht sprechen.«

»Weil du nach fünfunddreißig Jahren noch immer ein schlechtes Gewissen hast. Du solltest sie endlich um Verzeihung bitten.«

»Imke verzeiht mir nicht. Das hat sie mir unmissverständlich zu verstehen gegeben. Sie ist in den Staaten geblieben. Von meinem Bruder weiß ich, dass sie verheiratet ist und eine Tochter hat. Sie hat es noch nicht einmal für nötig gehalten, zur

Beerdigung unserer Eltern zu kommen. Aber ihren Erbteil, den hat sie mit Kusshand angenommen.«

»Nun, der steht ihr ja wohl auch zu«, verteidige ich Imke. Ich frage Sabina, wann ihre Eltern verstorben sind, und erfahre, dass ihr Vater schon vor langer Zeit, ihre Mutter aber erst im September des letzten Jahres entschlafen ist. Im September? Wenn ich mich recht entsinne, dann war es doch im Monat September, als Herr Fendrich mit seiner Schwägerin bei mir logiert hat.

»Greif zu, Trude. Trude? Wo bist du mit deinen Gedanken?«

»Hast du die Fotos von deinem Mann und der jungen Mutter mit Kind dabei?«

»Ich habe die Bilder mit meinem Handy abfotografiert. Aber warum fragst du danach?«

»Zeig mal her!«, fordere ich sie auf. Sabina steht auf und nimmt ihr Smartphone von der Anrichte. Sie meint, sie wisse zwar nicht, was das solle, präsentiert mir aber dennoch die Bilder, die definitiv vor meinem Haus aufgenommen wurden. Ich betrachte die junge Frau. Um ihr Gesicht besser erkennen zu können, vergrößere ich den Bildausschnitt mit einem Fingerwisch.

»Das ist gewiss nicht die Geliebte deines Mannes«, lache ich und gebe ihr das Handy zurück.

»Und was macht dich so sicher?«

»Schau sie dir doch mal genauer an. Erkennst du keine Ähnlichkeit?«

»Ähnlichkeit mit wem?«

»Meine Güte, Sabina. Muss ich dir sagen, dass die junge Frau deiner Schwester wie aus dem Gesicht geschnitten ähnlich sieht?«

»Woher kennst du meine Schwester?«

»Nun … ähm … ich …«

»Lassen Sie es gut sein, Frau Kaufmann. Es ist meine Aufgabe, Sabina zu erklären, wer diese junge Frau ist«, ruft eine männliche Stimme von unten. Herr Fendrich gibt sich zu erkennen und tritt in den Garten. Er muss sich leise angeschlichen und sich unter dem Balkon versteckt haben.

»Ich glaub, mein Schwein pfeift. Seit wann belauschst du uns schon?«, keift Sabina. Ich halte den richtigen Zeitpunkt für gekommen, um mich zu verabschieden. In Windeseile haste ich hinunter, um meinen Beobachtungsposten einzunehmen. Inständig hoffe ich, dass die beiden sich nicht nach drinnen verziehen und die Balkontür zumachen. Herrn Fendrichs Beichte kann und will ich mir nicht entgehen lassen.

»Na, dann erklär mal!«, fordert Sabina ihren Mann auf.

»Am Tag nach der Beerdigung deiner Mutter kam Imke in mein Büro. Sie bat mich um ein Treffen.«

»Du hast dich mit Imke getroffen und mir kein Wort gesagt?«

»Sie hat darauf bestanden. Ich musste schwören, Stillschweigen zu bewahren.«

»Und was wollte sie nach all den Jahren von dir?«

»Sie wollte gar nichts von mir. Ihre Tochter hat sich gewünscht, mich kennenzulernen. Sie ist Mutter eines zweijährigen Jungen.«

»Schön, aber was hast du mit Imkes Tochter und ihrem Enkelkind zu tun?«

»Imkes Tochter heißt Lynn und ist vierunddreißig Jahre alt. Ben ist zweiunddreißig! Verstehst du nun?«

Warum schweigt Sabina? Begreift sie denn immer noch nicht, was Holger ihr gerade gestanden hat? Lynn ist seine Tochter, und der zweijährige Bursche ist sein Enkelsohn.

»Seit wann weißt du es?«, will Sabina wissen.

»Wie ich dir bereits gesagt habe, seit September.«

»Lass uns einen Strandspaziergang machen. Ich brauche dringend frische Luft, um diese Nachricht zu verdauen.«

Love is in the air

Olivia

Stundenlang habe ich gestern neben dem Krankenbett gesessen, Anne Marie angeschaut und darauf gehofft, dass sie die Augen aufschlägt.

In der Hoffnung, dass sie mich heute erkennt und ich ihr sagen kann, wie leid mir unser Streit tut, betrete ich um neun Uhr die Station. Ich grüße die Schwestern, die mir auf dem Flur begegnen und mich mit keiner Silbe vorwarnen. Umso größer ist der Schreck, als ich sehe, dass man meiner Oma eine Maske aufs Gesicht gesetzt hat, mit der sie künstlich beatmet wird.

Aufgeregt laufe ich zum Schwesternzimmer und fordere, unverzüglich den diensthabenden Arzt zu sprechen.

»Doktor Pelzer ist der behandelnde Arzt, aber er hat heute frei. Er wird erst am Montag wieder zu sprechen sein.«

»Er hat mir gestern noch versichert, dass alles nach Plan liefe. Meine Großmutter sollte heute verlegt werden. Und nun sehe ich, dass sie am Beatmungsgerät angeschlossen ist.«

»Das ist eine reine Vorsichtsmaßnahme«, beruhigt mich die Oberschwester.

»Warum sagen Sie es nicht offen heraus? Sie schwebt doch

in Lebensgefahr, richtig? Sie wird nicht wieder aufwachen, stimmt's?«, schreie ich hysterisch.

Mit therapeutischer Gelassenheit antwortet sie mir. »Es ist viel zu früh, um jetzt schon eine verbindliche Aussage zu treffen. Sie müssen Geduld haben, Frau Valdez. Sogar ganz viel Geduld. Ich will Ihnen nichts vormachen. Ihre Großmutter wird, auch wenn sie wieder erwacht, nicht mehr so sein, wie Sie sie gekannt haben. Sie hat einen schweren Schlag erlitten. Das haben wir Ihnen doch mitgeteilt.«

»Ja, aber … Ich kann doch nicht seelenruhig dabei zusehen und nichts tun.«

»Sie sollten sich Ablenkung suchen. Gehen Sie nach Hause. Kochen, backen oder putzen Sie. Oder noch besser, unternehmen Sie einen Spaziergang. Vor Montag passiert hier nichts.«

Ich verlasse das Krankenhaus und rufe Ben an. Er klingt erstaunlich gut gelaunt und fragt, ob ich schon Bescheid wisse. Er teilt mir mit, dass sich die Bosse der Residenzia gemeldet hätten.

»Dann hast du die Mail noch nicht gelesen? Wir haben den Zuschlag bekommen, Liv, und das ist ganz allein dein Verdienst.«

»Toll«, antworte ich knapp.

»Wo bist du?«

»Ich stehe vor dem Krankenhaus und bin kurz davor, den Verstand zu verlieren. Keiner vom Pflegepersonal sagt mir etwas Konkretes. Der Arzt ist schon im Wochenende. Meine Oma wird künstlich beatmet, und die Oberschwester hat mir geraten, zu putzen oder mich anderweitig abzulenken«, jaule ich.

»Das ist ja ungeheuerlich.«

»Nein, sie hat recht. Es macht keinen Sinn, hier zu bleiben. Ich werde deiner Mutter wie versprochen beim Umzug helfen. Wann übernimmst du den Wagen bei der Autovermietung?«

»Liv, das musst du nicht tun.«

»Ich weiß, aber ich will. Wann und wo treffen wir uns?«

»Der Wagen ist ab zwölf Uhr abholbereit.«

»Gut, dann hol mich bei mir zu Hause ab. Ich fahre sofort los. Das sollte zeitlich klappen.«

Es fällt mir schwer, mich auf den Verkehr zu konzentrieren. Trotzdem schaffe ich es, heil und unbeschadet zu Hause anzukommen. Als ich die Wohnungstür aufschließe, fällt mein Blick auf unzählige Umzugskartons, die sich im engen Flur stapeln. Na, da hat es aber jemand eilig, denke ich und gehe in mein Zimmer. Ich betrachte jeden Winkel meiner vier mal vier langen Wände und frage mich, wo ich auf die Schnelle eine neue Bleibe herbekomme. Denn eins ist klar, hier werde ich nicht länger als nötig wohnen. Ich könnte vorübergehend nach Celle ziehen. Sollte Ben einverstanden sein, könnte ich die Büroarbeit von dort aus erledigen, und um Termine wahrzunehmen, nehme ich halt die weite Strecke auf mich. Ich werde ihn gleich fragen, denn er klingelt wie abgesprochen dreimal kurz an der Haustür.

Schon im Treppenhaus höre ich ein lautes Hupkonzert. Der Lkw steht mitten auf der Straße. Dahinter hat sich bereits eine lange Schlange ungeduldiger Autofahrer gebildet. Ich klettere sofort auf den Beifahrersitz und schlage die Tür mit voller Wucht zu. Ben stellt die Warnblinkanlage aus und legt den ersten Gang ein. Gekonnt lenkt er das riesige Geschütz durch den Hamburger Wochenendverkehr. Als wir die Autobahn erreichen, bietet er mir an, mich im Handschuhfach zu bedienen. Er hat Getränke in Dosen und Süßigkeiten besorgt. Als ich die Mandelsplitterschokolade entdecke, muss ich sofort grienen.

Wir sind bereits Höhe Bargteheide, als ich ihm die Frage stelle, die mich seit unserem Start beschäftigt.

»Hilft Tim auch beim Umzug?«

»Nein, keine Sorge. Ihr werdet euch nicht begegnen.«

»Das ist gut. Gut für ihn!«

»Ich hatte dir zwar zugesagt, keine Fragen über meinen Bruder zu stellen. Aber da du nun selbst davon angefangen hast, würde ich eins gerne wissen: Wie habt ihr euch kennengelernt?«

»Na, auf unserer Weihnachtsfeier. Du selbst hast ihn mir vorgestellt. Dummerweise hattest du versäumt zu erwähnen, dass ihr Geschwister seid. Das wäre besser gewesen. Nie im Leben hätte ich mich auf ihn eingelassen, wenn ich gewusst hätte, dass er dein …«

»Hättest du nicht?«

»Natürlich nicht! Glaubst du etwa, ich würde meinen tollen Job wegen einer harmlosen Affäre aufs Spiel setzen?«

»Das zwischen euch war nur eine harmlose Affäre?«

Ich habe keine Ahnung, woher ich den Mut nehme, so offen und frei von der Leber weg zu antworten. Aber die Worte rutschen mir so schnell über die Lippen, dass ich selber erstaunt bin.

»Harmlos! Unbedeutend und bestimmt nicht so voller Ekstase, wie er vor dir geprahlt hat. Ich bin kein Babe, und ich quieke auch nicht!«

»Er nennt alle seine Eroberungen so. Das vereinfacht die Sache.«

»Trotzdem würde ich gern wissen, was seine Andeutung zu bedeuten hatte. Er sagte, dass er nur ein Ziel verfolgt habe. Welches Ziel?«

»Er wollte mich an meiner empfindlichsten Stelle treffen!«

»Und genau das begreife ich nicht! Was hast du damit zu tun?«

»Ach, Liv, hast du wirklich keine Ahnung?«

»Pass doch auf!!! Meine Güte, Ben. Um ein Haar wärst du dem Vordermann hintendrauf gefahren.«

Wir stecken im Stau. Ben will an der nächsten Ausfahrt die Autobahn verlassen.

Nach einer vollen Stunde und einer restlos verdrückten Tafel Schokolade erreichen wir den Küstenwanderweg. Es parken drei Fahrzeuge vor dem Strandhaus. Trudes Renault, Sabinas Golf und der silberne Mercedes des Seniors.

»Was macht denn mein Vater hier? Ich hoffe, wir werden nicht gleich Zeugen eines lautstarken Ehestreits«, stöhnt Ben. Ich schlage vor, dass ich erst Trude begrüße, bevor ich mich oben sehen lasse.

Sie sitzt draußen auf ihrer Holzbank und putzt Erdbeeren. Die ersten hiesigen, erklärt sie und begrüßt mich mit einer Umarmung.

»Was geht denn da oben ab?«, flüstere ich in ihr Ohr. Völlig unerwartet fängt sie an zu singen.

»*Love is in the air … Oh, oh, oh, oh, uh … Love is in the air.*« Dabei schwingt sie ihre Hüften und tanzt um den Tisch. Ich verstehe kein Wort und muss mich von ihr belehren lassen.

»Das ist ein Song aus den Siebzigern von John Paul Young.«

»Ich bin ein Kind der Neunziger und habe dieses Lied noch nie gehört«, entgegne ich.

»Alles in Butter bei den beiden. Der Umzug fällt aus«, lacht sie und fordert mich auf, sie nach drinnen zu begleiten. Sie schließt die Tür und fragt mich nach dem Zustand von Anne Marie.

»Es sieht nicht gut aus. Seit heute wird sie künstlich beatmet. Die Schwester hat Andeutungen gemacht, die mich sehr beunruhigen. Mag sein, dass ihr mich nicht versteht. Egal, was sie mir verschwiegen hat, aber ich hänge an meiner Oma. Bis vor ein paar Tagen war sie alles, was von meiner Familie übrig geblieben ist. Ja, sie hat gelogen, aber sie hat sich auch aufgeopfert. Mir ist erst jetzt bewusst geworden, was sie all die Jahre geleistet hat. Sie hat es nicht verdient, als intriganter Besen betitelt zu werden.«

»Aber das sagt doch niemand.«

»Doch! Originalton Marius. Wo steckt er eigentlich? Wollte er nicht schon längst hier sein?«

»Ich habe ihn gebeten, für mich einzukaufen.«

»Das ist gut. Dann tut er was Sinnvolles«, raunze ich.

»Liv?«, tönt es laut von draußen. Sabina hat mich gerufen. Sie steht auf dem Balkon und beugt sich über die Brüstung. Ich trete nach draußen und blicke hinauf zu ihr. Sie strahlt über das ganze Gesicht und bittet mich raufzukommen.

Die Tür steht offen, und ich höre, dass Ben und sein Vater miteinander sprechen. Worum es geht, entzieht sich meiner Kenntnis. Sabina stürmt auf mich zu. Sie nennt mich Süße und streckt mir ihre rechte Hand entgegen. Ich erkenne den Ring sofort, der an ihrem Finger funkelt.

»Freut mich«, sage ich leise.

»Du bist mir nicht böse, weil ihr den Weg nun völlig umsonst gemacht habt?«

»Nein, der Weg war nicht umsonst. Ich hatte mir ohnehin vorgenommen, meiner Großmutter Marlies einen Besuch abzustatten.«

»Du armes Ding. Momentan scheint das Schicksal es mit dir und deinen Großmüttern wirklich nicht gut zu meinen. Aber das Blatt wendet sich auch wieder. Komm mit, ich hab was, das dich aufmuntern wird.«

Noch bevor sie mir die Gelegenheit gibt, Herrn Fendrich zu begrüßen, zieht sie mich an den Esszimmertisch. Sie greift nach den Grundrisszeichnungen, die offen herumliegen, und verkündet mit lautem Trara, dass sie mir ihre Wohnung überlässt.

»Über die Miete werden wir uns schon einig«, erklärt sie mit einem Augenzwinkern. Ich schaue zu Ben. Er grient.

»Sag ja«, empfiehlt er mir und weist darauf hin, dass wir im Besitz eines Lastwagens sind, der bis Samstag gemietet und bezahlt ist. Endlich hat auch Herr Fendrich die Möglichkeit, mal etwas zu sagen. Er erklärt, dass er mit seiner Frau jetzt noch einen ausgiebigen Strandspaziergang unternehmen wolle, wir alle in zwei Stunden bei Frau Kaufmann zum Kaffeetrinken eingeladen seien und er danach mit seiner geliebten Sabina abreisen werde. Mit dem Wort: »Fang!«, wirft er Ben seinen Autoschlüssel zu.

»Oder wolltest du Olivia mit dem Lkw zum Spital fahren?«, lacht er. Die beiden verlassen das Strandhaus Hand in Hand, und Ben fragt mich, ob ich diese plötzliche Wandlung verstehen würde.

»Love is in the air«, antworte ich und fordere ihn auf, sich zu beeilen.

Wette verloren

Trude

Meine Erdbeertorte ist fertig, und ich habe bereits den Tisch für sechs Personen gedeckt, als Marius endlich vom Einkaufen zurück ist und mir die Tüte überreicht. Er hat Sahne mitgebracht, die ich noch schlagen muss und als Topping servieren will. Wo Liv steckt, will er von mir wissen, denn er hat den Mietlaster vor dem Haus gesehen und weiß, dass sie längst angekommen sein muss.

»Bei Marlies im Krankenhaus. Aber sag mir lieber, was du für einen Blödsinn verzapft hast. Wie konntest du ihr nur sagen, ihre Oma hätte simuliert? Die arme Frau wird künstlich beatmet, und ob sie je wieder völlig gesund wird, steht in den Sternen.« Marius schmollt. »Noch ist nicht aller Tage Abend. Bügel deinen Fauxpas schleunigst wieder aus, wenn dir wirklich an Olivia gelegen ist!«, schimpfe ich ihn.

Gern würde ich ihm noch ein paar passende Worte mit auf den Weg geben, aber mein Telefon klingelt, und ich gehe ran. Es ist Frau Kirchner, die morgen mit ihren Freundinnen einziehen wird und mich fragt, ob sie auch schon vor elf Uhr eintreffen dürften. Warum mache ich mir eigentlich die Mühe und formuliere Mietbedingungen? Was denken sich die Leute nur? Ich bin doch nicht die bezaubernde Jeannie, die mit einem Augenzwinkern mal eben hundertfünfzig Quadratmeter Wohnfläche putzt, sechs Betten neu bezieht und zwei Bäder und die Küche reinigt.

»Erst ab elf«, antworte ich bestimmt und wünsche den Damen eine gute Anreise.

Ich sehe die Fendrichs schon von Weitem in Richtung Haus stolzieren. Mich haben die beiden Turteltauben noch nicht bemerkt. Sabina wählt den Weg durch den Garten. Er kümmert sich derweil um das Gepäck, das er sofort nach dem Eintreffen von Ben und Liv in seinem Wagen verstauen will.

»Du, Trude? Ist der September bei dir schon ausgebucht? Meine Schwester, ihr Mann und ihre Tochter wollen uns mit Anhang besuchen kommen. Es wäre doch schön, wenn wir unser Wiedersehen hier bei dir verbringen könnten.«

»Du hast mit ihr gesprochen?«

»Ja, und sie hat sich sehr über meinen Anruf gefreut. Wir haben die halbe Nacht gequatscht.«

»Das hast du gut gemacht, Sabina. Ich schaue gleich in meinem Reservierungssystem nach.«

Natürlich ist meine Erdbeertorte die beste, die meine Gäste jemals gegessen haben. Das Lob bringt mich nicht in Wallung. Dafür sind die Blicke, die sich Liv und Ben ständig zuwerfen, verantwortlich. Während sie den Grundriss ihrer neuen Wohnung betrachten, sind die beiden in ihrer eigenen Welt.

»Vergiss es, Marius. Gegen ihn bist du chancenlos«, stecke ich meinem Enkel, als wir beide in der Küche stehen, um frischen Kaffee zu holen.

»Wie kommst du denn darauf, Trude?«

»Glaub mir, Junge. Olivia liebt diesen Mann. Vermutlich

weiß sie es noch nicht oder will es sich nicht eingestehen. Aber es ist so. Vertrau mir, dafür habe ich einen Blick.«

»So schnell gebe ich nicht auf. Du solltest mich doch kennen«, lacht er und geht siegessicher wieder hinaus.

Hatte ich eigentlich einen Wetteinsatz mit Sabina vereinbart? Ich hoffe mal nicht.

Holterdiepolter

Olivia

Marius hat sich nicht davon abbringen lassen, beim Umzug zu helfen. Er ist Ben und mir mit seinem Wagen nach Hamburg gefolgt und hat noch vor uns meine Wohnung erreicht. Zusammen mit Selma und Alexander steht er am Straßenrand und hält eine große Parklücke für den Lkw frei.

Meine Freundin zieht ein Gesicht. Sie fragt, warum ich so überstürzt handele. Ein paar Wochen hätte ich doch noch bleiben dürfen. Wie generös, denke ich, und lasse ihr großzügiges Angebot unkommentiert. Ich bitte Alexander, seine Kartons aus dem Flur zu entfernen, damit wir meine Möbel ungehindert hinaustragen können. Während meine Helfer mein Zimmer räumen, suche ich im Keller nach dem Werkzeugkasten. Als Ben mir im Treppenhaus begegnet, fragt er, welche Sachen im Wohnzimmer mir gehören.

»Das Sofa, das Sideboard, der Esstisch und natürlich die Einbauküche. Um die Lampen kümmere ich mich allein«, erkläre ich und bitte ihn, mir die Trittleiter abzunehmen, die unter meinem Arm klemmt. Selma hat unser Gespräch belauscht. Empört fragt sie, ob es mein Ernst sei, alles mitnehmen zu wollen.

»Ja, sicher. Schließlich sind es meine Möbel.«

Alex mischt sich ein und bietet an, mir die Küche abzukaufen.

»Nimm an!«, flüstert Ben mir im Vorbeigehen zu. »Was willst du mit zwei Küchen?«

Er hat recht. Ich unterbreite Selma und ihrem Muskelmann ein Angebot, das sie ohne Widerspruch sofort annehmen.

Drei Stunden später verabschiede ich mich von meiner Freundin. Ich wünsche ihr alles Gute und verspreche, die beiden einzuladen, sobald ich mich fertig eingerichtet habe.

Als ich in meinen Wagen steige, bittet Marius mich, noch nicht abzufahren. Er besteht darauf, unter vier Augen mit mir zu sprechen.

»Ich wollte mich bei dir entschuldigen. Dass ich Anne Marie unterstellt habe zu simulieren, tut mir aufrichtig leid. Das war ausgesprochen dumm von mir.«

»Geschenkt«, antworte ich und bedanke mich bei ihm für seine tatkräftige Unterstützung. »Komm gut nach Hause. Wir sehen uns bestimmt bald wieder, wenn ich Marlies besuche.«

»Du glaubst, ich fahre jetzt ab und lass dich mit der ganzen Arbeit allein?«

»Ich bin nicht allein. Ben hilft mir. Wir schaffen den Rest auch ohne dich. Noch mal ganz lieben Dank.«

»Trude hatte also doch recht mit ihrer Annahme. Ich sollte mir endlich angewöhnen, gleich auf sie zu hören.«

»Womit hatte sie recht? Was hat sie angenommen?«

»Ich wünsche euch noch frohes Schaffen«, ruft er Ben zu, der gerade die Hebebühne hochfahren lässt.

Ich starte meinen Wagen und fahre zur Osterstraße. Mittlerweile warte ich länger als zwanzig Minuten auf Bens Eintreffen, als endlich die Scheinwerfer des Lkws in meinem Rückspiegel aufleuchten. Ich steige aus und frage, ob er eine Panne gehabt hätte. Er schüttelt den Kopf und wirft mir den Schlüsselbund durch das offene Fenster zu. Allein betrete ich das Haus, in dem es stockdunkel ist. Es riecht nach Farbe, denn die Maler haben noch ihr ganzes Zeug im Treppenhaus geparkt. Eigentlich habe ich gar keine Lust mehr, heute Abend mein ganzes Hab und Gut in die Wohnung zu schleppen. Ich bin viel zu müde und erschöpft.

»Könnten wir nicht nur das Sofa, meine Bettdecke und eine Stehlampe hineintragen?«, frage ich Ben. »Der Wagen muss doch erst morgen zurückgegeben werden.« Er nickt und stimmt mir sofort zu.

Wir stellen die Couch in den Raum, der künftig mein Wohnzimmer sein wird. Mit einem Schwung lasse ich mich darauf fallen und strecke mich lang aus. Breit grinsend schaue ich an die Decke und freue mich.

»Das ist meine erste eigene Wohnung«, lasse ich Ben wissen. Er knipst die kleine Lampe an, die bisher den Flur unserer Mädchen-WG erleuchtet hat. Ich komme zu dem Schluss, dass ich schon lange kein Mädchen mehr bin. Die anfängliche Wehmut weicht einem unbeschreiblichen Glücksgefühl.

»Ich könnte deine Mutter küssen. Dass sie mir diese tolle Wohnung überlassen hat, ist einfach der Wahnsinn.«

»Du könntest mich küssen.«

Bitte? Ich hebe meinen Kopf und will ihn ansehen, aber er dreht mir den Rücken zu und geht in den Flur. Kurz darauf kommt er mit einer Tüte in der Hand zurück und präsentiert eine Flasche Sekt. Mit Bedauern erklärt er, dass das Prickelwasser leider recht warm sei, und dass er auf die Schnelle nur Plastikbecher besorgen konnte. Sandwiches hat er auch von der Tankstelle mitgebracht.

»Du bist einfach unglaublich«, lobe ich ihn und nehme ihm den geriffelten, weißen Kunststoffbecher aus der Hand.

»Heute trinken wir auf dein neues Zuhause. Morgen gehen wir richtig aus und feiern den Residenzia-Auftrag. Und Montag bekommst du dein eigenes Büro. Rainer wird dich künftig nicht mehr nerven.«

»Du hast ihm gekündigt?«

»Das war nicht nötig. Er ist von sich aus gegangen.«

»Unter uns, Ben. Rainer ist kein großer Verlust.«

Er lacht, und ich will wissen, warum. Doch er schüttelt nur grienend den Kopf. Als er sich zu mir aufs Sofa setzt, stupse ich ihn an. Er soll mir endlich sagen, was so komisch ist.

»Du hast den totalen Durchblick. Du meisterst jede Aufgabe mit Bravour. Darüber hinaus hast du eine enorm gute Menschenkenntnis. Dass Rainer eine Pfeife ist, hast du viel früher erkannt als ich. Aber was meine Gefühle für dich angehen, bist du blind und taub.«

»Du hegst Gefühle für mich?«

»Schon lange!«

»Ben, das …« Er unterbricht mich und legt seinen Finger auf meine Lippen.

»Halte mir jetzt bitte keinen Vortrag darüber, dass man Privates nicht mit Beruflichem vermischen darf. Das ist doch albern, Liv! Solltest du es aber weiterhin so sehen, lässt du mir keine andere Wahl, als dich zu feuern. Und zwar fristlos!«

»Untersteh dich!«, rufe ich entsetzt.

»Ich möchte dich so gern in den Arm nehmen.«

Er nimmt mir den Becher aus der Hand und stellt ihn auf den Boden. Plötzlich liegen wir beide auf dem Sofa und schauen einander tief in die Augen. Unsere Nasen berühren sich, und ich kann seinen warmen Atem spüren. Den magischen Moment, als seine Lippen das erste Mal meinen Mund berühren, genieße ich mit geschlossenen Augen. Meine feste Absicht, nur ein wenig mit ihm zu schmusen, bleibt ein frommer Vorsatz.

»Ich hab dich so gern«, flüstert er mir ins Ohr, und ich bekomme eine Gänsehaut. »Jetzt lass ich dich nie wieder los.« Das ist der Moment, an dem sich mein Fluchtinstinkt meldet und mir befiehlt, mich schleunigst zu verdrücken. Aber ich kann nicht abhauen. Schließlich ist das hier meine Wohnung.

»Wann muss der Wagen morgen zurückgegeben werden?«, frage ich und löse mich aus seinen Armen.

»Mittags um zwölf.«

»Gut, dann reicht es, wenn du morgen um halb zehn wiederkommst. Länger als eine Stunde werden wir wohl nicht brauchen, um den Lkw zu entladen.«

»Du schickst mich fort? Liv, ich habe dir gerade meine Liebe gestanden.«

»Ben, ich eigne mich nicht für eine feste Beziehung.«

»Was redest du denn für einen Unsinn? Wir beide passen perfekt zusammen.«

»Ja, in diesem Moment mag es den Anschein haben. Aber was geschieht, wenn wir feststellen müssen, dass wir uns geirrt haben? Ich will das Risiko nicht eingehen. Und schon gar nicht mit dir, dafür habe ich dich viel zu gern.«

»Du hast mich gern und willst, dass ich gehe? Das verstehe ich nicht. Erklär es mir!«

»Wir Valdez-Frauen sollten besser Single bleiben. Meine Oma ist geschieden, meine Mutter … Also, sie war in der Ehe mit meinem Vater auch nicht glücklich. Ich will nicht, dass es sich bei mir wiederholt. Ist das denn so schwer zu verstehen?«

»Weil du dich vor einer Trennung fürchtest, willst du keine Beziehung mit mir eingehen? Liv, das nennt man Bindungsangst.«

»Ja, nenn mich eine Bindungsphobikerin, eine Gestörte, die keine Nähe zulassen kann und ein Fall für die Klapsmühle ist. Du wärst nicht der erste Mann, der mich so betitelt.«

»Es liegt mir fern, dich zu beschimpfen. Vielmehr möchte ich wissen, weshalb es so weit gekommen ist. Ist es, weil ein Mann dich enttäuscht hat? Oder liegen die Ursachen in deiner Kindheit begründet?«

»Wie kommst du denn darauf?«

»Die Unfähigkeit, sich auf eine tiefe Bindung einzulassen,

hat meist familiäre Gründe. Wurdest du zurückgewiesen oder vernachlässigt? Was hat deine Oma dir angetan?«

»Meine Oma? Die war immer gut zu mir. Was unterstellst du ihr denn? Bist du noch bei Trost?«

Ich stehe auf, fische mein Shirt vom Boden und kleide mich hastig an. Die Flasche Sekt ist noch halb gefüllt. Statt mir in den Becher einzuschenken, trinke ich direkt aus der Flasche. Ben schaut mir irritiert dabei zu, wie ich den Inhalt in mich hineinschütte.

»Du willst wissen, was passiert ist? Also gut! Ich erzähle es dir! Danach wirst du von ganz allein das Weite suchen. Meine Eltern sind nicht bei einem Autounfall ums Leben gekommen. Mein Vater hat meine Mutter umgebracht, weil sie ihn verlassen wollte. Anschließend hat er sich erschossen. Ich war acht Jahre alt, als ich sie in der Silvesternacht blutüberströmt vorgefunden habe.«

»Liv, Liebes, das ist ja furchtbar.«

»Nun weißt du es. Du hast dich in die Tochter eines Mörders verliebt.«

»Das, was dein Vater getan hat, ist schrecklich. Aber das ändert doch nichts an meinen Gefühlen für dich. Du bist die Frau, mit der ich leben möchte. Wir müssen nicht sofort zusammenziehen. Du ganz allein bestimmst das Tempo. Aber bitte, schick mich nicht weg.«

»Nein, ich schicke dich nicht weg. Ich bin doch viel zu froh darüber, dass du da bist.«

* * *

Lautes Männergeschrei weckt mich. Die Handwerker sind am Montagmorgen Punkt sieben Uhr erschienen, um die letzten Arbeiten im Treppenhaus zu verrichten. Vorsichtig schlage ich die Decke zurück und erhebe mich leise aus dem Bett, um Ben nicht zu wecken. Auf Zehenspitzen tapse ich in die Küche. Heute will ich ihn mit einem Becher Kaffee überraschen. Während die Maschine ihren Dienst verrichtet, schaue ich mich prüfend um. Obwohl ich alle meine Sachen bereits ausgepackt habe, wirkt mein neues Zuhause noch sehr kahl. Es fehlt an allen Ecken und Kanten. Ich brauche dringend Deko, Bilder und Pflanzen, und noch dringender benötige ich einen Satz Töpfe und Pfannen, damit wir nicht ständig außer Haus essen müssen. Mit dem Geld, das ich von Selma und Alex erwarte, sollte es kein Problem sein, mein Nest gemütlich zu gestalten.

»Schlafmütze«, hauche ich in das Ohr meines Liebsten. »Aufwachen! Es ist Montag. Das Wochenende ist vorbei. Wir müssen ins Büro.«

Ben schlägt die Augen auf.

»Noch nicht«, bettelt er. Doch als ich ihm den Kaffeebecher unter die Nase halte, ist er plötzlich hellwach. Ob ich später noch in die Firma komme, will er wissen, und ich nicke.

»Sobald ich aus Celle zurück bin.«

»Du musst dich nicht hetzen. Den Termin mit der Residenzia kann ich auch ohne dich wahrnehmen.«

Er stürzt den Kaffee hinunter und greift nach seiner Jeans. Nach einem kurzen Blick auf die Uhr teilt er mir mit, dass er jetzt zu sich nach Hause fahren wolle, um zu duschen und sich saubere Klamotten anzuziehen.

Ich tue es ihm gleich und bin nach einer halben Stunde startklar.

Während der ganzen Fahrt muss ich an ihn denken. Wie gern würde ich meiner Oma erzählen, wie glücklich ich gerade bin. Ob sie mich wohl hören kann?

Das Pflegepersonal, das heute Dienst hat, kenne ich nicht. Ich klopfe an die Tür des Schwesternzimmers und erkläre, dringend mit Doktor Pelzer sprechen zu wollen. Die Wartezeit verbringe ich am Krankenbett. Anne Marie hat das Bewusstsein noch immer nicht wiedererlangt. Ich berichte ihr gerade von meiner eigenen Wohnung, als mich ein Pfleger auffordert, ihm zu folgen. Er begleitet mich zum Besprechungszimmer, in dem nicht wie erwartet Doktor Pelzer, sondern der Chefarzt persönlich auf mich wartet.

»Nehmen Sie Platz«, bestimmt er wenig freundlich und deutet auf den freien Stuhl vor seinem Schreibtisch. »Wie ich Herrn Valdez bereits heute Morgen erklärt habe, ist es dringend notwendig, Ihrer Großmutter eine Magensonde zu legen.«

»Wem haben Sie das gesagt?«, frage ich erstaunt.

»Ich weiß nicht, war es Ihr Vater oder Ihr Onkel? Wenn ich mich recht erinnere, hat er von seiner Mutter gesprochen.«

»Das kann nicht sein. Ich bin ihre einzige Angehörige.«

»Wie auch immer. Wir müssen wissen, ob Ihre Großmutter eine Patientenverfügung verfasst hat.«

»Moment mal! Das geht mir jetzt eindeutig zu schnell. Mit welchem Mann haben Sie über meine Großmutter gesprochen? Und warum fragen Sie nach einer Patientenverfügung? Doktor Pelzer hat mir versichert, dass es keinen Grund zur Beunruhigung gäbe. Sind Sie sicher, dass wir über meine Großmutter und nicht über eine andere Patientin sprechen?«

»Ganz sicher. Die abschließenden Untersuchungen haben uns leider kein erfreuliches Bild gezeigt. Es ist notwendig, unverzüglich lebenserhaltende Maßnahmen einzuleiten. Bevor wir das tun, müssen wir sicherstellen, dass dies auf Wunsch Ihrer Großmutter geschieht. Wir haben schon bei ihrem Hausarzt nachgefragt, ob dort eine Verfügung hinterlegt wurde. Aber das ist nicht der Fall. Herr Valdez hat zugesagt …«

»Hören Sie auf, ständig von Herrn Valdez zu sprechen. Es gibt keinen Herrn Valdez!«

»Würden Sie sich bitte darum kümmern? Wir wollen das Leiden Ihrer Großmutter doch nicht unnötig in die Länge ziehen.«

»Sie wollen sie einfach sterben lassen?«

Von einem Moment auf den anderen schiebt er seine Überheblichkeit beiseite und schaut betreten auf seinen Schreibtisch. Mir ins Gesicht zu sagen, dass es aussichtslos ist, dass sie nur noch künstlich am Leben gehalten werden kann, bringt er offensichtlich nicht fertig.

Heulend verlasse ich die Klinik. Noch auf dem Weg zu meinem Wagen rufe ich Ben an. Aber bei ihm läuft die Mailbox. Ihn im Büro anzurufen spare ich mir. Ein Blick auf die Uhr zeigt mir, dass er in diesem Moment mit den Leuten der Residenzia zusammensitzt. Ich lenke meinen Wagen auf direktem Weg zu Anne Maries Haus, um mich dort auf die Suche zu begeben.

»Wir wollen das Leiden Ihrer Großmutter doch nicht unnötig in die Länge ziehen.« Diese Worte des Chefarztes hallen noch immer in mir nach.

Seit einer Stunde blättere ich dicke Aktenordner durch. Bestimmt würde ich schneller fündig werden, wenn Oma sich die Mühe gemacht hätte, ihre Ablage nach einem System zu organisieren, aber das hat sie nicht. Alle Papiere wurden wahllos aufeinandergeheftet. Ich finde Rentenbescheide, Kontoauszüge, Versicherungspolicen, aber keine Patientenverfügung. In der letzten Mappe, die ich mir vornehme, stoße ich auf ein Schreiben einer ortsansässigen Rechtsanwaltskanzlei. Wieso bittet ein Jurist meine Oma um Rückruf zwecks dringender Terminabsprache? Mir ist nichts von einem Rechtsstreit bekannt. Folglich kann das nur bedeuten, dass sie die Verfügung bei diesem Anwalt hinterlegt hat. Ohne zu zögern, wähle ich die Rufnummer, die auf dem Briefkopf steht. Ich stelle mich der Anwaltsgehilfin vor und komme gleich zum Punkt. Ich werde aufgefordert, den Namen meiner Oma zu wiederholen, dann hänge ich in der Warteschleife fest und höre grauenvolle Dudelmusik. Endlich meldet sich jemand. Nicht die freundliche Empfangsdame, sondern eine sonore Männerstimme spricht zu mir.

»Frau Valdez, mein Name ist Hubert Borchert. Ich habe schon länger damit gerechnet, dass Sie sich melden.«

»Dann liegt die Patientenverfügung bei Ihnen?«

»Was meinen Sie?«

»Ich spreche von der Patientenverfügung meiner Großmutter. Anne Marie Valdez. Ich habe ein Schreiben von Ihnen in ihren Unterlagen gefunden.«

»Ist es Ihnen möglich, in unsere Kanzlei zu kommen? Ich denke, wir sollten uns persönlich und nicht am Telefon unterhalten.«

»In Ordnung. Ich bin bereits in Celle und könnte in einer halben Stunde bei Ihnen sein.«

Nach einem kurzen Moment antwortet er, dass es auch ihm passen würde.

Ich schaffe es schneller. Schon nach zwanzig Minuten betrete ich die Kanzlei und sage, dass Herr Borchert mich in der Sache Valdez erwartet. Ich werde gebeten, Platz zu nehmen. Mal wieder lässt man mich warten. Meine Geduld wird heute auf eine harte Probe gestellt. Ständig schaue ich auf die Uhr.

»Frau Valdez? Guten Tag, ich bin Hubert Borchert«, stellt sich der Mittsechziger mit Handschlag vor. Ich begleite ihn in ein Büro, in dem sich auf dem Schreibtisch meterhohe Aktenberge türmen. Er bietet mir einen Platz in der Besucherecke an. Seine Frage, ob ich Kaffee oder ein Wasser trinken möchte, lehne ich ab. Ich möchte, dass er mir die Patientenverfügung aushändigt. Und genau das sage ich ihm auch.

»Obwohl ich mir noch gar nicht sicher bin, ob ich den Ärzten das Schreiben übergeben werde, möchte ich Sie um die Herausgabe bitten.«

»Es tut mir leid, das von Ihrer Großmutter zu hören, aber ich fürchte …« Ich unterbreche ihn.

»Danke, aber ich beabsichtige, noch eine zweite Meinung einzuholen. Irgendwie traue ich den Ärzten im Klinikum nicht.«

»Frau Valdez, ich fürchte, Sie missverstehen mich. Hier gibt es keine Patientenverfügung Ihrer Großmutter. Ich habe Sie nicht hergebeten, um über Anne Marie Valdez zu sprechen. Nicht sie ist meine Klientin gewesen. Ich bin Strafverteidiger und war der Anwalt Ihres Vaters.«

»Und? Mein Vater ist tot. Was wollen Sie nach all der Zeit von mir? Warum sollte ich zu Ihnen kommen?«

Er schweigt, und in mir macht sich ein sonderbares Gefühl breit. Kann es sein, dass der Chefarzt im Krankenhaus keine Patientenakten verwechselt hat und der Mann, von dem er gesprochen hat, tatsächlich …?

»Mein Vater lebt? Wollen Sie mir das sagen?«

Der Anwalt nickt nur stumm und betätigt seine Sprechanlage. Ich höre ihn sagen, dass man ihm die Akte »Jorge Valdez« bringen solle. Entsetzt schlage ich meine Hände vors Gesicht.

»Ihr Vater hat stets seine Unschuld beteuert. Obwohl ich felsenfest davon überzeugt war, dass er ihre Mutter nicht erschossen hat, hat das Gericht ihm keinen Glauben geschenkt. Er wurde zu einer lebenslangen Haft verurteilt. Vor zwei Jahren wurde er auf Bewährung entlassen. Er lebt und arbeitet in Uelzen. Ich kann Ihnen seine Adresse geben. Er wartet schon so lange darauf, dass Sie sich bei ihm melden.«

»Hören Sie auf! Ich will das nicht hören!«, schreie ich ihn an.

»Mir ist bewusst, welch großer Schock diese Nachricht für Sie sein muss. Aber ich kann nur sagen, dass er sich stets bemüht hat, Kontakt zu Ihnen aufzunehmen. Leider hat seine Mutter das nie zugelassen.«

Die Tür öffnet sich, und eine junge Frau legt einen dicken Luftpolsterumschlag auf den Tisch. Genauso leise, wie sie gekommen ist, entschwindet sie auch wieder.

»Darin befinden sich Briefe, die Ihr Vater Ihnen aus der Haftanstalt geschickt hat. Aber Ihre Großmutter hat die Annahme stets verweigert. Unser Büro hat die Post seit Jahren gesammelt. Wir haben den Auftrag, Ihnen die Schreiben erst nach dem Ableben Ihrer Großmutter zu übergeben. Aber so, wie es sich gegenwärtig darstellt, halte ich es für angebracht, nicht länger zu warten.«

Er nimmt den Umschlag in die Hand und reicht mir das schwere Päckchen über den Tisch.

»Er war nicht unschuldig. Er hat meine Mutter umgebracht. Es ist gut, dass der Richter ihm nicht geglaubt und ihn verurteilt hat. Mir ist es völlig egal, wo er lebt und was er tut. Für mich ist er gestorben. Und auf seine Briefe lege ich nicht den geringsten Wert.«

»Warum, Frau Valdez? Wovor fürchten Sie sich? Ihr Vater hat Ihnen längst verziehen.«

»Wovor sollte ich mich fürchten? Und was gäbe es, das er mir zu verzeihen hätte? Mir scheint, Sie sind nicht klar bei Verstand!«

In de Brass

Trude

Zum letzten Mal statte ich Marlies einen Besuch ab, bevor sie morgen in die Rehaklinik verlegt wird. Sie schaut nicht auf, als ich das Zimmer betrete, sondern fummelt an ihrem Handy herum. Dabei stammelt sie leise vor sich hin. Wenn Marlies Plattdeutsch spricht, weiß ich, dass sie stinksauer ist. Endlich nimmt sie Notiz von mir.

»Ick bün so in de Brass, Trude«, schimpft sie und erklärt, dass ihre Wut der Krankenkasse gilt. Gegen ihren Willen hat man entschieden, sie nicht zur Rehabilitation ins nahe gelegene Neustadt zu schicken, sondern nach Bad Bramstedt. »Das ist eine Distanz von mehr als achtzig Kilometern, dabei liegt die Schön-Klinik nur einen Katzensprung von hier entfernt. In Neustadt könnte Olivia mich jedes Wochenende besuchen und in meiner Wohnung übernachten. Aber Bad Bramstedt?«

»Die drei Wochen wirst du wohl auch dort überstehen. Hör auf zu jammern. Denk lieber an Anne Marie, die hat es deutlich schlimmer erwischt als dich. Hat Olivia dir schon mitgeteilt, wie es ihr geht?«

»Nein, seit ihrem letzten Besuch hat sie sich nicht wieder gemeldet.«

»Dann ruf sie an und erkundige dich! Ich würde auch gern wissen, wie ihr Zustand ist.«

Marlies folgt meinem Rat. »Es klingelt«, vermeldet sie und stellt das Telefon auf Mithören.

»Liv, Süße, alles gut bei dir? Wo steckst du? Bist du auf der Arbeit?«

»Na, du hast Nerven, mich anzurufen.«

»Wie bitte?«

»Wann wolltest du es mir sagen?«

»Dir was sagen? Warum klingst du so barsch? Gibt es schlechte Nachrichten von Anne Marie?«

»Wie konntet ihr nur?«

»Liv, was ist los? Wovon sprichst du?«

»Ach, hör doch auf, mir die Ahnungslose vorzuspielen! Du bist keinen Deut besser als sie. Ihr steckt doch alle unter einer Decke. Aber dir kann ich wenigstens sagen, was ich von deiner Heimlichtuerei und deinen Lügen halte. Bei Anne Marie habe ich die Möglichkeit nicht mehr. Die Ärzte sagen, es sei hoffnungslos. Sie wird nie wieder aufwachen.«

»Hoffnungslos? Wie furchtbar! Glaub mir, das tut mir aufrichtig leid. Aber wie kommst du darauf, ich hätte dich belogen?«

»Warum hast du mir verschwiegen, dass mein Vater lebt? Behaupte nicht, du wüsstest nicht, dass er verurteilt wurde und bis vor zwei Jahren im Gefängnis saß.«

»Ich habe es deiner Oma versprechen müssen. Sie war hier und hat mich angefleht, dir nichts zu sagen.«

»Wann war sie bei dir?«

»An dem Tag, als ich operiert wurde.«

»Du hättest es mir trotzdem sagen müssen.«

»Er ist schon seit zwei Jahren wieder auf freien Fuß? Warum?

Er wurde doch zu einer lebenslangen Haftstrafe verurteilt.«

»Ich habe gerade mit seinem Anwalt gesprochen. Er ist von seiner Unschuld überzeugt.«

»Lass dir keinen Bären aufbinden. Seine Schuld wurde zweifelsfrei bewiesen. Komm her und lies die Prozessakten, die ich aufbewahrt habe. Heinz und ich sind damals als Nebenkläger aufgetreten und haben der Verhandlung beigewohnt.«

»Ich will weder die Akten noch seine Briefe lesen, die er mir über all die Jahre geschrieben hat. Ich will endlich mit der Vergangenheit abschließen!«

»Ja, das klingt vernünftig, meine Süße. Lass uns nach vorne schauen.«

Mitte Juli

Olivia

Ben hat mich in meiner Absicht bestärkt, eine zweite Meinung einzuholen. Doch der Arzt, der Anne Marie untersucht hat, ist zum gleichen Schluss gekommen wie die Mediziner in Celle. Daraufhin wurde Oma auf eine Pflegestation verlegt. Sie wird künstlich beatmet und über eine Sonde ernährt. Zweimal wöchentlich fahre ich zu ihr, um an ihrem Bett zu sitzen und ihr zu versichern, dass Frau Storch sich um den Garten kümmert.

Heute fahre ich nicht nach Celle. Ich stehe seit Stunden in der Küche und koche. Es ist der Tag meiner Einweihungsfeier, zu der ich Selma und Alex, Trude und Marius, Bens Eltern und Oma Marlies eingeladen habe.

Marlies ist bereits wieder gut zu Fuß. Sie vergöttert meinen Liebsten, der noch immer darauf wartet, dass ich ihm anbiete, fest zu mir zu ziehen. Genau wie Selma hält er doppelte Haushaltsführung für glatte Geldverschwendung.

Sabina und Holger, wie ich Herrn Fendrich seit Kurzem nenne, sind die ersten Gäste, die bei mir eintrudeln. Sie sind völlig übermüdet und erklären, dass es am Jetlag läge, unter dem sie seit ihrer Rückkehr aus den Staaten leiden. Sie haben

Imke und Lynn besucht. Zwei tolle Frauen, die ich schon bald persönlich kennenlernen werde.

Als meine Ostseetruppe aufschlägt, entgeht mir nicht, dass Marius eine Flappe zieht. Er schmollt und beschwert sich, weil wir ihn nicht zur Kieler Woche besucht haben.

»Ben und ich haben auch noch einen Job«, rechtfertige ich unser Fernbleiben, und Marius kontert, dass sich die zwei Richtigen gesucht und gefunden hätten. Dem können wir nur zustimmen. Wir stoßen an. Die Frauen mit Sekt und die Männer mit Bier, als mein Telefon klingelt. Wäre ich nur nicht rangegangen. Jetzt muss ich allen Anwesenden erklären, dass Anne Marie den Kampf verloren hat und vor einer Stunde eingeschlafen ist. Unser fröhliches Beisammensein endet abrupt.

»Selbstverständlich kommen wir zur Beerdigung«, versprechen Marlies und Trude.

Der letzte Besuch

Trude

Morgen ist schon wieder Bettenwechsel. Ein Tag, der mir meine ganze Kraft abverlangt. Wieder ziehen neue Urlaubsgäste ein, und mit Marlies' Hilfe ist nicht zu rechnen. Sie hat einen Termin beim Frisör vereinbart und will sich eine frische Dauerwelle verpassen lassen. Warum es ihr so wichtig ist, bei der Trauerfeier, die Liv für Anne Marie veranstaltet, gut auszusehen, ist mir schleierhaft. Marius wird uns fahren. So ist es vereinbart.

Es klingelt an der Tür. Ich rechne felsenfest mit dem Postboten, der mir ein Paket und den überfälligen Brief von Jean-Maurice zustellen soll. Ich öffne und breche in lauten Jubel aus. Kein Brief von ihm, er selbst steht vor der Tür. Kennen Sie das Gefühl, wenn man vor lauter Freude nicht weiß, ob man lachen oder weinen soll? So geht es mir gerade. Meine Augen entscheiden sich, zu weinen. Es sind Freudentränen, die mir übers Gesicht laufen, während er mich fest im Arm hält. Ich möchte ihn fragen, wie lange er bleibt. Warum er seinen Besuch nicht angekündigt hat. Ob es einen besonderen Grund geben würde, weshalb er so unverhofft bei mir auftaucht. Aber ich sage nur: »Komm rein.«

Er stellt seinen Koffer ab und lässt sich erschöpft auf den Stuhl fallen. Ich betrachte ihn stumm, und mir fällt sofort auf, dass er seit unserem letzten Zusammentreffen enorm abgebaut hat. Wie viel mag er an Gewicht verloren haben? Er stellt eine Flasche Calvados auf den Tisch und bittet mich, Gläser zu holen. Das ist ungewöhnlich. Bisher hat er mir stets aufgetragen, die Flasche erst zu öffnen, wenn er abgereist ist.

»Liebling, dieser Besuch wird mein letzter sein«, hüstelt er mit belegter Stimme »Ich bin gekommen, um dir Lebewohl zu sagen.«

»Lass doch den Quatsch.«

»Schau mich an, Trude, Schatz. Wir müssen den Tatsachen ins Auge sehen.«

Ich will mich keinen Tatsachen stellen, sondern nur in seinen Augen versinken, die früher geleuchtet haben und heute erschreckend trübe wirken. Ich verspüre den Wunsch, in sein Haar zu greifen, das nicht mehr grau, sondern schlohweiß über seine Stirn fällt.

»Weißt du eigentlich, was ich dir hoch anrechne, Trude? Du hast mich in all den Jahren nicht einmal gefragt, ob ich Sophie mehr liebe als dich.«

»Das musste ich dich nicht fragen. Ich habe es immer gewusst«, antworte ich.

* * *

»Viele Freunde hat Frau Valdez wohl nicht gehabt«, merkt Jean-Maurice an, als wir die kleine Kapelle betreten. Wir nehmen auf der Bank hinter Olivia und Ben Platz. Marlies setzt sich zu den Fendrichs, die der Trauerfeier ebenfalls beiwohnen. Liv hatte darum gebeten, von Kranz- und Blumenspenden abzusehen. Sie hat einen freien Redner engagiert, der von einer mit brennenden Kerzen geschmückten Kanzel spricht.

Er macht seine Aufgabe gut, und dennoch bin ich mir sicher, dass ich keine so förmliche Veranstaltung wünsche, wenn ich abtrete. Wenn es bei mir so weit ist, sollen sich alle, die mich überlebt haben, in meinem Garten treffen und eine laute Fete feiern. Genau das flüstere ich Marius beim Verlassen der Kapelle zu. Er fragt, ob ich eine Patientenverfügung verfasst habe.

»Aber selbstverständlich«, erwidere ich und kläre ihn darüber auf, wo sich die Unterlagen befinden, die ich für den Tag X vorbereitet habe. Marlies verkündet, dass auch sie sich schnellstens um diese Angelegenheit kümmern werde. Sie will nicht wie Anne Marie wochenlang an Schläuchen und Maschinen hängen, wenn keine Aussicht auf Besserung besteht.

Wir warten auf dem Parkplatz auf Olivia und Ben, die uns in ein nahe gelegenes Lokal ausführen wollen, als Marlies mich so heftig in meinen Arm kneift, dass ich laut aufschreien muss.

»Hast du einen Knall? Das hat wehgetan!«, raunze ich sie an.

»Das ist er doch, oder?«, fragt sie und weist mit einer Kopfbewegung auf einen Herrn, von dem sie annimmt, dass es sich um Jorge Valdez handelt. »Na, der hat ja Nerven, hier aufzutauchen«, schimpft sie und durchbohrt ihn mit bösen Blicken.

»Er hat ein Recht, hier zu sein«, mischt Jean-Maurice sich ein. »Sie war schließlich seine Mutter.«

»Die nichts mehr von ihm wissen wollte«, empört Marlies sich. Wir beobachten, dass er sich auf Olivia zubewegt. Was er zu ihr sagt, können wir nicht verstehen. Marlies geht vor, und wir folgen ihr.

»Du hast mir verziehen?«, schreit sie ihn aufgebracht an.

»Liv, du kennst die Wahrheit. Du weißt, dass nicht ich

auf deine Mutter, sondern dass Tanja auf mich geschossen hat.«

Völlig aufgelöst prescht Marlies auf die beiden zu. Sie droht, ihm mit ihrem Stockschirm die Augen auszustechen, sollte er sich nicht unverzüglich entfernen.

»Olivia, bitte sag es ihnen. Gib doch zu, dass du die Pistole zu mir ins Badezimmer gelegt hast. Bestimmt war dir nicht klar, welche Folgen das hat.«

»Diese Ungeheuerlichkeit musst du dir nicht anhören, Liv«, schreit Marlies und stellt sich zwischen die beiden.

»Erinnere dich, Olivia. Du hast Mama im Flur vorgefunden. Die Pistole muss nah bei ihr auf dem Boden gelegen haben. Du hast nach mir gerufen. Noch immer kann ich deine Schreie hören.«

»Hau ab!«, brüllt Liv ihn an. »Lass mich in Ruhe! Komm nie wieder in meine Nähe!«

»Sie haben gehört, was Ihre Tochter gesagt hat. Bitte gehen Sie jetzt, Herr Valdez«, fordert Ben ihn auf. Auf ihn scheint er zu hören, denn er dreht sich um und geht in Richtung Ausgang.

Nach dieser Aufregung brauchen wir alle einen Schnaps. Ich nehme mir vor, gleich einen Doppelten zu trinken.

In dem Lokal, in das wir einkehren, hat Liv einen Tisch für acht Personen reserviert. Nur im engsten Kreis sitzen wir zusammen.

»Vergiss diesen unschönen Vorfall«, rät Sabina ihr. »Du hast eine sehr würdevolle Trauerfeier für deine Oma organisiert.« Wir stimmen Sabina zu, doch Liv scheinen unsere Worte nicht zu erreichen. Sie ist in Gedanken. Hoch konzentriert starrt sie auf die Tischplatte. Mir fällt auf, dass sie plötzlich den Kopf nach links und rechts dreht. Erst langsam, dann heftiger. Blitzartig bricht es aus ihr heraus.

»Es stimmt, was er gesagt hat. Die Waffe hat neben Mamas Kopf gelegen, als ich sie gefunden habe. Aber ich habe sie nicht angerührt. Oder doch? Ich kann mich nicht erinnern.« Ihre Atmung wird schneller. Sollte sie noch schneller werden, läuft sie Gefahr zu hyperventilieren.

»Beruhige dich, Schatz«, fordert Ben sie auf und streicht liebevoll über ihren Rücken.

»Wie kann ich mich beruhigen? Versteht ihr denn nicht? So, wie ich immer gedacht habe, kann es sich nicht zugetragen haben. Wenn die Waffe neben meiner Mutter gelegen hat, bedeutet das, dass sie den letzten Schuss abgegeben hat. Mein Vater hat jahrelang unschuldig im Gefängnis gesessen. Oh mein Gott, was habe ich getan?«

Es herrscht Totenstille am Tisch. Niemand sagt etwas. Fassungslos schauen wir uns an. Liv weint. Sie steht kurz vor einem Nervenzusammenbruch, als Jean-Maurice das Schweigen bricht.

»Nicht du hast die Pistole aufgehoben, Liv. Ich habe zwar versprochen, mein Wissen mit ins Grab zu nehmen. Aber ich werde nicht zulassen, dass du dir die Schuld gibst. Dein Großvater, Heinz, hat mir auf dem Sterbebett gebeichtet, dass er es war, der die Waffe zu Jorge ins Bad gelegt hat. Du erinnerst dich vielleicht nicht mehr daran, aber er und ich sind in der Silvesternacht wenige Minuten vor der Polizei eingetroffen.«

»Was redest du denn?«, fährt Marlies ihn an.

»Warum kommst du erst jetzt damit raus?«, will ich von Jean-Maurice wissen. Er blickt zu Liv und versucht sich in Erklärungen.

»Nachdem Heinz verstarb, habe ich mich sofort an den Strafverteidiger gewandt, der deinem Vater im Prozess beigestanden hat. Von ihm habe ich erfahren, dass Jorge bereits auf Bewährung entlassen wurde und nun in Uelzen lebt. Ich habe lange überlegt, ob ich zu ihm fahren und mit ihm sprechen soll, bin aber letztendlich zum Schluss gekommen, dass sich die

Zeit dadurch nicht zurückdrehen lässt. Erst als ich von Trude erfahren habe, dass du wiederaufgetaucht bist, habe ich mich entschlossen, Kontakt mit ihm aufzunehmen.«

»Dann hast du ihm gesagt, dass meine Oma im Celler Klinikum behandelt wird? Ich habe mir wochenlang den Kopf darüber zerbrochen, wie er davon erfahren konnte«, gibt Liv leise zu.

Auf der Rückfahrt schweigt Marlies. Bis Marius sie vor ihrer Wohnung austeigen lässt, spricht sie kein einziges Wort. Kurz danach setzt er Jean-Maurice und mich am Küstenwanderweg ab. Mein Enkel besitzt den Anstand und lässt uns allein. Ich habe den Wunsch, den letzten Abend mit meinem Liebsten in inniger Zweisamkeit zu verbringen. So, wie wir es immer getan haben, will ich mit ihm tollkühne Zukunftspläne schmieden, von denen mein Verstand mir sagt, dass es nur Wunschträume bleiben. Bevor ich mich meinen Illusionen hingebe, komme ich noch einmal auf die Wegners zu sprechen.

»Ich dachte immer, ich würde Heinz kennen. So etwas hätte ich ihm niemals zugetraut. Mir war bekannt, dass er kein Fan von Jorge war. In Heinz' Augen hat dieser *dahergelaufene Bengel* Tanjas Zukunft zerstört, als er sie mit siebzehn geschwängert hat. Dass *seine Kleine* die Schule geschmissen hat und nach Celle gezogen ist, hat er seinem Schwiegersohn wohl nie verziehen. Dennoch frage ich mich, wie er tatenlos dabei zusehen konnte, dass ein Unschuldiger für die Tat seiner Tochter verurteilt wurde. Mir will das einfach nicht in den Kopf.«

»Hör auf, darüber nachzudenken, Trude. Du hast dich nicht in Heinz getäuscht. Dieses Gespräch am Sterbebett hat nie stattgefunden.«

»Du hast dir die Geschichte ausgedacht? Warum?«

»Sollte ich seelenruhig dabei zusehen, dass sich Olivia bis

an ihr Lebensende Vorwürfe macht? Das hätte sie, wenn ich nicht eingeschritten wäre. Meine Güte, sie war ein kleines Mädchen von acht Jahren und stand unter Schock. Diese Familie hat lange genug gelitten. Es wird Zeit, dass Vater und Tochter sich endlich aussöhnen. Ich bin mir sicher, dass Heinz meine Entscheidung gutheißen würde.«

Silvester 1995

Olivia

Seit Tagen stürze ich mich in die Arbeit. Nur so schaffe ich es, nicht an meinen Vater zu denken. Ich widme meine ganze Aufmerksamkeit dem Residenzia-Projekt. Gerade komme ich von der Besprechung mit unseren Auftraggebern zurück und will Ben auf den neuesten Stand bringen, als ich feststelle, dass er mir gar nicht zuhört. Was das für Schriftstücke sind, die er auf seinem Schreibtisch ausgebreitet hat, will ich von ihm wissen.

»Ich lese die Prozessakten. Marlies war so nett und hat sie mir per Post geschickt. Liv, deinem Vater ist ein himmelschreiendes Unrecht widerfahren. Ich bin kein Kriminalist, aber selbst als Laie ist mir auf den ersten Blick klar, dass in diesem Fall mehr als schlampig ermittelt worden ist. Allein die Tatsache, dass die Pistole bei ihm im Badezimmer gefunden wurde, hat zu seiner Verurteilung geführt. Dabei hat man Fingerabdrücke auf der Waffe sichergestellt, die sowohl deinem Vater als auch deiner Mutter zugeordnet werden konnten. Was mich allerdings besonders stutzig macht, ist die Frage, warum Tanja Valdez nie auf Schmauchspuren untersucht worden ist.«

»Vielleicht hat Heinz ihre Hände gesäubert? Er war doch zu

allem bereit, um die Schuld von seiner Tochter abzuwenden.«

»Liv, es gibt so viele ungeklärte Fragen. Willst du denn nicht wissen, was in der Nacht wirklich passiert ist?«

»Doch, das will ich.«

»Dann sprich endlich mit deinem Vater.«

* * *

Würde Ben mich nicht begleiten, hätte ich bestimmt auf halbem Weg kehrtgemacht. Mein Puls rast immer schneller, je weiter wir uns dem Ziel nähern. Wir haben verabredet, uns in Celle zu treffen. Als wir in die Wohnstraße einbiegen, kann ich ihn schon sehen. Er steht im Vorgarten und wartet auf uns. Anders als ich besitzt er keinen Schlüssel zu Anne Maries Haus.

Während ich mich langsam auf ihn zubewege, überlege ich, wie ich ihn begrüßen soll. Ben reicht ihm die Hand. Ich nicke nur und schließe die Tür auf.

»Bis auf die Wandfarbe hat sich hier kaum etwas verändert«, sagt er und geht ins Wohnzimmer. »Ich hatte mir zwar fest vorgenommen, nie wieder einen Fuß über diese Schwelle zu setzen, aber als du vorgeschlagen hast, dass wir uns hier treffen, dachte ich, dass es eigentlich egal sei, wo wir uns begegnen. Hauptsache, wir kommen zusammen.«

Ben spricht das aus, was auch mir auf der Zunge liegt.

»Warum wollten Sie dieses Haus nicht wieder betreten?«

»Meine eigene Mutter hat mir die Tat zugetraut. Sie hat mich nicht einmal besucht, geschweige denn auf meine Briefe geantwortet.«

Seine Worte treffen mich mitten ins Herz. Erst jetzt wird mir bewusst, wie sehr mein Vater gelitten hat. Als wäre es nicht schlimm genug, dass er für eine Tat büßen musste, die er nicht begangen hatte, wurde er ausgerechnet von den Menschen, die ihm am nächsten standen und die er am meisten gebraucht hätte, schändlich im Stich gelassen. Ein Gefühl von Scham und Wut überkommt mich. Ich möchte ihn berühren, um ihm zu zeigen, wie unendlich leid es mir tut. Zaghaft greife ich nach seiner Hand und ringe um Fassung.

»Ich glaube dir, Papa. Ich weiß, dass du unschuldig bist. Dir ist schweres Unrecht widerfahren, und es tut mir in der Seele weh, dass die Wahrheit erst jetzt ans Licht gekommen ist.«

»Diese Worte aus deinem Mund zu hören, bedeutet mir sehr viel, Olivia.«

Ich bitte ihn, uns zu erzählen, was in der Nacht genau passiert ist. Er lässt sich in den Sessel fallen, schaut auf den Boden und beginnt, zögerlich zu berichten.

»Deine Mutter teilte mir am Weihnachtstag mit, dass sie sich von mir trennen wolle und mit dir bei ihren Eltern bleiben würde. Ich stimmte ihr zu, denn Tanjas ständiges Misstrauen und ihre Eifersucht hatten auch mir zugesetzt. Am Silvestertag bin ich an die Ostsee gefahren, um dich zu besuchen. Aber schon als deine Großeltern das Haus verließen, zettelte sie wieder einen Streit an. Ich beschloss, mir ihre Anschuldigungen nicht länger anzuhören, und verzog mich in Marlies' und Heinz' Schlafzimmer. Dort fand ich eine Waffe, die völlig offen auf dem Nachtschrank lag. Ich nahm sie an mich und ging zurück zu Tanja, um sie zur Rede zu stellen. Ich war aufgebracht und schrie sie an. Ich wollte wissen, wie sie zulassen konnte, dass in einem Haus, in dem sich meine kleine Tochter befand, eine Pistole frei zugänglich sei. ›Wie verantwortungslos du bist! Schließ sie weg!‹, befahl ich ihr und drückte sie Tanja in die Hand. Erbost packte ich deine Sachen zusammen. Ich hatte die feste Absicht, dich mitzunehmen. Nicht einen Tag länger als nötig solltest du in ihrer Obhut bleiben. Doch das wollte deine Mutter nicht zulassen. Sie folgte mir ins Bad und richtete die Waffe auf mich. Ich nahm ihre Drohung nicht ernst und verhöhnte sie sogar. Nie und nimmer hätte ich erwartet, dass sie tatsächlich abdrückt. Doch sie schoss auf mich. Ich fiel in die Badewanne und konnte mich nicht mehr bewegen. Kurz darauf hörte ich sie hysterisch schreien. Offensichtlich wurde ihr in diesem Moment bewusst, was sie getan hatte. Dann fiel ein weiterer Schuss.«

»Das Urteil muss revidiert werden, Papa. Wir werden ein Wiederaufnahmeverfahren beantragen und den besten Strafverteidiger engagieren, der für Geld zu haben ist.«

»Ach, Liv, von welchem Geld soll ich denn einen neuen Prozess bezahlen? Ich hatte achtzehn lange Jahre keine Gelegenheit, Rücklagen zu bilden. Als unterbezahlter Kurierfahrer verdiene ich nicht genug, um mir einen Staranwalt zu leisten.«

»Wir verkaufen Anne Maries Haus. Das Geld sollte wohl reichen.«

»Das ist lieb von dir, Liv, aber mir reicht es völlig, dich endlich wiederzuhaben.«

ENDE

Bisher erschienen

Blutorangen Duett
Blutorangen Terzett
Blutorangen Quartett
Alias Nora Parker
Lila ist der Duft der Wahrheit
Frühstück inklusive
Herzklopfen und kalte Füße
Herzklopfen und kalte Hände
Kalte Milch und Kummerkekse
Warme Milch und Kummerkekse
Apfelkomplott
Wer liebt … vergibt
Lady Marmelade Band 1 + 2 + 3
Ausgeflittert Band 1 + 2
Inkognito
Blindes Vertrauen und fatale Begierde
Urlaub mit dem Ex
Mein neues Leben mit dem Ex
Alle lieben Molly … ich nicht
Alle lieben Molly … ich auch
Liebe ist wie Radfahren

Ledig … Geschieden … Verwitwet
Fatales Schweigen
Nie wieder Toskana
Eisrosen
Doppelhochzeit mit Hindernissen
Die Pflegerin
Verhängnisvolle Ferien
Erben für Anfänger
Die Gesellschafterin
De Schauspelerin
Halbe 25
Ein unvergesslicher Single Sommer
Frauen von Gleis 1
Club der Feinschmecker
Die Treuetesterin

17736772R00140

Printed in Poland
by Amazon Fulfillment
Poland Sp. z o.o., Wrocław